Zu diesem Buch

Susan Minot versteht es meisterhaft, harmonische Szenen aufzubauen – Tee im Salon, ein Sommertag am Strand in Maine, ein Gespräch unter Freundinnen –, die sie dann mit einem einzigen verstörenden Satz sprengt. Sie erkundet jenes Quentchen Unzufriedenheit, das lange still in Menschen keimt und sie dann plötzlich, von einem Tag auf den anderen, aus der Bahn werfen kann.

«Ein wunderbar tiefgründiger Gesellschaftsroman, in dem uralte Rätsel der Liebe und der Lust in ganz neuem Licht erscheinen.» («The New Yorker»)

Susan Minot, geboren 1957, promovierte nach dem Studium der Literatur an der Columbia University und war an mehreren Universitäten als Dozentin tätig. Ihr Roman «Kinder» (rororo Nr. 12871) wurde in sieben Sprachen übersetzt und erhielt in Frankreich den Prix Médicis. Außerdem erschien «Der Mann, den ich nicht los wurde, und andere Geschichten» (rororo Nr. 13737). Susan Minot lebt in New York.

Susan Minot

Ein neues Leben

Roman

Deutsch von
Sabine Hübner

Rowohlt Taschenbuch Verlag

Die Originalausgabe erschien 1992
unter dem Titel «Folly»
bei Houghton Mifflin/Seymour Lawrence,
Boston, New York, London

Neuausgabe Januar 2001

Veröffentlicht im Rowohlt
Taschenbuch Verlag GmbH,
Reinbek bei Hamburg, Mai 1996
Copyright © 1994 by
Rowohlt Verlag GmbH,
Reinbek bei Hamburg
«Folly» Copyright © 1992 by Susan Minot
Alle deutschen Rechte vorbehalten
Umschlaggestaltung C. Günther / W. Hellmann
(Foto: The Image Bank/Daniela Schmid)
Gesamtherstellung Clausen & Bosse, Leck
Printed in Germany
ISBN 3 499 22905 6

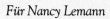

Für Nancy Lemann

Der Mensch ist so notwendig ein Tor,
daß selbst nicht töricht zu sein nur eine
neuerliche Grille der Torheit ist.

Blaise Pascal

I

Mr. Eliot

1.

Fairfield Street, Boston, 1917

Leider müssen wir umdisponieren, sagte Mr. Eliot. Er stand im Eßzimmer, wo Lilian mit einem Buch in der Hand beim Frühstück saß. Ihr Vater hatte bereits gefrühstückt, nachdem er wie üblich schon im Morgengrauen aufgestanden war. Es werden heute keine Gäste zum Abendessen kommen.

Lilian legte ein Messer als Lesezeichen ins Buch und sah auf. Und warum nicht?

Weil man mich nicht informiert hat.

Aber Ma hat dir doch am Samstag gesagt, daß Walter Vail kommt. Als du heimkamst, erinnerst du dich?

Ich sagte, es werden keine Gäste kommen. Mr. Eliot senkte das Kinn. Seine randlosen Brillengläser funkelten weiß.

Aber er rechnet damit. Ich habe ihn doch schon gefragt.

Ich habe dem nichts mehr hinzuzufügen. Mr. Eliot räusperte sich. Wir werden heute abend also dich sehen und sonst niemanden. Ohne die Füße zu bewegen, wandte er sich zur Tür.

Ich überleg's mir noch, sagte Lilian kleinlaut.

Mr. Eliots Füße setzten sich in Bewegung. Dann rechnen wir also nicht mit dir, sagte er, ging aus dem Zimmer und ließ sie allein zurück.

Lilian sandte Walter Vail sofort eine Botschaft, daß sie gezwungen sei, ihre Einladung zum Abendessen zurückzunehmen, wobei sie keinen Hehl daraus machte, wer der Schuldige war. Plötzlich ertappte sie sich bei dem Vorschlag, Walter Vail solle doch trotzdem kommen, nach dem Essen, wenn ihre Eltern sich zurückgezogen hatten. Lilian war achtzehn Jahre alt. Sie hatte noch nie ein Rendezvous gehabt, zumindest noch kein selbst eingefädeltes. Aber durch den Krieg hatte sich alles verändert, und deshalb dachte sie auch anders als sonst.

Er antwortete noch am selben Nachmittag, und sie war entzückt, als sie seine Handschrift erkannte.

Soll ich ein schwarzes Cape tragen? Muß ich ein Spalier erklimmen? Sagen Sie, wann, und ich werde dasein.
Ihr Walter Vail

Sie entwarf mehrere Antworten, um den richtigen Ton zu treffen. Zuerst war sie herzlich, dann sachlich. Einmal griff sie seinen humorigen Ton auf, dann wieder bemühte sie sich um etwas leichthin Formuliertes. Es sollte nur ja nicht so ernst klingen, wie ihr zumute war. Sie dachte daran, wie sie sich im vergangenen Sommer mit Jimmie Weld am Zweiten Grün getroffen hatte und wie anders dies jetzt war. Sie wußte gar nicht recht, was über sie gekommen war.

Schließlich entschied sie sich für eine Fassung.

Meine Eltern gehen um 21 Uhr nach oben. Kommen Sie zum Garten hinter dem Haus, dann lasse ich Sie um 21. 30 Uhr herein.
Ihre Komplizin
Lilian Eliot

Kurz bevor Mr. Eliot an diesem Morgen ins Büro gegangen war, hatte Lilian Mrs. Eliot draußen im Flur sagen hören: Aber Edward, der junge Mann zieht doch in den Krieg. Ist das der richtige Zeitpunkt, so streng zu sein?

Er hat mir keinen guten Eindruck gemacht, sagte Mr. Eliot, während er seinen Mantel anzog.

Wie meinst du das?

Ich habe seinen Vater kennengelernt. Mr. Eliot sprach jetzt in einem hochtrabend richterlichen Ton. Der Mann ist ein Dummkopf und wahrscheinlich auch kein Ehrenmann.

Aber es geht doch um seinen Sohn. Mrs. Eliots Stimme hatte sehr zaghaft geklungen.

Der Sohn schlägt dem Vater nach, sagte Mr. Eliot. Er sieht genauso aus.

Eine absurdere Behauptung war Lilian noch nie zu Ohren gekommen.

2.

Ratschlag einer Freundin

An diesem Nachmittag ging sie zu Dolly Cushing zum Tee. Lilians beste Freundin war zwar immer Jane Olney gewesen – die strenge Jane, der gutmütigste Mensch, den Lilian kannte –, aber Jane hielt sich mit ihrer Familie in Florida auf. Außerdem interessierte sich Jane nicht so für Jungen, wie Lilian das seit kurzem tat, und darum lag ihr Dolly Cushings Gesellschaft mehr.

Dolly Cushings Lieblingsbeschäftigung war Flirten. Sie gehörte zu den Mädchen, die offen sagen, was sie denken, ohne sich darum zu kümmern, ob sie vielleicht jemanden damit verletzen. Als Dolly noch jünger war, hatte sie Lilian einmal mit ihrem Bruder Ted, der Lilian sehr mochte, in einen Schrank gesperrt, und die beiden jungen Leute hatten schweigend und verschämt auf den hellen Lichtstreifen gestarrt, während Dolly lachend durch den Flur davonstapfte. Mit ihrem Aussehen konnte sich Dolly Cushing einiges herausnehmen. Sie hatte sich schneller entwickelt als die anderen Mädchen und wurde immer statuenhafter: Alles an ihr war größer als normal – breite Schultern, riesiger Kopf, großer Mund. Es war, als sei die überschüssige Energie, die in ihren Körperbau geflossen war, aus ihrem Gehirn abgezogen worden. Sie verfocht eine eiserne Lebensbejahung, erinnerte sich grundsätzlich nur an erfreuliche Dinge und strich sogar das Streichholz für ihre Zigarette mit schwungvollem Optimismus an. Ein exakter weißer Mittelscheitel teilte ihr glänzendes schwarzes Haar.

Als Lilian so ganz nebenbei Walter Vail erwähnte, witterte Dolly sofort eine heimliche Affäre. Ihre Augen leuchteten.

Na schön, sagte sie und lehnte sich in die Polster. Der Reihe nach: Er geht also weg.

Lilian nickte. Ich hätte ihm gern gesagt, daß –

O Gott, nein! rief Dolly. Zeig ja nie einem Jungen deine Gefühle. Dolly Cushing war entzückt, Lilian Ratschläge erteilen zu können. Da sie inoffiziell mit Freddie Vernon verlobt war, betrachtete sie sich bereits als erfahrene reife Frau.

Solche Ratschläge waren Lilian vertraut. Ihre Mutter hielt eine Menge davon parat. Sieh stets glücklich aus. Halte auf Sauberkeit. Schlag nicht die Beine übereinander. Bedank dich bei Gastgeber und Gastgeberin. Steh auf, wenn ein Erwachsener das Zimmer betritt oder verläßt. Kehr vor deiner eigenen Tür. Gib keine Widerworte. Streite nicht mit deinem Bruder. Bitte um Erlaubnis, bevor du vom Tisch aufstehst. Sprich niemals laut. Sei pünktlich. Verzieh nicht das Gesicht.

Dann gab es noch all die Dinge, über die man nicht reden durfte. Der Gesundheitszustand. Körperfunktionen. Trinkgewohnheiten. Und man sollte sich niemals abfällig über andere Leute äußern – es sei denn, sie hatten es wirklich verdient, wie Mrs. Harrower, die alte Klatschbase, oder Mr. Quincy, der einen nicht durch seinen Wald zum Teich gehen ließ. Über die Familie sprach man weder mit Außenstehenden noch, wie Lilian aufgefallen war, mit Angehörigen.

Wenn du einem Jungen zeigst, daß du ihn magst, fuhr Dolly Cushing genüßlich rauchend fort, glaubt er, er kann tun, was ihm gefällt. Ihre Augen wurden schmal, als sie von ihrer Erfahrung mit José Cutler erzählte.

Lilian wurde daraus nicht klüger. Was sie betraf, konnte Walter Vail ruhig tun, was ihm gefiel. Wenn es ihm gefiel, gefiel es sicher auch ihr.

Das Problem mit dir ist, sagte Dolly Cushing, daß du zu nett bist.

Ja, dachte Lilian. Sie hoffte, niemand hielt sie für so farblos, daß er sie bloß nett fand, aber genau das taten alle. Das machte sie ganz schwach. Gott sei Dank wies Dolly sie auf ihre Fehler hin. Bei Walter Vail wollte sie auf keinen Fall etwas falsch machen.

Ich kann's kaum erwarten, ihn kennenzulernen, sagte Dolly, die rasch das Interesse an Dingen verlor. Warte mal. War er nicht neulich bei den Spragues? Mit Madelaine! Gutaussehend, mit einer Art Teefleck im Gesicht?

Lilian errötete, als sie hörte, wie Dolly ihn so geradeheraus beschrieb. Ja, sagte sie. Das ist er. Und so ermutigt, erzählte sie ihr von dem Rendezvous am Abend.

Wirst du dich von ihm küssen lassen? fragte Dolly. Sie trug seidene Haremshosen und eine Bluse mit brokatbesetzten Ärmeln. Lilian dachte, daß Jane Olney, die gute, strenge Jane, nie etwas so Ausgefallenes angezogen hätte, und war froh, eine Freundin wie Dolly Cushing zu haben, die Zigaretten rauchte und sich nach Küssen erkundigte. Sie nahm an, ein Junge aus New York, der einem Mädchen so unbefangen die Finger warm rieb, wie Walter Vail es am Schlittschuhteich getan hatte, würde wohl einen Kuß erwarten. Und genau das wollte Lilian unbedingt wissen. Aber ihre Neugierde wurde nicht gestillt, da Dollys Interesse erlahmte und sie davon anfing, wie sie Freddie Vernon beim Tanz im Country Club zum erstenmal geküßt hatte. Theoretisch war das ihr erster Kuß gewesen, aber der erste richtig lange folgte dann nachts am Strand, als sie den Leuchtturm 1–4–3 blinken sahen, was bekanntlich Ich liebe dich hieß. Lilian konnte sich nicht vorstellen, Freddie Vernon zu küssen. Mit seinen Glupschaugen und riesigen Nasenlöchern erinnerte er sehr an eine Bulldogge.

In der Hoffnung, Dollys weitschweifigen Reden irgend etwas Lehrreiches entnehmen zu können, hörte Lilian zu. Sie erfuhr, daß Mädchen sich stets für die Gedanken von Jungen interessieren sollten, daß es darauf ankam, den richtigen Fummel zu tragen, und daß Jungen es mochten, wenn man ihnen einen neckischen Klaps auf den Arm gab. Dolly erging sich ausführlich über ihre diesbezüglichen Erfolge bei Freddie Vernon. Sie wußte sich zu amüsieren, und wenn Lilian sich ein bißchen von ihrem Schwung anstecken ließ, konnte sie vielleicht auch etwas unbefangener werden. Nachdem sie Dolly Cushings Haus verlassen hatte, ging sie auf der dunkelnden Dartmouth Street nach Hause und versuchte diese Informationen zu verdauen. Ihr war, als würde ihr etwas den Kopf vernebeln und sie daran hindern, einen klaren Gedanken zu fassen.

3.

Der Besuch aus New York

Er verbrachte die Ferien als Gast bei den Fenwicks, und Madelaine Fenwick hatte ihn überall eingeführt. Vergangene Woche hatte ihm Lilian beim Lunch im Haus der Nobles zum erstenmal die Hand geschüttelt und erfahren, daß er aus New York kam.

Ein paar Tage später, bei einer Teegesellschaft bei den Fenwicks, war er wieder da, mit steifem Rücken und noch immer in Uniform. Er hatte eine gerade Nase, einen feingeschnittenen Mund und wirkte zerstreut. Lilian hielt ihn für einen jener Gäste, die sich in Boston langweilten. Als gebürtige Bostonerin konnte Lilian ihre Stadt nach Herzenslust kritisieren, aber einem Fremden gegenüber verspürte sie den Drang, sie zu verteidigen. Er war nicht der Typ, der sich für Lilian Eliot interessierte, und auch sie fühlte sich überhaupt nicht zu ihm hingezogen. Allein die Tatsache, daß er die Nähe der kühlen Madelaine Fenwick suchte und sich bei ihr am Teetablett herumdrückte, genügte, um Lilian abzustoßen. Aber er war in der Armee, und es fiel schwer, jemandem, der bald in den Krieg ziehen würde, ganz ohne Neugier zu begegnen.

Als er Lilian begrüßte, wußte er noch ihren Namen, was sie verwirrte. Sie ging zur anderen Zimmerseite.

Etwas später tauchte er wieder auf. Laufen Sie vor mir davon? sagte er. Er setzte sich auf ein Petit-point-Kniekissen, fast zu ihren Füßen.

Ich kenne Sie ja gar nicht.

Wir sind uns letzte Woche begegnet, sagte er. Walter Vail.

Ach ja.

Sie gehören doch nicht etwa zu diesen Bostoner Snobs? Die über Leute aus New York die Nase rümpfen?

Sie war verblüfft. Ich kenne kaum Leute aus New York, sagte sie. Ihre Tante Tizzy lebte dort, obwohl die auch aus Boston stammte, und dann waren da noch Marian Lockwoods Cousinen aus New York, die Ostern immer zu Besuch kamen, mit eleganten Kleidern und Löckchen und einer Vorliebe für Essiggemüse.

Und ich kaum welche aus Boston, sagte Walter Vail.

Haben Sie diese Woche denn niemanden kennengelernt?

Ich hab's versucht. Er betrachtete sie von der Seite.

Sie spürte, daß sie sich unter seinem Blick ein wenig verwandelte. Ich kann Ihnen nicht viel erzählen, sagte sie. Ich gehöre nicht zu den Mädchen, die jeden Abend an Dinnerparties für vierzehn Personen teilnehmen.

Tun das denn die Mädchen in Boston normalerweise?

Manche.

Und Sie sind kein normales Bostoner Mädchen?

Ich bin anormal, sagte sie.

Walter Vail zeigte sich interessiert an Architektur, womit sich Lilian ein wenig auskannte, da sie schon an mehreren Samstagsausflügen der Historischen Gesellschaft teilgenommen hatte. Er pflichtete ihr bei, daß entgegen der herrschenden Mode Hawthorne Emerson vorzuziehen sei. Beim Sprechen strahlte er eine gewisse Unruhe aus – Lilian dachte, es hänge wohl mit seiner Armeezugehörigkeit zusammen –, Anzeichen einer Gier, die ihn unterschwellig zu bedrängen schien. Hin und wieder ließ er sich durch einen Vorbeikommenden ablenken und sah verblüfft auf, dann wandte er sich ihr wieder zu, als wisse er nicht, was über ihn gekommen war, konzentrierte sich und stellte ihr weitere Fragen.

Er sagte: Ich habe gestern mit Ihrem Bruder Hockey gespielt.

Lilian wunderte sich, daß er über sie und Arthur Bescheid wußte.

Ja, ein interessanter Bursche. Sehr amüsant.

Nicht alle denken so, sagte Lilian.

Er hat mir ein bißchen von Ihnen erzählt.

Tatsächlich? Auch darüber wunderte sich Lilian.

Walter Vail nickte. Lilian merkte, daß sie, anders als bei anderen Jungen, keine Ahnung hatte, was sie von ihm halten sollte.

Gehen Sie nach Europa? sagte sie.

Am Tag nach Heiligabend.

Beide schwiegen.

Mal schauen, was da drüben los ist, sagte er entschlossen.

Ist das nicht schlimm für Ihre Eltern?

Für Al und Mimi? Er zuckte die Achseln.

Lilian hatte noch nie gehört, daß jemand seine Eltern beim Vornamen nannte.

Ich denke schon, aber die sind ja selber dauernd unterwegs. Immer noch in kerzengerader Haltung, verschränkte er die Hände um die Knie. Kommen diese Woche aus Brasilien zurückgedampft.

Was macht Ihr Vater denn?

Trinken hauptsächlich. Walter Vail lachte. Er ist ein netter Mensch – tut sein Bestes, damit ich später nichts erbe.

Lilian staunte über diese Erwähnung des Themas Geld. Die Eliots waren gutsituiert, nicht übertrieben wohlhabend, aber gutsituiert. Sie waren nicht so reich wie die Cunninghams, die Wiggins oder die Cabots, aber ihr Vater hätte es, wie Arthur gern betonte, nicht unbedingt nötig gehabt zu arbeiten. Trotzdem ging er sechs Tage die Woche in die Anwaltskanzlei und nahm jedes Jahr zwei Wochen Urlaub, genau wie früher sein

Vater. Das Geld von Lilians Großvater stammte aus Bankgeschäften, und auch ihre Großmutter, Henrietta Baker aus der Familie der Eisenbahn-Bakers, war betucht. Lilian hatte noch nie genau erfahren, wieviel Geld eigentlich da war. Sie wußte nur, was ihr Vater ihr eines Sonntagnachmittags in der Bibliothek gesagt hatte – daß sie sich nie Sorgen zu machen brauchte.

Bei Walter Vail war das offenbar anders.

... ins Theater investiert, sagte er gerade. Der schnellste Weg, ein Vermögen zu verlieren. Aber da hat er meine Mutter kennengelernt – sie war damals Schauspielerin –, weil er ein Stück mitfinanziert hat, in dem sie mitspielte. Das Stück ging baden, aber Mimi blieb ihm. Er fragt sich bestimmt manchmal, ob sich die Investition gelohnt hat.

Lilian bemühte sich, nicht zu schockiert auszusehen. Sie blickte auf Walter Vails um die Beine geklammerten Hände hinunter, bemerkte ihre durchaus normale Größe und dachte, daß er doch nicht *so* anders war. Das beruhigte sie.

Er sagte, er werde sich hier mit seinen Eltern treffen, und Lilian fragte, warum nicht in New York.

Der Cousin meiner Mutter lebt hier.

In Boston? Wer ist es denn?

Sie werden ihn nicht kennen, sagte Walter Vail. Er wohnt in der Lime Street, wenn er in der Stadt ist.

Ich kenne die meisten Namen in Beacon Hill, sagte Lilian so, daß es nicht überheblich klang.

Er heißt Paul Harte. Ein Künstlertyp.

Ist er verheiratet? sagte Lilian.

Walter Vail unterdrückte ein Lächeln. Äh, nein, er zieht das Junggesellenleben vor, eine völlig andere Situation.

Lilian nickte verständnisvoll, ahnte aber nur vage, was er damit sagen wollte. Wieder einmal mußte sie erkennen – auch der Krieg trug dazu bei –, daß es weit außerhalb ihrer eigenen kleinen Welt in Boston noch viele verschiedene andere gab, obwohl man in ihrer Umgebung immer so tat, als sei Boston das Universum.

Später, als sie mit einer Schar Gäste zwischen Zigarrenasche und kaltem Tee saß, musterte Lilian Walter Vail quer durchs Zimmer. Er stand lachend am Kaminsims, das Koppel um die Brust geschnallt, und stellte ein anderes, weniger einnehmendes Wesen zur Schau als das, was er ihr gezeigt hatte. Hatte er ihr besondere Aufmerksamkeit geschenkt? Es gab ihr ein Gefühl der Überlegenheit, sich das vorzustellen. Doch dann wurde sie in ihren Gedanken durch Emmett Smith unterbrochen, der an Elsie Sears herumnörgelte, weil sie nicht seine Meinung über die Kriterien zur Aufstellung der Gesellschaftsliste teilte. Es war das ewig gleiche Teegeplauder, und doch hatte Lilian das Gefühl, alles sei anders als sonst. Das lag wohl am Krieg.

Als die Gäste aufbrachen, erschien Walter Vail im Garderobenzimmer und packte Lilian am Handgelenk. Ich würde Sie gern wiedersehen, sagte er.

Machte man das so in New York?

Nun...

Ich meine es ernst, sagte er, als zöge sie das in Zweifel. Sein Blick war dunkel, und sie bemerkte ein helles Muttermal, das wie ein Wasserfleck über seine Wange verlief.

Einverstanden.

Im Flur der Fenwicks hingen Gaslampen, und in deren rosigem Licht erhaschte Lilian einen Blick auf Madelaine Fenwick, die sich auf dem Weg zur Tür ausdruckslos lächelnd mit einem gebeugt dastehenden Mann unterhielt. Es schien sie nicht zu kümmern, was ihr Gast mit Lilian machte.

Walter Vail starrte in die Luft. Dann platzte er heraus: Können Sie Schlittschuh laufen?

Nicht besonders. Lilian dachte an Madelaine Fenwicks Schlittschuhlauf-Trophäen.

Wie wär's, wenn Sie morgen mit uns Schlittschuh laufen gingen? Bringen Sie doch Ihren Bruder mit. Nachmittags?

Ja, sagte Lilian und zog ihr Handgelenk weg.

Gut, sagte Walter Vail. Er wandte sich abrupt ab, mit steifem Rücken und einem Ausdruck der Erleichterung, als habe er gerade eine peinliche Angelegenheit hinter sich gebracht.

4.

Ein Mädchen aus Boston

Es war nichts Ungewöhnliches, daß sich Mr. und Mrs. Eliot stundenlang im selben Zimmer aufhielten, ohne ein Wort zu wechseln. An jenem Abend saß Mr. Eliot mit einem Kissen im Kreuz Zeitung lesend am Wohnzimmerschreibtisch, und Mrs. Eliot saß stickend auf ihrem Ende des Sheraton-Sofas. Sie hatten um sieben gegessen und würden gegen neun im Bett sein.

Mrs. Eliot erhob sich. Sie trug ein Korsett, hielt sich aber auch ohne es kerzengerade. Ich gehe jetzt hinauf, sagte sie leise, legte ihr Tuch zusammengefaltet in den Nähkasten und klappte den Deckel zu.

Mr. Eliot grunzte und neigte das weiße Haupt.

Mrs. Eliot trank den letzten Schluck aus ihrem Sherryglas, spielte mit der Spitzenborte an ihrem Hals und sann über irgend etwas nach. Ihre Mundwinkel verzogen sich in einem vergnügt-verdutzten Ausdruck nach oben.

Über ihnen, jenseits der Schlafzimmer mit ihren Himmelbettpfosten, hinter den Fluren mit den gerahmten Schattenrissen der Vorfahren und hinter dem Dachzimmer mit den niedrigen Simsen, in dem sich gestreifte Hutschachteln und Lattenkisten stapelten, saß Lilian draußen auf dem gefrorenen Schieferdach in einer Giebelecke. Sie hatte die glatten, runden Wangen ihrer Mutter und die eigensinnig vorstehende

Unterlippe ihres Vaters, aber die Augen, schmelzend braun und glänzend, gehörten ganz allein ihr.

Es war eine dieser kalten Nächte, die sie liebte. Lichtpünktchen glitzerten am Himmel. Von ihrem Platz aus sah sie die dunkle Rundung des Beacon Hill, die kerzenerleuchteten Fenster hie und da, die auf den Simsen ein Stückchen Schnee aufscheinen ließen, und über den Dächern schiefe Ofenrohre und Dachgauben, schwärzer als der Himmel. Sie saß zu tief, um den Hafen sehen zu können, aber in Richtung Cambridge erblickte sie den Charles River, in dessen eisigem Wasser sich Straßenlampen als verschwommene Kleckse spiegelten.

Es war Weihnachtszeit, und die vielen Einladungen drückten Lilian aufs Gemüt. Natürlich lief die Unterhaltung jedesmal auf den Krieg hinaus; man verlieh seinem Unwohlsein darüber Ausdruck, daß man hier Weihnachtsbonbons lutschte und Brandy einschenkte, während die Jungs dort drüben froren und jeden Moment in Fetzen gerissen werden konnten. Und, wie ihre Mutter sagte, welchen Zweck hätte es auch gehabt, daheim zu hocken und Trübsal zu blasen? Trotzdem störte es einen. Heute abend, nach dem Tee bei den Fenwicks, hatten sie zum Glück zu Hause gegessen, und Lilian war so bald wie möglich vom Tisch aufgestanden. Ihre Mutter hatte sie zwar überreden wollen, noch etwas zu essen, weil sie sie zu dünn fand, aber Lilian hatte ihrer Meinung nach ganz höflich erwidert, sie könnten die Reste doch für den Krieg spenden, woraufhin Arthur in Gelächter ausbrach und Mr. Eliot ihnen beiden sein Adlerprofil zuwandte und sagte, jetzt sei es aber genug. Nach dem Dinner war Hildy, Lilians Kinderfrau, im ersten Stock herumgeirrt, weil sie für Lilians neues Kleid Maß nehmen wollte. Und Lilian hatte das Weite gesucht.

Sie fragte sich, ob die Jungs in Frankreich dieselben Sterne sahen, wenn sie aufblickten, das heißt, dieselben, nur sechs Stunden früher. Seit Ausbruch des Krieges hatte ihr eigenes Alltagsleben an Bedeutung verloren – verglichen mit dem, was dort drüben passierte, war alles so unwichtig geworden. Der Cousin ihrer besten Freundin Jane Olney, Christopher, war jetzt seit einem Jahr beim Sanitätskorps und schrieb, er müsse oft dreißig Stunden am Stück fahren, und er habe einen Jungen gesehen, dem es das ganze Gesicht weggerissen hatte. Immer wenn Lilian einen Jungen in Uniform sah, dachte sie daran, daß er vielleicht nicht heimkehren würde. Charlie Sprague, den sie schon aus Kindertagen kannte, als sie beide noch mit Schwanen-Tretbooten gefahren waren, war in diesem Herbst nach Europa verschifft worden, und Tommy Lattimores Bruder meldete sich freiwillig, obwohl sein Vater dagegen war. Und dann dieser Bursche aus New York, Walter Vail...

Sie dachte an Benjy Rogers und fragte sich, ob auch er nach Europa fahren würde. Nicht daß sie noch an ihn dachte, aber letzten Sommer am Kap Promontory hatte er so etwas gesagt, obwohl er damit höchstwahrscheinlich nur vor Nancy Cobb angeben wollte und, so hatte sie damals gehofft, auch vor ihr. Aber Nancy Cobb war ihr gegenüber im Vorteil gewesen, weil Benjy Rogers bei ihrem Bruder zu Gast gewesen war... Damals hatte sie der Verlust seiner Aufmerksamkeiten vielleicht geärgert, aber jetzt war sie darüber hinweg – wie konnte man auch an so etwas denken, wo doch Krieg herrschte! Sie sah Benjy Rogers ja nicht einmal mehr; er kam aus Philadelphia. Und doch war es der letzte Junge, an den sie gedacht hatte, mit seinen bis auf die Knöchel hinuntergerollten Socken, und wie er so schnell errötete.

Lange hatte sie auch an George Snow gedacht, der sich lieber mit Tennis als mit Mädchen befaßte, und davor an Fellowes Moore, so lange, bis er ihre Zuneigung erwiderte. Einen Sommer lang hatte sie Jimmie Weld gemocht, aber als der Herbst kam, zurück daheim in Boston, wirkte er auf einmal so anders. Manche Jungen kamen auch zu Besuch. Bayard Clark mit seiner beweglichen Oberlippe lud sich selbst zum Essen ein, und der asthmatische Reed Wheeler schaute hin und wieder vorbei, um von seiner neuesten Krankheit zu berichten. Die Cunningham-Jungen erschienen stets zusammen mit Marian Lockwood, bis sie mit Chip Schluß machte und so auch den gemeinsamen Bridgepartien ein Ende setzte. Emmett Smith verbreitete sämtliche Neuigkeiten, da er alle Familien kannte. Tommy Lattimore, dessen langes Gesicht einem Holzbrett glich, kam so oft wie möglich und wurde rot, wenn

Lilian sich direkt an ihn wandte. Er war süß, dieser Tommy Lattimore, er las viel, und wenn er sich einen Moment lang vergaß, konnte er sich eloquent über ein Thema auslassen, mit dem er sich gerade intensiv befaßte, etwa über die Elgin Marbles oder etruskische Gräber. Einmal kam Tommy Lattimore und war überrascht, keine anderen Gäste anzutreffen, wo man ihm doch gesagt hatte, Emmett Smith würde dasein. Er trank gequält eine Tasse Tee mit Lilian allein, und als er ging, stand sie an der Tür, sog die Herbstluft ein und blickte ihm nach, wie er das Backsteintrottoir entlangging und in die Marlborough Street einbog. Er hatte während seines gesamten Besuchs den Hut aufbehalten.

Während sie all diese Jungen Revue passieren ließ, versuchte sie sich an den Gedanken zu gewöhnen, daß sie nie einen finden würde, der zu ihr paßte, was auch nicht weiter schlimm wäre; sie hatte nämlich gar nicht vor zu heiraten. Tante Tizzy, die auch ledig geblieben war, führte ein interessantes Leben und bedauerte ihre Ehelosigkeit nur selten. Und doch hätte Lilian mit ihren achtzehn Jahren nichts gegen einen Verehrer einzuwenden gehabt.

Sie spürte eine Aufwallung in ihrem Innern. Das kam davon, daß sie im Freien saß. Zur Beruhigung atmete sie tief durch und versuchte, das Gefühl so zu kanalisieren, daß sie es in ein winziges Gefäß gießen und mit jemandem teilen konnte, aber das war schwierig. Sie fühlte sich so weit wie der Himmel.

Und überhaupt: Sollte sie sich denn so verströmen, in kleinen Tropfen, wo sie sich doch als mächtige Woge fühlte? Sie umklammerte ihre Schnürstiefel, legte das Kinn auf die Knie und ließ sich in die Nacht hinaustreiben. Manchmal überraschte sie die Macht der Gefühle, die in ihrem Innern herumschwappten. Wenn sie ihnen freien Lauf ließe, würde es eine fürchterliche Flut geben, dachte sie – Strudel im Salon und einen Wasserfall die engen Treppen hinunter. Und was würde ihre Mutter dazu sagen? Es kam überhaupt nicht in Frage.

Lilian dachte über die Leute nach, die sie hier in Boston umgaben, Leute, die sie kannte oder auch nicht und die die Beacon Street oder die Tremont Street oder die Fairfield Street, in der die Eliots wohnten, entlanggingen, ohne jemals irgend etwas von dem preiszugeben, was in ihnen vorging. Entweder ging da gar nichts vor, was Lilian nicht glaubte, so war das Leben nicht; oder sie verhielten sich sehr würdevoll und tapfer, verbargen ihre Gefühle an einem sicheren Ort und offenbarten der Welt nur den Rest. Lilian staunte nur darüber, wie glatt ihnen das gelang.

Sie hatte das Gesicht ihrer Mutter unter der muschelartigen Haarrolle studiert, während die das Silber ins Büffet räumte, und dabei keinen einzigen Gedanken erraten können, der sich hinter ihren unkonturierten Zügen verbarg. Sie hatte aus einem kleinen Fenster zu ihrem Vater hinuntergespäht, der mit den Händen in den Taschen über den Rasen marschierte, um mit dem Gärtner über das Mulchen zu sprechen. Aber was ging in seinem Kopf vor, als er sich plötzlich nach einem dürren Ast bückte, ihn über die Mauer in Mrs. Youngmans Garten warf und ihm hinterherstarrte? Wer hätte das sagen können? Und was war mit dem Milchmann, der weiße Flaschen in seinem Drahtbehälter klappern ließ? Er hatte pockennarbige Wangen, keine Wimpern und zog sich den Hosenbund hoch, wenn er mit Rosie sprach.

In ihnen allen steckte Leben, aber wie gut sie es verbargen! Sie wußte, wie schwierig das war, und gerade weil es so schwierig war, war es vermutlich gut. Sie würde lernen, so zu werden wie sie und sich nicht anmerken zu lassen, was in ihr vorging, aber nicht, weil es anscheinend alle so machten, sondern weil es ein Zeichen von Tapferkeit war.

Am Dachrand unter ihr erschien eine dunkle Raute mit zwei Ohren. Arthur kroch auf allen vieren herauf und setzte sich neben seine Schwester.

Ich habe gerade an die Jungs gedacht, sagte Lilian und schob den Kiefer vor. Sie hatte ein klobiges, gespaltenes Kinn und dunkle Augen, die aus blendend weißen Augäpfeln hervorstachen.

Ich werde auch bald drüben sein, sagte Arthur, und seinem Profil war anzusehen, daß er sich dazu berechtigt fühlte. Gleich nach seinem siebzehnten Geburtstag würde er sich freiwillig melden. Authentisches Material sammeln. Arthur hatte sich nämlich unlängst entschlossen, Schriftsteller zu werden, wie Oscar Wilde oder Ambrose Bierce. Lilian hätte nie Künstlerin werden können; dafür waren ihre Interessen zu belanglos. Er war der Künstlertyp, er war derjenige, der gewaltige, universale Dinge erblickte, wenn er in die Nacht hinausstarrte. Sie kannte zwar keine Künstler persönlich, hatte aber über welche gelesen und darauf ihre Meinung gegründet.

Wie spät ist es? fragte Arthur plötzlich. Er war wie der Nebel, tauchte aus dem Nichts auf, war ständig in Bewegung und neigte dazu, die Dinge nebelgleich zu verschleiern.

Nach neun.

Ich muß los. Er streckte seine langen Beine aus.

Wenn Arthur behauptete, er gehe Karten spielen zu den Cunninghams oder Weihnachtslieder singen zu den Nobles, war es höchstwahrscheinlich eine Lüge.

Wie geht's denn Amy Snow? sagte Lilian.

Im Licht der Straßenlampen sah sie sein verlegenes Lächeln. Das wüßtest du wohl gerne, sagte er und verschwand.

Ihr Atem dampfte vor Kälte, aber sie blieb sitzen und starrte weiter in die Nacht. Sie hatte erste Vorstellungen vom Glück, die aber noch ganz verschwommen waren. Zu mehr als Tagträumen wurden sie nicht. Allmählich erkannte sie, daß sich diese Vorstellungen von denen unterschieden, die ihre Eltern in bezug auf sie hatten; ihr eigenes Glücksgefühl war erhaben und überwältigend, das ihrer Eltern bieder und gesetzt.

Eines Tages würde das Glück zu ihr kommen. Sie dachte nicht darüber nach und erwartete es auch nicht,

aber sie spürte es leise in sich reifen – eine Zukunfts-
szene, glänzend bunt, erfüllt von schönen Klängen. Sie
würde warten. Schließlich war es die Essenz des Lebens,
und man mußte Geduld aufbringen. Sie war zwar nicht
so geduldig, wie sie es sich gewünscht hätte, aber sie gab
sich alle Mühe.

5.

Schlittschuhlaufen

Der Himmel verhieß Schnee, und die Luft, aus der alle
Farbe gewichen war, ließ auch Lilians Wangen farblos
erscheinen.

Walter Vail war bereits auf dem Eis, eine anmutige
Gestalt, die mit weit ausholenden Schritten am gegenüberliegenden Teichufer dahinglitt. Sein dunkler
Schal hing lose über seinen Armeemantel. An einem
Ende des Teichs wurde Curling gespielt, und hie und da
ertönte vom Eis ein Schrei. Madelaine Fenwick war
nirgends zu sehen. Walter Vail entdeckte Lilian. Sie
trug einen Wollmantel mit Knopfleiste und eine Baskenmütze, deren karierten Rand sie tief in die Stirn gezogen hatte. Er glitt quer durch die Schlittschuh lau-
fende Menge auf sie zu und lächelte sie so strahlend an,
daß sie den Blick senkte.

Sie sind gekommen, rief er und machte eine sonderbare, aber anziehende Geste, die halb Überraschung, halb Verblüffung ausdrückte.

Wir sind zu mehreren hier, sagte Lilian und zeigte auf Arthur und einige ihrer Freunde. Walter Vail winkte Arthur herzlich zu, und Arthur, der an diesem Nachmittag besonders blaß und übernächtigt aussah, winkte ironisch zurück.

Lilian schnürte in aller Ruhe ihre Schlittschuhe und fand aus irgendeinem Grund Gefallen daran zu trödeln. Sie zog ihre Handschuhe an und sah sich müßig nach Arthur um, der verschwunden war.

Sie betrat die Eisfläche mit Walter Vail, der sich interessiert zu ihr hinneigte.

Ich habe Erkundigungen über Sie eingezogen, sagte er. Das gefiel Lilian, obwohl sie nicht recht wußte, was sie davon halten sollte.

Dolly Cushings Bruder Hugh lief vorbei, die Bommel an seiner Pudelmütze wippte, und Beany Wheeler schielte im Vorbeigleiten gleich zweimal durch seine Brille zu ihnen hin. In der Ferne sah sie die kranichartig vorgebeugte Gestalt Sis Cabots, die ihre kleine Schwester auf einem Stuhl vor sich herschob. Die schwarzen Äste hoben sich vom Himmel ab, und Walter Vails schwarze Wimpern hoben sich von seinem bleichen Gesicht ab, während sein Atem in dünnen Wölkchen herüberwehte. Lilian hätte nicht im entferntesten sagen können, was sich hinter dem maskenhaften Gesicht mit dem hellen Muttermal verbarg. Denk nur an all die Räume, die er gesehen hat, die Aussichten von hohen Balkonen, die dunklen Türöffnungen, hinter denen Kerzen schimmern... Lilian war nur ein einziges Mal in New York gewesen, zu jung, um sich an mehr zu erinnern als ein orangerotes Leuchten vor den nächtlichen Fenstern und die Fahrt in einer samtgepolsterten Kutsche. Was sie von der Stadt wußte, stammte aus Büchern oder von Tante Tizzy. Stimmte es, daß die Leute dort die ganze Nacht durch die Stadt schlenderten und Austern aßen und Champagner tranken? Walter Vail zog die Augenbrauen hoch. Sie hörte sich ganz wie ein Mädchen aus gutem Stall an.

Was sie denn so in Boston treibe? wollte er wissen. Sie aß mit ihren Tanten zu Mittag, trank mit anderen Damen Tee. Sie hatte die Peabody-Schule für Mädchen besucht – ihre Auszeichnungen behielt Lilian für sich – und jetzt ein oder zwei Studienkurse belegt; momentan Mr. Holmes' Vortragsreihe über Kunstgeschichte. Sie ging oft ins Konzert, kaum je ins Theater. In Boston sah man immer die gleichen Leute. Sie mokierte sich über das Social Register. Boston war eben nicht New York, wo es von Reisenden wimmelte. Wenn in Boston jemand verreiste, dann fuhr er nach London und erzählte von den Kronjuwelen, dem Verkehrslärm am Picadilly und dem ewigen Nebel. Sie erinnerte sich an ein Weihnachtsfest in der Beacon Street, als Onkel Nat – der Bruder ihres Vaters – Tante Tizzy sein ausdrucksloses Gesicht zugewandt und sie gefragt hatte, warum sie überhaupt verreisen wolle? Tante

Tizzy hatte ihre geschminkten Augen himmelwärts verdreht. Du bist doch hier in Boston geboren, beharrte Onkel Nat; warum willst du denn woandershin? Um von Leuten wie dir wegzukommen, sagte Tante Tizzy, worauf Lilians Vater gelacht hatte, allerdings als einziger im Raum.

Walter Vail hörte ihr amüsiert zu, als trage er alles, was sie in sich aufgenommen hatte, ordentlich zusammen, um es genau zu betrachten.

Sie wolle sich nicht für Boston entschuldigen, sagte Lilian und versenkte ihr Kinn im Kragen, aber sie könne verstehen, wenn sich jemand hier langweile.

Er ließ ein gewisses Unbehagen erkennen, und das gefiel ihr an ihm. Er sagte, er finde Boston keineswegs langweilig.

Sie bemerkte, allmählich bekomme sie kalte Hände, womit sie eigentlich meinte, man solle doch jetzt hineingehen, und bevor sie wußte, wie ihr geschah, hatte Walter Vail sie auf dem Eis angehalten und einen ihrer Handschuhe in seine bloßen Hände genommen, um sanft und ohne jede Scheu ihre Finger warm zu reiben. Man spürte genau, daß es für ihn nichts Ungewöhnliches war, einem Mädchen die Hände warm zu reiben. Ihr ganzer Körper fühlte sich merkwürdig entspannt an.

Über Walters Schulter sah sie am anderen Ende des Teichs Arthur bei den Curlingspielern. Er stand am Ufer und unterhielt sich mit ein paar jungen Leuten, die sie noch nie gesehen hatte. Ein Mädchen trug ein langes Cape, und die Jungen hatten ihre Hüte schief aufgesetzt. Alle rauchten. Es umgab sie ein Hauch von Verwegenheit und Dekadenz.

6.

Tee

Wer waren denn deine Freunde? erkundigte sich Lilian bei Arthur. Sie waren auf dem Weg in die Fairfield Street, wohin sie Walter Vail zum Tee eingeladen hatten.

Arthur hatte von seinem Vater gelernt, für ihn belanglose Fragen einfach zu ignorieren, und erzählte deshalb vom Curling. Ob sie wisse, daß die Finch-Brüder Landesmeister seien?

Im Curling? sagte Lilian und trat mit dem Fuß die schwere Tür auf.

Das Haus in der Fairfield Street hatte zwei Vorräume: einmal einen engen Windfang, in den durch ein sternförmiges Bleiglasfenster Licht fiel und Muster auf den Boden zeichnete, und dann den größeren eigentlichen Flur mit einer Standuhr und grünen chinesischen Vasen ohne Inhalt. In weißen Eckregalen stand Porzellan – auf einem Brett ein Teller und zwei Vasen, auf dem nächsten eine von zwei Papageien flankierte

Terrine, Porzellankörbchen und so weiter. Adler mit gekreuzten Pfeilen unterhalb der Klauen oder blaugoldene Umrandungen schmückten die Teller. Das kantonesische Porzellan, blauweiße Pagoden und Brücken, befand sich im Eßzimmer und wurde auch benutzt. Auf einem kleinen Tisch unter einem Vexierspiegel stand eine flache Schale, in der zweimal täglich die Post abgelegt wurde.

Die Bibliothek roch nach Rauchtee. Hier standen Sessel mit Sitzen und Rückenlehnen aus Leder, die mit Messingnägeln an hölzernen Armlehnen und Beinen befestigt waren. Ein niedriges Sofa stand dem Kamin gegenüber, eine Topfpalme lehnte gegen ein Eckfenster.

Das Wohnzimmer sah nicht viel anders aus. Allerdings war es größer, es gab überall Regale an den Wänden und zwei blaue Sheraton-Sofas, die sich gegenüberstanden. Zur Einrichtung gehörten auch eine Stehlampe mit Rüschenborte, Perserteppiche auf dem Boden und im Sommer ein Beistelltisch, auf dem in einer Glasschale Rhododendronzweige vom Busch im Garten standen. Auf dem Schreibtisch lagen neben der grünen, ledergefaßten Schreibunterlage, dem Brieföffner mit dem Ledergriff und den dekorativen Tintenfässern aus geschliffenem Glas Treibholzstücke, in die Seevögel in unterschiedlicher Körperhaltung geritzt waren. Manche standen einfach nur da, andere breiteten die Flügel aus, als wollten sie gleich losfliegen.

Da es Samstag war und Mr. und Mrs. Eliot auswärts aßen, stand Rosie nicht in der Küche, um einen Braten weich zu klopfen. Die Tage wurden immer noch kürzer, draußen vor den Fenstern glomm ein schwacher gelber Schein. Hildy hatte ihren freien Tag, und das Haus wirkte ganz besonders still. Während Lilian Tee kochte und die Geräusche in dem hohen Raum widerhallten, standen Arthur und Walter Vail im Flur herum und blickten durch die Türen mal ins Eßzimmer, mal ins Wohnzimmer. Walter Vail legte den Kopf in den Nakken und schaute sich das Copley-Porträt über dem Kaminsims an, und Arthur, die Hände in den Taschen, die Lider halb geschlossen, lobte ihn mit monotoner, ausdrucksloser Stimme, er habe sich das kostbarste Gemälde im ganzen Raum ausgesucht.

Sie zündeten in der Bibliothek ein Kaminfeuer an, und Lilian trug aus dem dämmrigen Anrichteraum das Teetablett herein. Mit der Verstohlenheit dessen, dem Tabak eigentlich verboten ist, rauchte Arthur am offenen Fenster eine Zigarette. Die kalte Luft sog den Rauch in einer anmutigen Linie hinaus.

Es war angenehm, Walter Vail hier zu haben. Sein Interesse an Lilian sorgte für zusätzliche Glut im Raum, während sie beim Feuer saßen und plauderten. Sie hielt sich aufrecht, ihre braunen Augen blickten aufmerksam unter der ebenmäßigen Stirn hervor. Im Augenblick war ihm mehr an ihr gelegen als umgekehrt. Sie genoß seine Aufmerksamkeit, spürte, daß er anders war, war sich aber nicht sicher, was sie von ihm halten sollte. Die Jungen aus ihrem Bekanntenkreis hätten es nicht ungewöhnlich gefunden, daß sie ein Mädchen aus Boston war. Doch auch sie selbst fühlte sich jetzt anders.

Kennen Sie irgend jemand dort drüben? fragte Lilian.

Natürlich, einige.

Forrey Cooper, aus dem Ort in Maine, wo wir immer hinfahren, ist gerade zur Marine gegangen, sagte Lilian. Er ist erst sechzehn.

Nein, ist er nicht, sagte Arthur. Eher schon achtzehn. In solchen Dingen hatte Arthur meistens recht.

Das ist beides noch jung, sagte Lilian. Wie alt sind Sie eigentlich?

Walter Vail drückte sich auf merkwürdige Art gegen die Armlehne des Sofas; er war verlegen, weil er Fragen zu seiner Person beantworten sollte. Zwanzig, sagte er. Einen Moment lang fragte sich Lilian, ob er log.

Als sie ihm eine zweite Tasse Tee reichte, schokkierte er sie damit, daß er ihr durchdringend in die Augen starrte. Sie hatte das Gefühl, er prüfe sie gemäß den Regeln einer ihr unbekannten Welt. Sie beugte sich vor, um Holz nachzulegen. Als sie ihre Fassung wiedergewonnen hatte und sich zurücksetzte, beobachtete sie ihn beim Reden, ohne den leisesten Schimmer zu haben, was er eigentlich sagte.

An der Tür waren laute Schritte zu hören. Da sich der Garderobenschrank direkt vor der Bibliothek befand, kam Mr. Eliot als erster herein und schien mit

wachsamer, mißbilligender Miene Arthurs Zigaretten-
rauch zu bemerken. Die spiegelnden runden Brillengläser verbargen seinen Blick. Die Eliots hatten Onkel Bill
in Brookline besucht.

Wen haben wir denn da? sagte Mr. Eliot, und Walter
Vail eilte mit großen Schritten durchs Zimmer, um ihm
die Hand zu schütteln. Mr. Eliot, der plötzlichen Kör-
perkontakt nicht gewohnt war, wich etwas zurück.
Mrs. Eliot tauchte aus dem düsteren Flur auf und zupfte
unschlüssig an ihren Handschuhen. Lilian stellte ihren
Gast vor.

Ach ja, sagte Mrs. Eliot. Diana hat mir erzählt,
daß Sie bei ihnen waren. Sie hielt ihr Gesicht halb
abgewandt, als wisse sie noch nicht genau, was von
diesem Menschen zu halten war. In einer Mischung
aus Offenheit und Scheu sagte Walter Vail ihnen,
wie sehr ihm das Haus gefalle und, zu Mrs. Eliot
gewandt, wie schön sie es seiner Ansicht nach eingerichtet habe. Sie machte ein verdutztes Gesicht. Arthur, der sich über die Armlehne eines Sessels zu-
rücklehnte, grinste hämisch. Lilian warf ihm einen
bösen Blick zu.

Wollen Sie sich nicht setzen? fragte Walter Vail.
Daß sie ein Gast in ihrem eigenen Haus zum Hinsetzen
aufforderte, war den Eliots noch nie passiert.

Selbstverständlich, sagte Mrs. Eliot und nahm mit
einem entschlossenen Handgriff ihren Hut ab, ohne
den Kopf auch nur ein bißchen abzuwinkeln.

Mr. Eliot machte noch ein paar Schritte ins Zimmer

und blieb dann steifbeinig beim Teetablett stehen. Er zündete sich eine Zigarre an und erkundigte sich bei Walter Vail nach seiner militärischen Ausbildung. Im Feldlager sei es nicht so interessant gewesen, erwiderte dieser, eine Ansicht, die Mr. Eliot zu mißfallen schien. Er stutzte auch, als Walter Vail die geschmacklose Formel vom «Abenteuer in Europa» benutzte.

Ist Ihre Mutter nicht Schauspielerin? sagte Mrs. Eliot, selbst überrascht, daß sie sich noch daran erinnerte.

War sie früher mal.

Man muß wohl einen Hang zum Exhibitionismus haben, um Schauspielerin zu werden, sagte Mrs. Eliot.

Auf dem Kaminsims schlug eine Uhr, und draußen im Flur erklang von der Standuhr ein leiseres Echo. Mein Gott, sagte Walter Vail, ein Ausdruck, den Mrs. Eliot bei Arthur des öfteren rügte. Er stand auf. Ich habe gar nicht gemerkt, wie spät es ist. Die Fenwicks werden schon auf mich warten.

Im Vorraum wünschte Lilian ihm an der offenen Tür eine gute Nacht. Walter Vail hatte einen merkwürdigen Gesichtsausdruck, eine Mischung aus Schmerz und Neugier. Er legte die Hand auf Lilians runde Wange und strich, während er einen Schritt zurücktrat, mit den Fingern ihren Kiefer entlang.

Lilian teilte ihrer Mutter mit, daß sie ihn für Montagabend zum Essen eingeladen habe.

Sollten wir nicht Madelaine dazu einladen? fragte Mrs. Eliot.

Ich wüßte nicht, warum, sagte Lilian. Sie war auch nicht beim Schlittschuhlaufen.

Den ganzen Abend über merkte Lilian, daß sie lange Zeit ins Leere starren und sich dabei rundum zufrieden fühlen konnte.

7.

Das Rendezvous und seine Folgen

Lilian saß mit einem Buch im freundlichen, hellen Wohnzimmer, starrte wieder und wieder auf dieselbe Passage und fühlte sich elend. Sie wünschte, sie hätte Walter Vail nie kennengelernt, wünschte, ihr Vater hätte ihn zum Abendessen kommen lassen, und wünschte, sie hätte sich nie so mit ihm verabredet, daß er jetzt jeden Moment an ihre Glastür klopfen konnte. Der Christbaum stand in der Ecke, die Kerzen brannten, und der Raum erstrahlte in sanftem Licht. Draußen war eine klare Nacht, und durch die schwarzen Glaseinsätze der verhängnisvollen Tür sah sie im Garten die gespenstischen Umrisse der Schneewehen.

Endlich kam das Klopfen, es war ziemlich leise.

Lilian sprang auf. Damit sie das Gefühl haben konnte, er sehe sie selbst und nicht etwas hübsch und neu Verpacktes, hatte sie ein altes Kleid angezogen, eins ihrer Lieblingskleider, grün mit weißen Streifen, und weil sie natürlich wirken wollte, hatte sie ihr Haar nicht gebürstet. Sie trug stets weite Kragen, allerdings nie bis unters Schlüsselbein, und hatte hübsche, ebenmäßige Schultern. Der einzige echte Schmuck, den sie besaß, war ein Medaillon mit dem Bild ihrer Eltern auf der einen Seite und dem Hildys auf der anderen, das sie heute auf der bloßen Haut trug.

Mit zugeschnürter Kehle ging sie zur Tür, und als sie sie öffnete, drang die Kälte herein. Walter Vail stellte eine verheißungsvolle Miene zur Schau, als bringe er ihr die angenehmsten Neuigkeiten, und sogleich war sie froh, daß er gekommen war.

Wir müssen leise sein, sagte sie.

Hatten Sie ein schönes Abendessen ohne mich? flüsterte Walter Vail.

Da sie flüstern mußten, blieben sie nah beieinander. Lilian führte ihn im Zimmer herum, ohne zu bedenken, daß er ja schon mit Arthur hiergewesen war. Sie betrachteten die belanglosesten Dinge mit gespannter Aufmerksamkeit, studierten Onkel Nats Schaukästen und befaßten sich ausgiebig mit den Titeln der Drucke, die brennende Schiffe darstellten. Walter Vail lauschte gespannt, während Lilian ihm auseinandersetzte, wen die gerahmten Fotografien auf den Tischen darstellten und wo die geschnitzten Vögel herstammten. Er stand dicht neben ihr, als sie das Straußenei auf dem kleinen Ständer untersuchten, das Tante Tizzy aus Afrika mitgebracht hatte. Lilian wandte ihm das Gesicht zu – sie waren sich sehr nah, er lächelte.

Wollen wir uns setzen? fragte sie. Ihr fiel auf, daß sie gar kein Interesse an seinen Gedanken bekundete.

Sie setzten sich vor den Kamin. Ihre Unterhaltung war nur für sie beide von Belang, sie plätscherte müßig und leicht dahin, wie immer, wenn sich zwei Menschen miteinander wohl fühlen. Walter Vail sprach davon, daß er Architekt werden wollte, wußte aber nicht recht, ob er dazu diszipliniert genug sei. Lilian sagte, natürlich sei er das. Sorgen bereitete ihm auch die finanzielle Unsicherheit, die dieser Beruf mit sich brachte. Wieder fragte sich Lilian, ob das an New York lag – daß man so offen über Geld sprach. Sie konnte sich nicht daran erinnern, daß in ihrer Familie jemals bei Tisch dieses Thema angesprochen worden war, außer von Arthur, der laut darüber nachdachte, wieviel die Morses wohl für ihre Tanzgesellschaft ausgegeben hatten oder warum Mr. Cunningham zweiter Klasse reiste, wo er sich doch den ganzen Zug hätte kaufen können. Arthur wurde dann immer von seinem Vater zum Schweigen gebracht, und damit war die Debatte zu Ende.

Deshalb hatte Lilian den Eindruck, Walter Vail vertraue ihr. Einmal ertappte sie sich dabei, daß sie wie gebannt auf seinen Mund starrte. Sie sah schnell weg. Zwar hatte schon einmal ein Junge sie geküßt, aber noch nie so einer wie Walter Vail.

Es war schon nach Mitternacht, als Walter Vail sich zur Haustür hinausstahl. Sie verabredeten, am nächsten Tag irgendwo in der Stadt zusammen zu Mittag zu essen. Er küßte sie auf die Wange, und nachdem er gegangen war, hatte Lilian das Gefühl, der Kuß sei immer noch da.

Den folgenden Morgen verbrachte Lilian in einem Nebel von Träumereien. Aber um zwölf Uhr mittags, zur verabredeten Zeit, erschien Walter Vail nicht.

Um drei Uhr erhielt Lilian mit der Nachmittagspost ein Briefchen.

> *Es tut mir sehr leid, daß ich nicht zum Lunch kommen konnte. Die Eltern sind da. Wir werden ein paar Tage an der North Shore verbringen. Wir sehen uns, wenn ich zurück bin.*
> *Ihr Komplize*
> *Walter Vail*

Und mit schwachem Bleistift darunter, als Nachtrag:
> *Tut mir wirklich leid.*

Lilian spürte, wie das wunderschöne Traumgebäude, das sie um sich errichtet hatte, bröckelte und zusammenfiel. Zielstrebig ging sie in ihr Zimmer hinauf, um niemanden sehen zu müssen. Dort stand sie vor ihrer Spiegelkommode und betrachtete die kleinen Schmuckkästchen, das silberne mit ihren Initialen, die Pillendose mit der schwarzen Katze. Sie verschob die Haarbürste mit den weißen Borsten auf der Leinenunterlage, sie hob den Schildpattdeckel von ihrer Haarnadelschachtel. Sie merkte, wie ihr die Tränen in die Augen stiegen, und schämte sich. Warum hatte er ihr erst so spät geschrieben? Vielleicht waren seine Eltern ja überraschend gekommen. Was auch immer geschehen war, es lag auf der Hand, daß es ihm nicht so viel ausgemacht hatte wie ihr. Also würde auch sie nicht zulassen, daß es ihr etwas ausmachte.

An den folgenden Tagen hatte sie scheußliche Laune. Sie berichtete Dolly Cushing von den jüngsten Ereignissen, und Dolly sagte, jetzt müsse sie Distanz wahren. Wenn er Interesse habe, sei es nun an ihm, die Initiative zu ergreifen. Da diese Taktik Lilians natürlichem Empfinden zuwiderlief, war sie sich sicher, daß sie genau richtig war.

8.

Er taucht wieder auf

Um nicht für Angeber gehalten zu werden, gaben die Cunninghams nur eine Party im Jahr, eine Eierflip-Party am Freitag vor Weihnachten. Lilian hatte keine Lust, hinzugehen, ihr war nicht nach Gesellschaft zumute, aber ihre Eltern wollten nichts davon hören, daß sie zu Hause blieb. Ganze Familien besuchten die Weihnachtsparty der Cunninghams. Da sie in der

Nähe wohnten, gingen die vier Eliots zu Fuß hin. Arthur trug keinen Mantel, als sei es eine Frühlingsnacht.

Kaum war Lilian durch die Tür getreten, traf sie auf Marian Lockwood. Zunächst war sie überrascht, ihr hier zu begegnen, denn Marian hatte erst im Herbst mit Chip Cunningham Schluß gemacht. Alle hatten damit gerechnet, daß im Sommer die Verlobung stattfinden würde – obwohl Tante Tizzy meinte, sie habe gewußt, daß nichts daraus werden würde, es sei einfach kein Funke übergesprungen –, aber dann hatte Marian sich dagegen entschieden. Lilian hatte Marian schon als kleines Kind gekannt, ein ausgelassenes Mädchen mit drallen Ärmchen, das einem schöntat, solange es seinen Willen bekam, was meist der Fall war. Als ältestes von fünf Mädchen war Marian Lockwood es gewohnt, andere herumzukommandieren. Offenbar hatte sie Lust gehabt, auf die Weihnachtsparty zu kommen, und dies Chip Cunningham – einem schwächlichen Burschen mit unausgereiften Gesichtszügen, der nie nein sagen konnte – einfach mitgeteilt.

Da sie das Haus der Cunninghams gut kannte, fühlte sich Marian Lockwood wie daheim. Was für eine hübsche Farbe, sagte sie über Lilians Kleid. Die Lockwood-Mädchen kauften ihre Kleidung immer unter Anleitung ihrer Cousinen in New York ein und interessierten sich sehr für Mode. Sag mir, wo du es herhast.

Auch Irene Minter war da. Lilian freute sich, sie zu

sehen. Irene Minter schien in einer anderen Welt zu leben, bleich, schwarzäugig, innerlich entrückt und verstört, von einem heimlichen Kummer bedrückt. Sie hatte helles, weizenblondes Haar. Irene stellte immer Fragen, auf die es keine Antwort gab, was andere Leute ärgerte, Lilian jedoch gefiel, denn sie war eher von Irenes Verhalten als von ihren merkwürdigen Einfällen fasziniert. Irene hatte künstlerisches Talent, was Lilian bewunderte, und die Cunninghams besaßen ein kleines Aquarell von einem Boot, das Irene gemalt und sie bei einer Benefizausstellung gekauft hatten. Ganz verlegen zeigte Irene das kleine Bild ihrem Begleiter, der den Eindruck machte, als sei er einer Arrow-Shirt-Reklame entstiegen.

Du siehst ja wundervoll aus, sagte sie jetzt mit einem erstaunten Blick aus schwarzen Augen. Macht das die Liebe? Sie stellte Lilian ihrem Freund vor, einem Burschen, den Lilian noch nicht kannte. Irene Minter hatte eine Schwäche für gutaussehende Männer, die geistesabwesend und verschlafen wirkten und sie kaum zu bemerken schienen.

Auch Dolly Cushing war da. Ihr Haar glänzte, sie trug etwas Lanzettenverziertes und stellte ein Paar neuer Riemenschuhe zur Schau. Dollys verschwörerisches Begrüßungsblinzeln schlug genau die falsche Saite an. Lilians Laune war auf dem Tiefpunkt angelangt. Mr. Cunningham nannte sie Ellen, und Mrs. Cunningham lud sie für nächsten Monat zum Geburtstag ihrer Tochter Elizabeth ein. Elizabeth Cunningham war jünger als Lilian, aber da die Familien gut miteinander bekannt waren, mußte sie hin. Die ängstliche, reizlose Elizabeth hatte nicht viele Freunde.

Nach einem Abendessen mit glasiertem Schinken und Rahmzwiebeln – man balancierte die Teller auf den Knien – machten sich die Erwachsenen mit kleinen Kindern auf den Heimweg, während die übrigen zum Trinken in das weniger geräumige Wohnzimmer hinübergingen. So waren die jungen Leute ihren eigenen Vergnügungen überlassen.

Dolly Cushing und Harry Cunningham, der umgänglichere der beiden Brüder, organisierten ein Spiel, bei dem alle mitmachen sollten. Die beiden riefen und dirigierten die Mitspieler, damit sie sich richtig aufstellten. Lilian sah Madelaine Fenwick in ihrem satinbesetzten Kleid mit arroganter Miene an der Seite sitzen. Lilian verdrückte sich in den hinteren Teil des Zimmers, um vor sich hin zu brüten, und fand neben einem schweren Vorhang einen Stuhl an der Wand. Arthur, der solche Gesellschaftsspiele haßte, gesellte sich, da er ihre Stimmung spürte, schweigend zu ihr und reckte beim Hinsetzen das Eliotsche Kinn vor. Irene Minter suchte sich einen Stuhl in der Nähe, und Arthur beobachtete mit düsterem Gesichtsausdruck, wie ihre Hände seltsame Gedankenfiguren in die Luft zeichneten. Irene sieht heute abend gehetzt aus, dachte Lilian. Andererseits kam ihr heute alles komisch vor. Irenes Begleiter verfolgte das Treiben mit offenem Mund.

Freddie Vernon führte das eine Team an. Sein hoher

Kragen schien ihn zu würgen, aber vielleicht entstand dieser Eindruck auch durch seine Glupschaugen. Chip Cunningham stand abseits. Es quälte ihn, daß Marian Lockwood mit Dickie Wiggin, einem scheuen, adretten Burschen, der sein Glück kaum fassen konnte, Fingerhakeln spielte. Lilian zuckte zusammen, als sie aus dem Augenwinkel einen Uniformrock mit Koppel wahrnahm, aber es war nur Tommy Lattimores Bruder, der nach Weihnachten ebenfalls eingeschifft werden würde. Mit nach oben gewandtem Blick saßen die jungen Leute auf die harten Sofas und alten Lehnstühle verteilt, während ein Mitspieler nach dem anderen vor ihnen Aufstellung nahm, geheimnisvoll gestikulierte, auf Körperteile zeigte, die Finger hochhielt, Bilder in die Luft malte und auf dem Boden Verrenkungen machte. Mitten in all dem Geschrei bemerkte Lilian ein ruhiges Gesicht: Tommy Lattimore starrte traurig zu ihr herüber.

Es war ihr den ganzen Abend nicht eine Sekunde lang gelungen, Walter Vail zu vergessen und aufzuhören, daran zu denken, wann er wohl von den North Shore zurückkommen würde.

Genau in diesem Augenblick führte die schüchterne Elizabeth Cunningham mit hängendem Kopf einen Neuankömmling ins Zimmer. Chip, sagte sie leise, und der geknickte Chip sah lustlos hinüber. Harry, sagte sie, und als Harry aufsah, drehte sich die ganze Schar um. Dolly stieß einen Pfiff aus und blickte sofort zu Lilian, die gegen den Vorhang zurückzuckte. Es war Walter Vail.

Tut mir leid – ich – ich habe mich verspätet, sagte er mit gefühlvoll verzogenem Gesicht. Wir sind eben erst zurückgekommen... Aber seine Erklärungen wurden übertönt; sie interessierten keinen, jetzt war er ja da. Harry Cunningham klopfte ihm auf den Rücken und zog ihn in den Kreis von Stühlen. Lilian saß wie angewurzelt da und sah zu, wie Walter Vail erst so tat, als kenne er das Spiel nicht, und dann beängstigend schnell begriff. Lilian spürte, wie sie zusammenschrumpfte. Sein leibhaftiger Anblick löschte einige der strahlenden Vorzüge aus, an die sie sich erinnerte. Er sieht gar nicht so gut aus, wie ich dachte, überlegte sie. Eigentlich ist er ziemlich unscheinbar. Daß ihr Körper seit seiner Ankunft gleichsam unter Strom stand, überging sie. Er beugte sich zu den anderen vor, ins Spiel vertieft, ohne die geringste Absicht, ihren Blick zu erwidern.

Schließlich war das Spiel zu Ende, es begann der allgemeine Aufbruch. Nachdem er noch mit Madelaine Fenwick geplaudert hatte, ging Walter Vail quer durch den Raum auf eine Lilian Eliot zu, die mit versteinerter Miene die Stoffalten in ihrem Schoß inspizierte.

Hallo, sagte er.

Lilian sah auf und mußte unwillkürlich lächeln. Sie sind also wieder zurück, sagte sie.

Sie haben ja gar nicht mitgespielt, sagte er.

Sie zuckte die Achseln, außerstande, das Lächeln abzustellen.

Das mit letzter Woche tut mir leid, sagte er.

Lilian erwiderte nichts; sie wollte, daß es ihm weiterhin leid tat.

Es ist was dazwischengekommen, sagte er.

Ach ja? sagte sie und merkte, daß sie das Lächeln doch abstellen konnte.

Walter Vail schien nicht sonderlich bekümmert. Er erinnerte Lilian an Arthur, dem es auch egal war, ob man ihm glaubte oder nicht. Eine weitere Ähnlichkeit bestand darin, daß man sich auch auf Arthur nicht verlassen konnte, jedenfalls nicht in praktischen Dingen. Aus irgendeinem Grund hatte Lilian immer geglaubt, Arthurs Absichten seien gut, vielleicht sogar besser als die der meisten Menschen. Zum Beispiel, wie er immer sofort auf Ungerechtigkeiten und Unaufrichtigkeit ansprang. Warum bekam Rosie nur einmal pro Woche frei? Warum lud Mrs. Eliot Mrs. Amory ein, wenn sie sie nicht mochte? Freilich sorgte er damit für Ärger, aber er verschwieg nichts, sondern stand dazu. Das mußte man ihm lassen. Dort stand er jetzt in der Nähe des efeugeschmückten Eingangs, den dünnen Hals angestrengt vorgebeugt und den Kopf zur Seite geneigt, um ja kein Wort zu verpassen, das Irene Minter hinhauchte, als sei es zuviel Ablenkung, sie direkt anzusehen. Für Lilian mischte sich in Arthurs diabolische Art auch etwas Engelhaftes.

Und hier, direkt vor ihren Augen, schienen sich einige von Arthurs Eigenschaften bei Walter Vail wiederzufinden. So betrachtet, kam es ihr vor, als verstehe sie Walter Vail jetzt besser – er war wie Arthur, der es gut meinte, obwohl nicht immer alles gut endete. Sie wollte auf keinen Fall zu jenen Mädchen gehören, die einen Jungen nicht verstehen können.

Sind Sie mir böse? sagte Walter Vail. Er setzte sich auf Arthurs Stuhl. Dann nahm er ihren Arm.

Nein, sagte sie, und jetzt, wo seine Hand darauf lag, verwandelte sich ihr Arm in etwas Fremdes, etwas Unirdisches, während ihr übriger Körper blieb wie zuvor. Sie sah Walter Vail nicht an, in der Hoffnung, Distanz wahren zu können, wie Dolly Cushing es ihr geraten hatte. Sie spürte, daß er ihr prüfend ins Gesicht sah, weil er auf ihren Ärger gefaßt war. Aber was für ein Anrecht hatte sie denn auf ihn? Sie dachte nicht daran, ihn wissen zu lassen, daß er ihr auch nur das geringste bedeutete. Und wenn sie nun wirklich wütend war? So etwas hatte sie sich noch nie anmerken lassen, allenfalls ihrer Familie gegenüber, und selbst wenn sie es sich zugetraut hätte, was ja nicht der Fall war, hätte sie sicher nicht die Weihnachtsparty der Cunninghams als Schauplatz gewählt.

Walter Vail erklärte ihr, daß sie nach Prides Crossing gefahren seien, um dort seinen ledigen Onkel zu besuchen, der außer dem Haus in der Lime Street, gleich um die Ecke, wo die Vails jetzt wohnten, noch ein Häuschen am Meer besaß. Es freute Lilian zu hören, daß er nun nicht mehr bei den Fenwicks wohnte. Er sagte, seine Mutter fahre selbst im Winter schrecklich gern an die North Shore, und so waren sie direkt vom Schiffsanleger aus hingefahren. Walter Vail hatte schon den vorigen Sommer dort verbracht und mochte seinen Onkel.

Wir mußten eine Menge Leute besuchen, sagte er. Ich habe nicht gewußt, daß wir so lange bleiben würden. Wieder sah er Lilian prüfend ins Gesicht, aber sie tat ihr möglichstes, sich nichts anmerken zu lassen. Jetzt, wo wir so nah beieinander wohnen, können wir uns treffen, ohne daß ich mich durchs Gartentor schleichen muß, sagte er. Obwohl es mir nichts ausmachen würde.

Lilian lächelte.

Es tut mir leid, sagte er mit sanfterer Stimme.

Lilian nickte.

Ich dachte mir, Sie würden es verstehen.

Gegen ihr instinktives Gefühl zuckte Lilian die Achseln. Es war ja nur ein Mittagessen, sagte sie leichthin.

Walter Vail senkte den Blick und runzelte ein wenig verwirrt die Stirn. Der Fleck auf seiner Wange wirkte jetzt dunkler. Oh, sagte er, und Lilian merkte erschrokken, daß er nicht etwa aus Verlegenheit vor sich hin sah, sondern weil er in seinen mit Knöpfen versehenen Taschen nach seiner zusammengefalteten Mütze suchte. War das alles? Würde er sich nicht etwas mehr bemühen?

Jetzt stand er auf. Jetzt sah er sie an, enttäuscht, begierig wegzukommen. Oh, was würde Dolly dazu sagen? Ihn einfach gehen lassen? Ja, ihn gehen lassen, und dann würde er darüber nachdenken und erkennen, daß sie kein Mädchen war, das man einfach herumschubste, sondern daß sie eine Persönlichkeit war, mit der man sich messen mußte, und dann würde er zurückkommen.

Aber würde er das wirklich? Lilians Gedanken überschlugen sich. Er war ja kein normaler Junge aus Boston, der ein paar Straßen weiter auf dem Mount Vernon oder in Willow wohnte, und er kehrte auch nicht übermorgen nach New York zurück – selbst New York war ja nicht so weit entfernt –, nein, er fuhr noch viel weiter weg. Er fuhr nach Europa und kam vielleicht nie wieder.

Er ging auf die Tür zu.

Lilian beobachtete ihn.

Er sah sich nach einem der Cunninghams um, um sich zu verabschieden.

Warten Sie, sagte Lilian. Ich gehe mit.

9.

Die blaue Stunde

Als sie aus der Tür der Cunninghams in den kleinen Hof traten, streiften federleichte Schneeflocken ihre Gesichter. Die Straße war weiß bestäubt, und die anderen Gäste riefen, wie schön das aussehe.

Walter Vail schlug vor, spazierenzugehen. Es war eine stille Nacht und die schwarze Luft wie schraffiert vom Schneegestöber.

Sie gingen auf den Common zu, wo die Lichter am hellsten waren, und schlenderten durch die leuchtende Luft die mit durchhängenden Ketten begrenzten Wege entlang. Ihre Arme streiften sich, und da sie nah beieinander blieben, geschah es immer wieder. Als sie die Straße überquerten, die zum Hill zurückführte, nahm Walter Vail ihren Arm und ließ ihn auch auf der anderen Seite nicht los. Er erzählte ihr von seiner Zeit in Prides Crossing. Sie waren zu einem Dinner gegangen, das hätte sie mal sehen sollen: Muschelsuppe und danach Hühnchen, Blumenkohl und Kartoffeln, alles weiß! – sogar das Dessert, das sich Schwimmende Insel nannte –, und Lilian war ihm dankbar, daß er sagte, Sie können es sich nicht vorstellen, und sie für seinesgleichen hielt, denn ihr kam an einem solchen Essen überhaupt nichts ungewöhnlich vor.

Sie steuerten auf einen steilen Hügel zu. Sein Arm legte sich um sie, die Hand umschloß ihren Ellbogen und hielt sie fest.

So wie Walter Vail sie hielt, hatte sie noch kein anderer Junge gehalten. Er führte sie die Gehwege entlang, eine Winternacht, in der niemand sie sah, und er hätte es ja nicht gekonnt, wenn sie es nicht zugelassen hätte. Sie fühlte sich wie ausgewechselt. Das liegt an ihm, dachte sie. Der Mensch, den er sieht, ist ganz anders als der, der ich zu sein glaube – Walter Vail sieht einen besseren Menschen in mir. Ihr war dieser Mensch lieber.

Sie fühlte sich wie jemand, der ihr vielleicht aus einem Buch oder Theaterstück hätte bekannt sein können, nur daß sie nichts vortäuschte oder irgendeine Rolle spielte – sie hatte das Gefühl, damit übereinzustimmen, ein Gefühl, das sie ganz ausfüllte, in ihren Körper gegossen wie flüssiges Erz in eine Form. Es verteilte sich darin und nahm ganz und gar Besitz von ihr. Sie meinte, ein paar Zentimeter über dem erhoben zu sein, mit schwerelosen Armen und kräftigen Beinen, sie spürte den Unterrock, der locker ihre Hüften umschloß, das Gewicht ihres Kleides darauf, und über allem ihren schweren Mantel. Sie waren jetzt in der Pinckney Street, die Straßenlampen schnitten Kreise aus dem herabfallenden Schnee, die Backsteine waren schon pudrig beglänzt, und hie und da sah man ein paar Fußstapfen. Die beiden gingen auf steilen Gehwegen bergan und folgten gewundenen Straßen.

Es war Lilian, die stehenblieb. Sie stellte sich vor ihn, dachte, daß er nicht mehr lange hiersein und vielleicht nie wiederkommen würde, und während er sie ansah, blieb ihr Zeit für die Überlegung, ob er wohl wußte, was sie beabsichtigte, doch diese Überlegung war frei von Sorge, die Sorge hatte sie in dem gelberleuchteten Raum mit den Topf-Weihnachtssternen zurückgelassen, wo weiße Eierfliplachen in den Tassen standen und die Kohlen rot im Kamin glühten und kein Gespräch zu Herzen ging, dachte sie, zumindest nicht so wie hier, wo jede Sorge ein Ende hatte. Wo sie sich jetzt mit Walter Vail befand, war die Welt ein verlassenes Bühnenbild, alle Geräusche gedämpft, erstickt hinter dem Perlenvorhang aus Schnee, die schmächtigen Häuser mit ihren schmalen Fronten, ihren Granitstufen und der hauchdünnen Flockenschicht, einer efeuumrankten Laterne am Eingang, einem Türkranz im Schatten, dem Funkeln eines Türklopfers, und ein paar Häuser weiter eine dunkle Gestalt, die ihren Hund ausführte. Lilian blieb stehen. Ihre Hand ruhte auf einem eisernen Torpfosten. Behutsam strich sie ein Häufchen Schnee weg und sah Walter Vail in die Augen. Sie fühlte sich schwerelos und seltsam kühn. Es war wundervoll, einem Jungen in die Augen zu sehen, ohne sich zu schämen. Walter Vails dunkle Augen waren wie ein anderes Land, und sie merkte, daß es das Natürlichste von der Welt war, in dieses Land hinauszuschauen. Es war, als überfliege sie eine Landschaft und betrachte den Lichteinfall: hier klarer Himmel, dort dunkle Wolken, in der Ferne ein stilles Feld und etwas näher blühende Bäume auf einem runden Hügel. Es war Dämmerung, Abend, die blaue Stunde. Als sie in seine Augen sah, glaubte sie an die Kostbarkeit. Sie hätte ewig so weiterschauen können, noch jung genug, um zu meinen, die Ewigkeit sei eine vorstellbare Zeitspanne.

Er legte ihr die Hände auf die Schultern, strich den Schnee weg, und sie legte den Kopf zurück, als sein Gesicht näher kam. Sie schloß die Augen, aus Scheu vor so großer Nähe, und bemerkte erstaunt, was in ihr vorging. Sie verspürte ein heftiges Pochen, und ihr schwanden die Sinne. Als sie die Augen einen Spaltweit öffnete, sah sie nah und groß seine Wange, und seine Nase streifte ihre Nase. Eine solche Veränderung hätte sie nie für möglich gehalten. Es war, als habe sie sich in ein samtenes Dunkel verwandelt. Ihr Kopf spielte keine Rolle mehr, soviel Neues empfand ihr Körper. Einen Moment später schnappte sie nach Luft.

Ich konnte nichts dagegen –, begann Walter Vail.

O nein, sagte Lilian und sank gegen ihn.

Er küßte sie erneut, und der wunderbare Aufruhr in ihrem Innern hielt an.

Eine Weile später wandte sie, von Schneeflocken bedeckt, ihr schläfriges, glänzendes Gesicht zu Walter Vail empor und wünschte ihm an der Haustür in der Fairfield Street eine gute Nacht. Endlich ist es soweit, dachte sie.

10.

Du bist ein tolles Mädchen

Am nächsten Tag kam Walter Vail erneut in die Fairfield Street. Es war ein strahlender Tag, der Schnee glänzte auf den Dächern, und aus den Dachtraufen tropfte es. Walter Vail und Lilian schlüpften in die dunkle Bibliothek. Es brannte kein Feuer, aber hier waren sie am ungestörtesten. Mrs. Eliot war den ganzen Vormittag ausgegangen.

Lilian schloß die Tür hinter sich und wartete darauf, daß Walter Vail sie in die Arme nahm, aber er war scheu geworden. Er strebte der gegenüberliegenden Wand zu und starrte mit großem Ernst auf eine gerahmte Karte von Cape Cod aus dem 18. Jahrhundert, mit einem großen sternförmigen Kompaß in der Ecke. Er stellte ihr Fragen dazu. Lilian, die sein Verhalten nicht verstand, versuchte, ihm Mut zu machen, indem sie ihm lächelnd antwortete, wurde jedoch immer befangener. Er sei einmal im Sommer mit den Fenwicks in Cape Cod gewesen, sagte er mit unnatürlich lauter Stimme, aber das sei so lange her, daß er sich nicht mehr erinnere. Ob sie schon einmal dort gewesen sei? Ob es ihr gefallen habe? Ja, sagte Lilian, sie habe das Meer schon immer gemocht, obwohl sie am liebsten in Maine sei... Sie war mit ihren Gedanken woanders, und ihre Stimme klang dumpf. Ihr fiel ein, daß Walter Vail ihr gar nicht gesagt hatte, was er für sie empfand. Vielleicht hatte sie alles mißverstanden.

Die Unterhaltung stockte.

In die Totenstille hinein sagte Walter Vail: Ich kann heute abend nicht mit dir essen. Er nahm eine Messingeule in die Hand und zog ihren beweglichen Kopf nach hinten.

Es wäre ihr letzter Abend gewesen. Ach ja? Lilian lächelte matt.

Ich muß mich mit jemandem treffen, sagte er, völlig in die Betrachtung der Figur versunken. Ist die für Zigaretten? fragte er.

Lilian gab keine Antwort. Sie fühlte sich plötzlich weit von ihm entfernt. Deine Eltern? fragte sie, wußte aber, daß er ihr davon vorher gesagt hätte.

Nein. Er stellte die Eule wieder hin. Seine Hände verschwanden in den Taschen. Er seufzte. Es ist eine Person, mit der ich vor einiger Zeit häufiger zusammen war, aber... Er machte eine komische Geste, stemmte die Arme in die Seiten und sah Lilian ärgerlich an, als sei sie schuld daran, daß er jetzt solche Unannehmlichkeiten hatte. Ich habe sie letzte Woche in Prides Crossing getroffen. Er ließ schuldbewußt den Kopf hängen.

Wirklich? Das Blut wich aus Lilians Gesicht, aus ihrem Herzen. Alles kam zum Stillstand.

Sie ist nicht jemand, der... ich meine, ich kannte sie schon lange... bevor ich dich kennengelernt habe.

Lilian war sprachlos. Sie wollte kein Wort mehr hören. Sie wollte alles bis ins letzte Detail hören.

Ich hatte sie eine Zeitlang nicht gesehen, fügte Walter Vail lahm hinzu. Dann schwieg er.

Lilian schaute zum Fenster, wo der Spalt zwischen den dunklen Vorhängen einen gleißend hellen Tag enthüllte. Schließlich sprach sie. Kenne ich sie? Ihre Stimme klang jetzt ganz dünn.

Ich glaube nicht. Walter Vail senkte den Blick und runzelte angestrengt die Stirn.

Also, wer ist es? Lilian fühlte sich innerlich ganz hart.

Sie ist einfach nur... Es ist Nita Russell. Walter Vail warf Lilian einen flehentlichen Blick zu, um zu sehen, wie diese Mitteilung auf sie wirkte. Er schaute schnell wieder weg.

Lilian setzte sich aufs Sofa. Ich kenne sie, sagte sie und rührte sich nicht. Ich dachte, sie sei mit einem der Reeds verlobt. Ihre Stimme klang ausdruckslos, ganz unbeteiligt.

Das war sie auch, begann Walter Vail. Aber es hat, na ja, es hat einen Riesenschlamassel gegeben.

Lilian starrte auf den gebogenen Griff des Servierwagens und fuhr mit dem Blick wieder und wieder seine Form nach. Wirst *du* sie heiraten? fragte sie, erstaunt über ihre Kühnheit.

Mein Gott, nein, platzte Walter Vail heraus. Sein altes Ich schien zurückzukehren, fast hätte er losgelacht.

Lilian sah auf.

Ich muß einfach mit ihr reden, sagte Walter Vail und wurde ganz klein unter ihrem Blick.

Lilian nickte. Nita Russell, sagte sie. Die hab ich schon immer für was Besonderes gehalten.

Sie ist irgendwie verrückt, sagte Walter Vail. Überspannt.

Lilian war zwar in den Sinn gekommen, daß Walter Vail schon andere Mädchen gekannt hatte, aber sie hatte nie daran gedacht, daß sie wirklich existierten.

Natürlich taten sie das. Die Mädchen, die ihm gefielen, waren also überspannt, hatten einen schwellenden Busen und eine Wolke blonden Haars wie Nita Russell.

Es war still im Zimmer. Die Uhr tickte. Lilian setzte sich ein wenig auf und versuchte, ihre Fassung wiederzugewinnen.

Sie tut mir einfach leid, sagte Walter Vail und räusperte sich.

Die Nita Russell, die Lilian kannte, war ein auffallendes Mädchen, das stets sehr ausgeglichen und irgendwie unterschwellig selbstverliebt wirkte. Sie war niemand, der einem im mindesten leid tun mußte. Lilian schob grübelnd die Unterlippe vor.

Sie hat meinetwegen ihre Verlobung gelöst, sagte er. Seine Hand schnellte in die Luft. Ich muß mit ihr zu Abend essen. Seine Wut wirkte plötzlich echt.

Vielleicht saß er ja wirklich in der Klemme. Lilian hatte gehört, daß Nita Russell in andere Affären verstrickt war.

Wahrscheinlich, sagte Lilian.

Ich wäre viel lieber mit dir zusammen, sagte Walter Vail leise, und als er die Wirkung seiner Worte sah, fügte er hinzu, wirklich.

Lilian hatte das Gefühl, er meine es ernst. Sie spürte, wie etwas von ihrer alten Kraft zurückkehrte. Er mußte das in ihrer Miene gelesen haben, denn jetzt wagte er es, sich ihr zu nähern. Er nahm neben ihr Platz.

Sie wich nicht zurück. Sie sah, wie seine Schultern die grobe Strickjacke ausfüllten. Sie berührte seinen Arm. Jetzt war er ihr wieder nah, und als sie sein Gesicht so aus der Nähe sah, tauchte der Walter Vail vom Vorabend auf: Diese Augen kannte sie, so aus der Nähe. Seine Zuwendung tat ihr wohl. Er nahm ihre Hand. Es bereitete ihr Mühe, klar zu denken, wenn er ihre Hand nahm, aber es schien ihr Halt zu geben. Genaugenommen war dies das Verläßlichste, was es überhaupt gab: seine warme Hand.

Du bist ein tolles Mädchen, sagte er.

Nein, sagte sie. Ich bin wie alle anderen, außer Nita Russell. Wie sie bin ich nicht.

Nein, sagte Walter Vail und legte den Arm um ihre zarten Schultern. Die Stille im Raum war jetzt nicht mehr steif und bekümmert. Gott sei Dank bist du das nicht.

II

Er hinterläßt bleibende Eindrücke

Dolly Cushing konnte es kaum erwarten, Lilian ihren Eindruck von Walter Vail mitzuteilen und ihrerseits herauszufinden, wie weit die beiden gegangen waren. Mit Einkaufstüten beladen, schaute sie nach dem Mittagessen kurz vorbei und zeigte Lilian die Geschenke, die sie gekauft hatte.

Er ist ja enorm charmant, sagte sie. Also wenn ich Freddie nicht hätte... Sie bewegte herausfordernd die Schultern. Ich habe ihn bei den Cunninghams beobachtet. Er ließ dich ja keinen Moment aus den Augen.

Lilian zuckte zusammen und wünschte, sie hätte die ganze Sache für sich behalten.

Dolly sah ihre Freundin mit feierlicher Miene an. Heirate ihn, sagte sie.

Lilian lachte und wandte das Gesicht ab, um die Röte darin zu verbergen. Ich kenne ihn seit einer Woche, sagte sie. Das war der dümmste Einfall, den sie je gehört hatte. In ihrem Inneren freilich ging etwas ganz anderes vor; der beiläufige Gedanke berührte etwas sonderbar Reales, als habe sich die Idee, Walter Vail zu heiraten, längst in ihr eingenistet und warte, auf dem Lehnstuhl im Zimmer sitzend, überraschend auf sie. Jemand, der Lilian besser kannte, wie etwa Jane Olney, die noch den ganzen Januar über unten in Florida war, hätte dieses tief verborgene Gefühl vielleicht erahnt, aber da Dolly Cushing mit tiefen Gefühlen wenig vertraut war, ahnte sie kaum, was ihre Freundin gerade durchmachte.

Lilian erzählte ihr von Nita Russell, wobei sie so tat, als sei deren Rolle ganz belanglos, aber Dolly vermutete sofort ein Ränkespiel.

Das, sagte sie, ist gefährlich. Du mußt dich irgendwie mit ihm verständigen. Und sie zählte die verschiedenen Möglichkeiten auf, die es dazu gab. Während sie redete, wurde ihre Stimme zu einem entfernten Summen, wie Fliegen an einem heißen Sommertag, und Lilian konnte ihren Gedanken freien Lauf lassen. Sie erinnerte sich an Walter Vails Kuß. Aber sie war klug genug, ihn Dolly gegenüber nicht zu erwähnen. Sie dachte an Walter Vails warme Finger, konnte sie auf ihrer Wange fühlen, und solange sie an diese Dinge dachte, kam ihr Nita Russell gar nicht in den Sinn. Außerdem würde sie Walter Vail ja heute abend sehen! Sie hatten ausgemacht, sich nach seinem Dinner mit Nita Russell noch zu treffen. Warum sollte er sich mit ihr verabreden, wenn er kein Interesse an ihr hatte?

Nachdem Dolly in einem Durcheinander von Schachteln und Seidenpapier aufgebrochen war, gab sich Lilian wieder ihren Träumereien hin. Doch diesmal erschien Nita Russell auf der Bildfläche. Lilian ertappte sich bei der Vorstellung, wie Walter Vail das hochgewachsene Mädchen küßte. Lilian war sich sicher, daß sie sich geküßt hatten! Sein Arm umschlang ihren Rücken, sie lehnte sich dagegen. Entsetzt und voller Qual sah Lilian zu, wie die Hand, die noch Augenblicke zuvor so sanft ihre Wange berührt hatte, die Perlmuttknöpfe von Nita Russells Bluse öffnete und hineinglitt.

12.

Dinner bei den Eliots

Sie war so aufgewühlt, daß sie sich an diesem Abend am liebsten ums Dinner gedrückt hätte, aber Tante Tizzy war zu ihrem Weihnachtsbesuch eingetroffen. Sie hatte einen Hauch der großen weiten Welt mitgebracht, und Lilian hörte ihr gerne zu. Ohne Tante Tizzy hätte sie nie erfahren, daß es über die Eliots auch Interessantes zu wissen gab, etwa, daß ihre Mutter im Frühling immer barfuß gegangen war oder daß Mr. Eliot als Jugendlicher einmal eine Nacht im Gefängnis verbracht hatte, wegen ungebührlichen Verhaltens, was hieß, er hatte getrunken. Wenn Lilian ihren Vater fragte, wie denn sein Leben vor ihrer Geburt ausgesehen habe, pflegte er nüchtern zu sagen, genauso wie jetzt.

Mit nichts als Walter Vail im Kopf und ermutigt durch Tante Tizzys Gegenwart, ihre funkelnden Armbänder, die dünnen, purpurroten Lippen und das krause

Haar um ihre blasses Gesicht, erkundigte sich Lilian bei ihrem Vater, wie er und Mrs. Eliot sich eigentlich kennengelernt hätten. Sie hatte die Geschichte zwar schon einmal gehört, aber das war bereits einige Zeit her – sie handelte von einer Begegnung bei einem Picknick und von verlorenen Handschuhen. Lilian interessierte sich für solche Begegnungen.

Mr. Eliot, der relativ spät geheiratet hatte, sah seine Tochter an, als wolle sie ihn durch ein Verhör zum Reden bringen. Aber er würde sich nicht aufs Glatteis führen lassen. Das mußt du schon deine Mutter fragen, sagte er.

Mrs. Eliot saß zufrieden blinzelnd am anderen Ende des Tisches, die Nase in einem Glas Wein.

Was war denn mit deiner Mutter und deinem Vater? fragte Lilian weiter. Mr. Eliots Eltern waren 1882 innerhalb eines Monats während einer Grippeepidemie gestorben. Mr. Eliot war damals zwanzig gewesen. Die zehn Jahre jüngere Tante Tizzy – ihr Bruder Nat war der Mittlere – war zu Verwandten nach Dover gezogen.

Die haben sich in Boston kennengelernt, sagte Mr. Eliot, als sei das die ganze Geschichte. Über dem Büffet hing das ovale, goldgerahmte Gemälde eines kleinen Jungen. Er hatte Ringellöckchen und trug ein Rüschenkleid. Mein Vater als kleines Mädchen, sagte Mr. Eliot dazu.

Sie haben sich in einem Büro der Kriegshilfe kennengelernt, sagte Tante Tizzy. So hat es Onkel Char-

lie jedenfalls erzählt. Mutter war dort als Kranken-
schwester tätig, und Vater war verwundet...

Vater ist nie Soldat gewesen, sagte Mr. Eliot.

Aber natürlich war er das, sagte Tante Tizzy. Ich
habe doch seine Mütze.

Nur weil ein Mann so eine Mütze hat, muß er noch
lange kein Unionssoldat gewesen sein, sagte Mr. Eliot.

Nicht schon wieder, sagte Arthur.

Mr. Eliot betrachtete seinen Sohn mit halbgeschlos-
senen Lidern. Paß du auf dein loses Mundwerk auf,
sagte er.

Ich gebe mir alle Mühe, sagte Arthur.

Eines Tages wirst du mit dieser Haltung noch Ärger
bekommen.

Hoffen wir's, sagte Arthur.

In den Kartons auf dem Dachboden hatte Lilian Bilder ihrer toten Großeltern gesehen: Kuverts aus Foto-
studios mit protziger Schrift und aufgeprägten Veil-
chen, Menschen auf Veranden, über die Kaskaden
untertassengroßer Blätter hingen, Frauen mit Babies im
Arm, Pfeife rauchende Männer, ein Hund mitten im
Sprung, der nach einer Hand schnappte. Wer waren sie
alle? Lilian hätte gern gewußt, was sie dachten und was
sie sagten, wie sie sich kennengelernt hatten und wie
ihnen damals die Welt erschienen war. Vor allem interessierte sie sich für Mrs. Eliots Mutter, Lilian Baker,
nach der sie benannt worden war. Sie war bei der
Geburt gestorben, und Mrs. Eliot war von einer Stief-
mutter und einem Vater großgezogen worden, der sie

ablehnte. Laut Mrs. Eliot hatte ihr Vater ihr nie verziehen. Lilian Baker war Halbfranzösin, und auf einem Bild trug sie ein schwarzes Kleid mit fließenden Satinbändern. Sie hatte einen verschleierten Blick.

Bald wurde über den Krieg gesprochen.

Arthur räusperte sich. Ich frage mich, ob –

Mr. Eliot fiel ihm ins Wort. Heute kam ein Mann zu mir ins Büro. ‹Ich frage mich, ob›, hat er gesagt und dann irgendwelchen Unsinn geredet. ‹Wollen Sie *mich* etwas fragen?› habe ich zu ihm gesagt. Er hat mich angeschaut, als sei ich verrückt. Was soll dieses ‹Ich frage mich, ob›? Es ist genauso schlimm wie ‹Ich weiß nicht, aber›.

Mr. Eliot hatte zwar keine Auftritte vor Gericht, veranstaltete aber gern welche in seinem Eßzimmer.

Soll ich jemandem zuhören, der seine Sätze mit ‹Ich frage mich, ob› oder ‹Ich weiß nicht, aber› beginnt? Ganz bestimmt nicht.

Mrs. Eliot wedelte freundlich lächelnd mit der Hand vor ihrem Gesicht herum, als wolle sie Rauch vertreiben.

Ich frage mich, wiederholte Arthur, ob ihr mich wohl entschuldigen würdet.

Mr. Eliot starrte ihn wie versteinert an.

Würdet ihr mich wohl bitte entschuldigen? fragte Arthur.

Aus welchem Grund?

Bei Harry Cunningham wird Karten gespielt.

Alice würde das nicht gefallen, sagte Mrs. Eliot und schüttelte vage den Kopf.

Alice tut das gut, meinte Tanzte Tizzy. Bißchen Leben in der Bude.

Arthur stöhnte verzweifelt.

Mr. Eliot zog eine Uhr aus der Tasche. Geh nur, sagte er mißmutig.

Arthur stürmte durch die Schwingtür des Anrichteraums hinaus und nach hinten in die Küche, um sich bei Rosie für Braten und Kuchen zu bedanken. Casey, der Butler, und Hildy mit ihrer gestärkten Schürze würden sich gerade mit Rosie zum Abendessen an den Emailletisch setzen, während Mary wohl schon mit dem Abwasch begonnen hatte. Über ihnen, die schmale Hintertreppe hinauf, lagen dicht an dicht ihre Zimmer – die Flure ohne Teppich, eine Lampe in jedem Raum. Dort hatten Lilian und Arthur früher viel Zeit verbracht, hatten auf Hildys Chenilledecke gelegen, ihre Spieldose aufgezogen und Hildy gefragt, ob sie je heiraten werde. Hildy, die Lilian und Arthur großgezogen hatte und sich jetzt auch noch um Mrs. Eliots Kleidung kümmerte, sagte, dafür sei sie viel zu alt. Sie kam aus Norwegen, hatte ein stolzes Betragen und offene Arme, die die kleinen Eliots vor lauter Wachsamkeit manchmal fast zu ersticken drohten. Lilian hatte es immer in die warme Küche gezogen, wo sie zusah, wie Mary mit ihrem blaugeäderten Arm bügelte oder Casey den Tafelaufsatz zum Reinigen auseinandernahm. Als sie dann älter wurde, ging sie seltener dort hinein und erfuhr so kaum noch etwas über Marys Schatz, der Matrose war, oder über das neue Mädchen Shirley, das bei der Wäsche half. Wenn sie jetzt in die Hinterzimmer kam, dann nur, um Rosie für das Essen zu danken, oder an einem heißen Sommernachmittag, um sich Limonade zu holen, oder Rosies Kakao im Winter, aber selbst dann fielen die Besuche kürzer aus als früher.

Es gibt da eine Theorie, sagte Tante Tizzy und leckte ihre Dessertgabel ab, daß Vater und Sohn nie so recht miteinander auskommen.

Mr. Eliot sah seine Schwester verächtlich an. Nat und ich sind mit Vater großartig ausgekommen, sagte er.

Es war kaum vorstellbar, daß sich Onkel Nat mit jemandem stritt. Er war ein sanfter, vergeßlicher Bursche mit piepsiger Stimme, verheiratet mit der plumpen Tante Peg, die wie ein Mann aussah.

Du bist natürlich die Ausnahme von der Regel, sagte Tante Tizzy und zwinkerte Lilian zu.

Die kleine Henderson ist mit einem Kerl aus Connecticut davongelaufen, sagte Mrs. Eliot von ihrem Tischende her.

Diese Neuigkeit wurde mit gähnendem Schweigen aufgenommen; sie interessierte niemanden so recht.

Ist das Isas Tochter? fragte Tante Tizzy schließlich. Obwohl sie nicht mehr in Boston lebte, kannte sie sich noch mit den Familien aus.

Genau, sagte Mrs. Eliot. Ich hatte sie immer für ein vernünftiges Mädchen gehalten.

Manchmal, sagte Tante Tizzy wie jemand, der mehr von der Welt weiß als die anderen Anwesenden, kann sich auch ein eigentlich vernünftiges Mädchen wie eine Idiotin benehmen, wenn die Situation und der Junge entsprechend sind.

Ist das jetzt etwa kein Tratsch? fragte Lilian.

Eine Angelegenheit von allgemeinem Interesse, sagte Mrs. Eliot.

Es gibt keinen Grund, warum ein Sohn zu seinem Vater nicht höflich sein sollte, sagte Mr. Eliot. Keinen Grund der Welt.

Irregeleitete Gene, sagte Tante Tizzy. Daran muß es liegen.

Ja, sagte Mrs. Eliot. Ich hab mich schon oft gefragt, warum ihr euch so unterschiedlich entwickelt habt, du und Edward. Sie lächelte.

Lilian jedoch hatte von ihrer Mutter eine Erklärung dafür bekommen. Tante Tizzy war deshalb so wild geworden, weil sie bei diesen Verwandten in Dover gelebt und niemand sich um sie gekümmert hatte.

Tizzy Eliots Miene verhärtete sich. Ist wohl eins dieser ungelösten Rätsel.

Mr. Eliot schob mit einer abrupten Bewegung den Stuhl zurück und legte die zusammengefaltete Serviette im rechten Winkel zu seinem Teller auf den Tisch. Das Leben ist ein einziges großes Rätsel, sagte er.

Aber Lilian hatte noch nie erlebt, daß er sich benahm, als sei es auch nur im mindesten rätselhaft.

13.

Lime Street

Lilian hatte die Lime Street immer als trostlos und eng empfunden, aber als sie jetzt in der schneidend kalten Nacht um die Ecke bog, bekam die Straße etwas Erhabenes, Strahlendes. Walter Vail wohnte hier.

Sie hatte das Gefühl, daß hier ein neues Leben winkte, voller Chancen, etwas, das ihr ganz allein gehörte. Sie lächelte in sich hinein, wie man eben allein auf der Straße lächelt, außerstande, ihre Freude zu verbergen. Als sie vor der Hausnummer stand, die er ihr genannt hatte, hob sie den Türklopfer. Walter Vail öffnete, den Finger an den Lippen, und trat zurück, um sie hereinzulassen. Sein weißes Hemd leuchtete im Dunklen.

Drinnen war alles still. Seine Eltern hatten den ganzen Abend lang gepackt und waren dann zu Bett gegangen. Sie würden am nächsten Morgen früh abreisen. Wären es Bostoner Eltern gewesen, dann hätten sie unten gewartet, um den Gast ihres Sohnes zu begrüßen, aber da sie aus New York stammten, hatten sie wohl andere Prioritäten. Ist mir ganz recht, dachte Lilian. Am Tag nach Weihnachten würde Walter Vail abfahren. Diese Tatsache war stets präsent, ein feistes, hartnäckiges Etwas, das mit verschränkten Armen in der Ecke lauerte.

Im Flur roch es nach Gewürzen, auf dem Tisch lag

ein Häufchen Weihnachtskarten. Walter Vail führte Lilian ohne sich umzusehen eine Treppe hinauf, über den blauroten Teppich, dann auf die Läufer im Vestibül, unter denen zu beiden Seiten der Holzboden hervorschaute. Das Haus war still und dunkel. Sie sprachen kein Wort.

Er führte sie in den dämmrigen Salon. Ein Wandleuchter im Flur warf einen breiten gelben Lichtkegel über den Boden. Sie standen in der Nähe eines Sessels am Fenster. Unter ihnen fuhr mit klingenden Glöckchen eine Kutsche vorbei.

Ich habe dich vermißt, sagte er. Sie bemerkte seine Nervosität, aber auch, daß sie nur oberflächlich war. Er legte den Arm um sie, und sie schloß die Augen, beugte sich vor und fühlte seine Lippen auf ihrer Schläfe. So stand sie eine Weile mit seliger Miene da. Schließlich zog er sie an seine Brust und preßte dabei ihre Wange gegen den Knopf an seiner Brusttasche. Einen Moment lang wurde ihr bewußt, wie freizügig sie sich benahm. Sie kannte diesen Mann doch kaum. Aber durch den Krieg war alles anders geworden und nicht mehr mit normalen Zeiten zu vergleichen. Während sie sich an ihn lehnte, hatte sie das Gefühl, nichts könne ihr Glück je stören, aber dann dachte sie an den Krieg, sah in der Ecke das unerbittliche dicke Etwas und erinnerte sich wieder.

Wie war das Essen? flüsterte sie.

Schön.

Hast du...?

Ich mag nicht darüber reden, sagte er. Ich hab ein schlechtes Gewissen ihr gegenüber.

Ich nicht, sagte Lilian und schmiegte sich an ihn.

Er strich ihr übers Haar und neigte ihren Kopf nach hinten. Im Licht des Fensters war sein Gesicht grau.

Sie hatte viele Fragen an ihn, schwieg jedoch, weil sie ihm zeigen wollte, daß sie ihm vertraute. Sie hätte ihm gern soviel erzählt – daß sie auf ihn warten würde, daß sich ihr Leben vor ihr ausdehnte und sie ihn darin sah. Aber natürlich wagte sie es nicht. Sie dachte an Dollys Warnungen und an alles, was ihre Mutter ihr gesagt hatte. Die Wange an Walter Vails Brust geschmiegt, fiel es ihr schwer, dem Gefühl zu widerstehen, daß all die Ratschläge und Warnungen auf andere Mädchen als sie und auf andere Jungen als Walter Vail gemünzt waren. Aus der Nähe betrachtet unterschieden sich Jungen stark von dem Bild, das Mrs. Eliot oder auch Dolly Cushing von ihnen zeichneten. Jungen kümmerte es nicht im geringsten, ob man sich die Fingernägel feilte oder das Haar gebürstet hatte. Walter Vail schien sogar genau das Gegenteil zu empfinden. Sie dachte gern an ihn und daran, wie sehr er sich von anderen Jungen unterschied. Er schien ganz genau zu wissen, was er wollte, und zauderte nicht.

Diese Gedanken trieben als formlose Wolken durch Lilians Kopf. Eine schwindlige Gelassenheit hatte sie erfaßt – irgendwie waren sie auf den Fenstersitz gelangt –, und sie lehnte neben Walter Vail, der ihnen ein Kissen in den Rücken geschoben hatte. Seine

Stimme dröhnte durch seinen Rumpf und hallte an ihrem Ohr wider. Er fragte sie – sie sah hoch – mit so sanfter Stimme, daß ihr das Herz aufging, ob sie ihren Mantel ausziehen wolle – sie hatte das schwere Ding immer noch an! –, damit er sie dieses eine, letzte Mal näher spüren könne.

14.
Über die Kathedrale von Reims

Nachdem sie einen solchen Wandel erlebt hatte, hörte Lilian auf, sich Dolly Cushing anzuvertrauen und bewahrte ihre Gefühlsergüsse für die verschwiegenere Jane Olney auf.

Jane war nach ihrer Rückkehr aus Florida noch genauso blaß wie bei ihrer Abreise. Sie war ein mageres Mädchen, trug schlichte Leinenblusen und steckte ihr Haar zu einem zerzausten Knoten hoch. Oft hielt sie ein Buch in der Hand, dem sie ihre Aufmerksamkeit zuwandte, sobald ihr Interesse an der allgemeinen Konversation erlahmte. Lilian erzählte ihr von den Abenden mit Walter Vail und entdeckte beim Erzählen immer wieder Neues. *Ich werde es nie vergessen*, tönte es in ihrem Inneren, und sie hatte das Gefühl, daß sie durch diese Abende reicher, erfüllter war als zuvor. Jane saß da und hörte zu, ohne Lilian auch nur ein einziges Mal zu sagen, was sie hätte tun sollen.

Was für eine aufregende Zeit ihr miteinander verbracht habt, sagte sie. Er scheint ja ein richtiger Glückspilz zu sein.

Sie liefen in Brookline um den Teich der Olneys herum. Wie so oft würde Lilian die Nacht bei Jane verbringen.

Er hatte so etwas Gewisses, sagte Lilian und trat in den Schnee, wobei sie gar nicht merkte, daß der Segeltucheinsatz ihrer Schuhe ganz durchnäßt war.

Einige Tage lang vertrieb sie sich die schreckliche Zeit vor dem Lunch auf angenehme Weise, indem sie an Walter Vail schrieb. Sie schrieb auf ihrem Schreibtisch mit der geneigten Platte oder nahm sich trotz der bitteren Kälte Papier mit auf die Terrasse hinaus. Sie schrieb weniger, als sie gern geschrieben hätte, weil sie ihn nicht bombardieren wollte. Andererseits, dachte sie, würden ihn viele Briefe womöglich gar nicht erreichen. Sie benützte die Anrede Lieber Walter und unterschrieb mit Deine Lilian. Sie versuchte, amüsant zu sein – Soldaten hörten bestimmt gern Fröhliches.

Den einzigen Brief, den sie von ihm erhielt, lernte sie Wort für Wort auswendig. Er war nicht so persönlich gehalten, wie sie es sich gewünscht hätte, aber schließlich herrschte ja Krieg.

Liebe Lilian,

ich bin hier in Reims, von dessen Kathedrale Du mir erzählt hast, und ich wollte Dir mitteilen, was daraus geworden ist. Die Stadt ist furchtbar zerstört. Die Straßen sind voller Granattrichter, und die Einwohner laufen herum und bringen auch noch die Blindgänger zur Explosion, was alles noch schlimmer macht. Letzte Woche hatte jemand ein Buch dabei, darin habe ich ein Bild der Kathedrale gesehen, und der Fassade nach konnte ich mir vorstellen, wie das Gebäude aussah, bevor es beschädigt wurde. Bis zu einer Höhe von zehn Metern haben Sandsäcke einige der Fassadenskulpturen an der Frontseite retten können, und die Uhr war schon vorher in Sicherheit gebracht worden. Die Buntglasscheiben sind immer noch erkennbar. Aber aus der Nähe sieht man, wie schlimm die Rückfront und die Seiten getroffen wurden, und außerdem ist ein Großteil des Dachs eingestürzt. Von einem Kapellendach stehen immer noch die Sparren da, wie ein Walfischskelett. Ich habe ein paar blaue und rote Glasstücke geschenkt bekommen, und der Führer, der sie mir gab, sagte, daß hier öfters Leute weinen. Ich denke, meine Miene war unbewegt.

Im Kirchenschiff selbst waren viele Granaten explodiert, und Leute durchsuchten die Trümmer. Ein altes romanisches Tor und ein paar Statuen sind noch erhalten geblieben. Ich habe einen klug aussehenden,

bärtigen Mann gesehen, der einen Kopf zusammen-
fügte. Das ist also aus der Kathedrale geworden. Ich
erinnere mich, daß Du sie sehr schön fandest.

Wenn Du hier wärst, würdest Du über Gräben
springen und über Stacheldraht klettern, anders als
wir trübseligen, müden Burschen.

Dein Walter Vail

— II —
Walter Vail

15.

Keine Rückkehr

Der Krieg war vorbei, aber Walter Vail kehrte nicht zurück.

Lilian wußte, daß er nicht verwundet worden und ganz sicher nicht gefallen war – die Fenwicks hätten das sofort erfahren. Er war einfach nicht mit den anderen zurückgekommen.

Lilian sah Madelaine Fenwick zwar hin und wieder, wollte sie aber nicht nach Walter Vail fragen. Die Kälte, die Madelaine Fenwick ausstrahlte, drohte ihre Gefühle zu vergiften. Lilian beauftragte Dolly Cushing, sich bei den Nobles nach ihm zu erkundigen, die manchmal Mrs. Vails Bruder trafen. Burt Noble wußte allerdings nur, daß Walter Vail sich bereit erklärt hatte, in Europa zu bleiben. Würde er irgendwann zurückkehren? Burt Noble konnte es nicht sagen. Burt war gegen Kriegsende selbst drüben gewesen und wußte, daß manche Jungs, nach allem, was sie durchgemacht hatten, ein bißchen aus dem Gleis geraten waren – Bud Sears hatte seit seiner Rückkehr noch kein Wort gesprochen, und Fellowes Moore hatte nervöse Zuckungen bekommen. War Walter Vail nicht auch im Rheintal gewesen? Ja, das stimmte, und Burt Noble wußte, daß da fürchterliche Dinge passiert waren.

Lilian schauderte bei dieser Vorstellung.

Einmal setzte sie sich hin, um Walter Vails Eltern zu schreiben, und geriet mitten in dem steifen, förmlichen Brief ins Sinnieren darüber, wie wenig ihr Walter Vail eigentlich von ihnen erzählt hatte. Wahrscheinlich hatte er sie ihnen gegenüber überhaupt nicht erwähnt. Sie legte den Briefbogen wieder weg.

In ihre gewohnten Träumereien schlich sich allmählich eine seltsame Vorahnung. Während sie sich bisher um Walter Vails Sicherheit und seine seelische Verfassung gesorgt hatte, bangte sie jetzt um ihren Platz in seinem Herzen. Konnte es sein, daß er sie vergessen hatte? Vielleicht hatte er doch wieder an Nita Russell Geschmack gefunden? Sie errötete. An ihm zu zweifeln war, als zweifle sie an ihrem eigenen Gefühl. Sie war noch jung genug zu glauben, allein durch die Tiefe des Gefühls gingen Dinge in Erfüllung. Und doch wuchs das seltsame Unbehagen, zu formlos, um es zu lokalisieren, zu erschreckend, um es in Worte zu fassen. Sie versuchte sich darauf zu konzentrieren, was sie für ihn empfand, was für ein großartiger Mensch er war und wie glücklich sie sein würden. Sie erfand lange, ausgefeilte Szenarios mit einfahrenden Zügen und verständnisinnigen Blicken. Sie dachte an seine unwiderstehliche Erscheinung, die mit nichts zu vergleichen war, was sie je gesehen hatte. Aber vielleicht war er ja *zu* unwiderstehlich für sie. Sie ging ihre Erinnerungen durch, verweilte bei seinen Küssen, und die Beklommenheit wich. Sie wußte, etwas so Schönes konnte nicht verwerflich sein.

In diesem Herbst erfuhr Jane Olney von Emmett Smith, der es von seiner Cousine gehört hatte, daß Walter Vail sich in Paris um die Unterbringung von Vertriebenenfamilien kümmerte. Gab es eine Adresse? Jane ging direkt zu der Cousine, verpaßte sie aber – sie war nach Virginia gefahren. Als die Cousine dann einige Zeit später zurückkam, mußte sie sich die Adresse erst von einer Freundin besorgen, und als Lilian sie schließlich hatte, waren Monate vergangen und das neue Jahr schon angebrochen, und es war fraglich, ob die Adresse überhaupt noch stimmte.

Sie empfand Freude, als sie schrieb, aber in diese Freude mischte sich neue Furcht. Würde er überhaupt etwas von ihr hören wollen? Vielleicht wollte er ja alles vergessen, was vor dem Krieg gewesen war. Oder er war furchtbar beschäftigt, nicht der Typ, der gern Briefe schrieb. Sie mußte zugeben, daß sie eigentlich gar nicht recht wußte, was für ein Mensch er war. Sie fragte sich, wie schlimm ihm der Krieg wohl zugesetzt hatte. Sie schrieb ihm einen fröhlichen Brief, den Brief eines netten, unbefangenen Bostoner Mädchens. Im Februar schickte sie ihn ab. Ende April hatte sie immer noch nichts gehört.

Als sie eines Tages bei den Fenwicks zum Tee war,

kam Madelaine Fenwick in ihrer gelangweilten Art darauf zu sprechen, daß die Vails nach Paris gefahren seien, um Walter zu besuchen, und daß er ihnen zufolge schon richtig *parisien* geworden sei. Er habe vor, ein Buch über irgendeinen Aspekt der französischen Architektur zu schreiben.

Lilian erkundigte sich möglichst lässig danach, ob er denn immer noch in der Rue des Grands-Augustins wohne; Madelaine stand auf, kein bißchen neugierig, warum sich Lilian dafür interessierte, und kam mit einem blauen Luftpostkuvert zurück. Lilian starrte es an, als sei ein Relikt aus grauer Vorzeit enthüllt worden. Madelaine studierte träge den Umschlag, sah auf die kleinen Blätter darin. Ja, sagte sie, Rue des Grands-Augustins 14. Stimmt. Dann warf sie Lilian einen merkwürdigen Blick zu.

Lilian murmelte etwas von einer Freundin, die ihn in Paris besucht habe, und beugte sich vor, um sich Tee nachzuschenken.

Wie geht's denn dem alten Charmeur? sagte Dolly Cushing. Da sie von Lilian nicht mehr viel gehört hatte, dachte sie, ihre Schwärmerei sei verflogen. Er war ein schlimmer Bengel, nicht?

Später dachte Lilian über diese Bemerkung nach und wunderte sich, wie Dolly Cushing dazu kam, so etwas zu sagen.

Madelaine zuckte die Achseln. Scheint so, sagte sie. Obwohl ich ihn nie besonders anziehend fand. Er ist amüsant, aber ich konnte mir nie vorstellen, in dieser

Weise an ihm interessiert zu sein. Sie betrachtete müßig den Brief, ließ ihn auf den Tisch fallen. Lilian dachte, wenn er in ihren Händen gewesen wäre, hätte sie ihn an die Brust gedrückt.

Sie konnte also nur vermuten, daß Walter Vail ihren Brief bekommen und beschlossen hatte, nicht zu antworten.

Das machte sie ganz krank. Sie saß mit Jane am Teich, warf Steine hinein und wurde immer mürrischer. Jetzt empfand sie nicht mehr jenes stolze Gefühl der Liebe zu ihm. Statt dessen war sie peinlich berührt. Hatte der Krieg ihn so verändert? Sie dachte an die Sears, die ihren Sohn Bud kaum wiedererkannten, oder an Charlie Sprague, den man bei genauerem Hinsehen zittern sah. Vielleicht lag es am Krieg. Jane pflichtete dieser Theorie bei. In diesem Fall war Lilian die erste, die dafür Verständnis aufbrachte – sie war ein verständiges Mädchen.

Unaufhörlich kreisten ihre Gedanken um diesen Punkt, mal gläubig, mal gekränkt. Am schlimmsten war es, nicht genau Bescheid zu wissen, dachte sie, aber andererseits blieb ihr so noch Hoffnung.

16.

Lilian leidet

Es war das Ende. Ich bin tot, dachte sie. Ich gehe zwar weiter durchs Leben, aber innerlich tot, ernüchtert und unverwundbar, weil nichts mehr mich je berühren wird. Ich werde eine alte Jungfer mit einem Haarknoten, die immer denselben alten Mantel mit aufgerissenem Saum trägt. Nie wieder würde ihr jemand so nahekommen wie Walter Vail. Nie wieder würde jemand an ihrem Handschuhknopf herumspielen, so mit ihr reden wie er und dabei ihre Miene studieren, als wisse er, was sich dahinter verbarg. Lilian hatte keine Ahnung, was in seinem Kopf vorging, aber sie war sich sicher, daß er zwingende Gründe hatte.

An manchen Tagen sehnte sie sich nach Gesellschaft, an anderen wollte sie nur allein gelassen werden. Sie wäre ja irgendwohin gefahren, wenn ihr nicht klargewesen wäre, daß sie selbst sich überallhin begleitet hätte.

Die wenigen Tage wiederholten sich ständig in ihrem Kopf, rollten vor ihr ab wie eine Metallfolie, auf der Einzelheiten aufblitzten. Über seinen Augen lag ein dunkler Schattenbalken, sie spürte, wie sein Arm ihre Hüfte umschlang und ihr den Atem raubte. Sie dachte an die Fragen, die sie ihm gerne gestellt hätte – damals waren sie ihr nicht eingefallen, wo hatte sie nur ihren Kopf gehabt? Dann wurden die Details bedrohlich:

Sein Gesicht war abgewandt, er aß mit Nita Russell zu Abend, ihre Köpfe neigten sich dicht zueinander. Sie spürte, wie sich ihr eigenes zaghaftes Gefühl verflüchtigte. Was für sie schön gewesen war, hatte bei ihm offenbar keinerlei Spuren hinterlassen.

Weder verwünschte sie ihn, noch zerriß sie seinen Brief oder redete schlecht über ihn. Andere Mädchen hatte sie in bezug auf die Jungen, die sie einmal gemocht hatten, in eine Art Amnesie verfallen sehen. Marian Lockwood und Chip Cunningham waren jahrelang zusammengewesen, und nachdem Marian Schluß gemacht hatte, redete sie so verächtlich über Chip, daß man sich fragte, was ihr eigentlich einst an ihm gefallen hatte. Wenn Madelaine Fenwick ihren früheren Liebhaber erwähnte, erschauerte sie, als überlaufe sie eine Gänsehaut, und wenn Lilian Dolly Cushing fragte, wie es denn dem Jungen aus New Haven gehe, der immer im Schnellzug hin und her gefahren war, um sie zu sehen, zuckte sie die Achseln, als wolle sie sagen, woher soll ich das wissen?

Natürlich hatte der Krieg auch diese Dinge verändert. Viele Jungen war nicht zurückgekommen, und die, die zurückgekommen waren, hatten sich durch den Krieg verändert, wie auch die Welt um sie herum. Das Leben, das Lilian bis dahin gekannt hatte, war in Generationen so gefügt worden: Einst hatte sie es als monoton empfunden, jetzt jedoch sehnte sie sich nach seiner Normalität. Sie würde nicht so bald diese schrecklichen Nachmittage in den Wohnzimmern der Familien

vergessen, wo ein Junge nicht zurückgekommen war –
die amerikanische Flagge auf den eisernen Balkonen,
die Dienstmädchen mit den roten Augen.

Es war furchtbar für die Lattimores, daß Richard Lattimore unmittelbar nach dem Waffenstillstand starb,
nicht im Kampf, was den Zeitpunkt besonders unerträglich machte. Tommy Lattimore veränderte sich durch
die Tragödie in seiner Familie. Als Lilian eines Tages
mit ihm am Fluß spazierenging, erwähnte Tommy seinen Bruder nicht ein einziges Mal, was sie gut verstehen
konnte.

Sie wußte, Dinge, die sie einmal verwirrt hatten,
mochten sich schließlich im Lauf der Zeit auflösen. Früher hatte es sie gewundert und ein wenig verstört, daß die
Angestellten die Schüsseln um den Tisch trugen, während alle anderen auf ihren geschnitzten Stühlen saßen.
Es hatte sie gewundert, daß Hildys Zimmer kleiner war
als ihr eigenes oder daß sie Rosie, die schon länger im
Haus lebte als sie, noch kein einziges Mal im Wohnzimmer hatte sitzen sehen. Aber nachdem sie einige Jahre so
gelebt und nichts anderes kennengelernt hatte, war sie
sprachlos, wenn sie Rosies Nichte dabei überraschte,
wie sie sich, ganz normal angezogen, ohne ihr Dienst-
mädchenkleid, vor dem Flurspiegel frisierte – es hätte ja
jemand vorbeikommen können! Sie ärgerte sich über
den Gärtner, der die Glyzinien gerade dann beschneiden
wollte, wenn sie vorhatte, sich mit Gästen in den Garten
hinterm Haus zu setzen. Wenn die Verwunderung nachließ, gewann die Normalität die Oberhand. Sie setzte

genauso ein wie der Abend, mit der ausgeglichenen Stunde, halb Licht, halb Schatten, dann wird das Licht plötzlich unmerklich schwächer, und man sieht, daß die Nacht die Oberhand gewonnen hat.

Lilian hatte jedoch nicht das Gefühl, daß die Zeit ihre Gefühle für Walter Vail verändern würde. Das war nun wirklich keine Frage der Zeit.

17.

Tante Tizzy in New York

Sie waren zur Hochzeit ihres Cousins Jock Baker mit der gebürtigen New Yorkerin Esther Havemeyer in die Stadt gekommen.

In New York waren die Leute anders. Ihre Kleidung saß besser, die Gesichter waren maskenhafter. Die Frauen trugen taillierte Rollkragenmäntel, Schuhe mit höheren Absätzen und Glockenhüte. Auch die Männer waren anders, aber man hätte nicht so leicht sagen können warum; sie reckten das Kinn etwas höher, als wollten sie ja nichts verpassen.

Lilian war es unmöglich, nicht an Walter Vail zu denken. Sie erschrak lebhaft, als sie im Taxi die Fifth Avenue hinunterratterte und plötzlich eine über den

Gehweg ragende grüne Markise sah, auf der in weißer Schrift 825 stand – die Adresse der Vails! Danach fühlte sie sich, als hätte man ihr eine Droge verabreicht, und die Gedanken füllten ihren Kopf wie Watte.

Tante Tizzy war begeistert, die Eliots zu Besuch zu haben. Ihr Persianermantel wehte energisch hinter ihr her, wenn sie die Eliots durch spiegelblanke Museumsgalerien und in rotgepolsterte Restaurants führte. Mr. Eliot blieb im Hotel und traf Verabredungen mit seinen Vorgesetzten von der juristischen Fakultät. Tante Tizzy deutete auf Gebäude und zählte ihre Bewohner auf, wobei sie Namen herunterrasselte, von denen Lilian nur vage gehört hatte, ohne die geringste Ahnung zu haben, um wen es sich dabei handelte.

... natürlich haben wir die dauernd gegessen, als ich in Paris war. Sie schmecken ganz gut hier, wenn auch nicht so wie in Frankreich... Man darf nie das Interesse verlieren, Lil, das ist das Wichtigste, weißt du das nicht? Interesse an dem, was sich so ereignet, und natürlich dreht sich im Augenblick alles ums Wahlrecht. Stell dir nur vor, die Hälfte der Bevölkerung kann nicht wählen. Hoffentlich ist es bei dir später anders, Lil, daß Frauen wenigstens *etwas* zu melden haben. Meine Frauengruppe arbeitet daran. Margaret, vielleicht hättest du Interesse –?

Mrs. Eliot saß dabei, eine Augenbraue hochgezogen, nippte vorsichtig an den empfohlenen Gin Fizzes und bestellte sich dann mutig selbst einen.

Na ja, vielleicht auch nicht, sagte Tante Tizzy. Seht ihr das Wandgemälde dort? Sie war seine Schwiegertochter. Am Anfang meiner New Yorker Zeit sind wir hier immer mit ihnen hergekommen – ein komisches kleines Mädchen mit einem Affengesicht, hat nie den Mund aufgemacht.

Ich bin sicher, sie hatte ihre Talente, sagte Arthur.

Tante Tizzy gab ihm einen Klaps auf den Arm und tat so, als ignoriere sie ihn. Mrs. Eliot schien nichts gehört zu haben.

Der Hochzeitsempfang bei den Havemeyers fand in einem großen runden Saal statt, der von efeuumrankten Säulen eingerahmt war und ein Kuppeldach hatte. Arthur tanzte mit Lilian und überraschte sie mit seiner Gewandtheit. Als sie mit Tante Tizzy an einem goldumrandeten Tisch saß und Rührkuchen aß, gesellte sich ein Mann zu ihnen, dessen Haare glänzten wie die eines Dackels. Tizzy stellte ihn vor – er hatte mehrere Namen, und es dauerte eine Weile, sie alle aufzuzählen –, drückte ihren Handschuh an seine Wange und ließ ihn dann mit Lilian allein, weil ein älterer Mann sie zum Tanzen aufforderte. Als der Mann mit dem glänzenden Haar sich Lilian zuneigte, verströmte er Parfümduft.

Ihre Tante ist eine bemerkenswerte Frau, sagte er. Leider gibt es nicht viele Männer, die stark genug sind, sie richtig zu würdigen.

Tante Tizzy schwebte in den Armen des älteren Mannes vorbei. Plötzlich waren ihre Züge von einer seltsamen neuen Schönheit erfüllt, um so mehr, weil sie sich dessen nicht bewußt war.

Lilian betrachtete den Mann. Tante Tizzy war schon einmal verheiratet gewesen, mit einem Engländer, den sie zu einem Weihnachtsfest mit nach Hause gebracht hatte. Er hatte weißes Haar und Lippen rot wie Leber. Einmal, als sich die beiden unbeobachtet glaubten, sah Lilian, wie er ihr spielerisch auf den Hintern schlug. Aber die Hochzeit fand nie statt. Eine andere Frau kam dazwischen.

Vielleicht will sie ja gar nicht heiraten, sagte Lilian.

Alle Frauen wollen heiraten, sagte der Mann. Er nippte an seinem Champagner und beobachtete amüsiert die Vorbeitanzenden. Warum auch nicht?

Manchmal findet man nicht den Richtigen, sagte Lilian, in dem gräßlichen Bewußtsein, daß sie ihn gehabt und wieder verloren hatte.

Man findet ihn immer, sagte der Mann. Die Leute wissen oft nur nicht, wie sie es anfangen sollen, das ist alles.

Es scheint so, sagte Lilian.

Oh! sagte der Mann. Ich habe nicht von *scheinen* gesprochen.

Lilian schob ihren Kuchen weg.

Sie sind nicht verheiratet, sagte der Mann.

Nein, erwiderte Lilian und reckte das Kinn vor.

Ich liebe hübsche Mädchen, die noch nicht verheiratet sind. Sie haben noch Persönlichkeit.

Lilian lächelte.

Er beugte sich verschwörerisch zu ihr. Sie kennen Braut und Bräutigam?

Jock ist mein Vetter zweiten Grades. Sie habe ich gerade erst kennengelernt.

Stattlicher Bursche, dieser Jock. Der Mann reckte den Hals, um einen Blick auf ihn zu erhaschen, entdeckte ihn aber nirgends. Er zuckte die Achseln. Ein Jammer, daß sie ihn nicht liebt.

Wie bitte?

Der Mann sprach, als handle es sich um allseits bekannte Tatsachen. Sie – nun ja –, sie liebt ihn nicht.

Woher wissen Sie das?

Weil, sagte der Mann und richtete sich zu seiner vollen Größe auf, ich glaube, daß sie mich liebt.

Lilian starrte ihn mit offenem Mund an.

Seine Augen waren fröhlich, er blinzelte ihr zu. Tragisch für den armen Jock, sagte er. Obwohl Esther ein seltsames Mädchen ist. Er lächelte breit und genoß königlich das Schauspiel, das ihm die Welt bot. Er sagte, er freue sich sehr, sie kennengelernt zu haben, und verschwand in der wogenden Menge.

Wer war denn das? sagte Mrs. Eliot.

Ein Freund von Tante Tizzy, erwiderte Lilian mit verwunderter Miene.

Das hätte ich mir denken können, sagte Mrs. Eliot. Sie fröstelte und zog sich die Spitzenstola um die Schultern. Gräßlicher Kerl.

18.

Ein unermüdlicher Freier

Ein Jahr nachdem Walter Vail nicht heimgekommen war, bemühte sich ein junger Mann namens Mike Higbee um Lilian. Sie wußte, daß sie sich dem Leben wieder stellen mußte, und tat es auch. Sie fühlte sich zwar innerlich tot, aber zugleich auch gestärkt dadurch, weil nichts mehr bedeutsam genug war, um sie zu verletzen.

Mike Higbee holte sie ab, schüttelte Mr. Eliot herzlich die Hand und machte Mrs. Eliot ein Kompliment über die Spitzensmokarbeit auf ihrem Kleid – es kam aus Frankreich, nicht wahr? Er war immer früh dran, nahm Lilian zu Konzerten und Filmen mit und wollte ihre Ansichten erfahren. Sie hatte ihn bei den Cunningham-Jungen kennengelernt, die mit ihm im selben Club waren. Mike Higbee war klein und hatte einen breiten Rücken. Er war in Hanover, New Hampshire, aufgewachsen und lebte in der Berkeley Street in einer Kellerwohnung, zusammen mit zwei anderen Jurastudenten.

Mike Higbee trat offen und selbstsicher auf. Er schüttelte verwundert den Kopf über Lilian. Er sagte ihr auf so natürliche, normale Art und Weise, wie schön sie sei, daß sie sich fragte, worauf er hinauswollte. Er hatte ein dickes Fell, und sie ertappte sich dabei, daß sie Dinge sagte, die die alte Lilian ungehörig gefunden hätte.

Wie hat Ihnen der erste Akt gefallen? Mike Higbee wandte ihr sein gespanntes Gesicht zu. Er hielt mit seiner eigenen Meinung zurück, bis sie gesprochen hatte.

Eigentlich hasse ich musikalische Komödien.

Na, wie gefällt Ihnen mein neues Jackett? Schick, wie?

Ich habe keine besondere Schwäche für Plaid.

Mike Higbee reagierte amüsiert und voller Bewunderung auf jedes ihrer Worte und schien ihr doch nicht zuzuhören. Das begann Lilian auf die Nerven zu gehen.

Was gefällt Ihnen an einem Menschen am meisten? nahm er, der lieber Fragen stellte als Erklärungen abgab, Lilian in die Mangel.

Ich mag es, wenn jemand alles aus einem faszinierenden Blickwinkel sieht. Sie erinnerte sich daran, wie Walter Vail sie auf die komische Haltung eines Passanten hingewiesen hatte oder auf den wunderschönen Bogengang in der Pinckney Street. Was immer er herausgepickt hatte, war zu etwas Besonderem, Ungewöhnlichem geworden.

Sie meinen, wenn jemand ein Auge für die Dinge hat, sagte Mike Higbee. Er leckte sich nachdenklich die Lippen, und sein Blick schoß hin und her.

Als sie sich an einem Frühlingstag das nächste Mal trafen und eine Bootsfahrt auf dem Charles unternahmen, versäumte Mike Higbee keine Gelegenheit, Lilians Aufmerksamkeit auf die vielen Dinge zu lenken, die ihm auffielen.

Er schüttelte den Kopf, wie man es bei Zufällen zu tun pflegt. Sie gingen gerade den Weg zum Bootshaus hinunter. *Déjeuner sur l'herbe!* sagte er. Die kleine Familie, die am Ufer ein Picknick veranstaltete, hatte nicht die geringste Ähnlichkeit mit Manets Gemälde. Mike Higbee sah Lilian prüfend an.

Lilian, deren Taktgefühl zurückkehrte, lächelte höflich. Je öfter sie ausging, desto deutlicher spürte sie, wie ihre Kühnheit nachließ und sie sich wieder um Konventionen zu kümmern begann. Sie fühlte sich wie in einem Garten, über dessen zu hohen Zaun man nicht hinübersehen konnte.

Draußen auf dem Wasser wedelte Mike Higbee mit der Hand in Richtung Boston. Schauen Sie sich das an! sagte er, während er die Ruderpinne überprüfte.

Lilian neigte den Kopf. Die Wolken? Die Boote? Die Schornsteine? Sie war müde und verwirrt.

Na aber, sagte er. Die Aussicht!

Oh, sagte sie.

Mike Higbee nickte. Ja, jetzt hatte er allmählich den Bogen raus. Lilian starrte auf das Wasser hinunter, das spiegelglatt am Boot vorbeiströmte, und wünschte, sie wäre im Fluß und schwömme.

Sie gingen über den Harvard Square zu einem Muffin-Laden, den er kannte.

Tolles Fenster, sagte er feierlich und zeigte auf ein nichtssagendes Backsteingebäude mit einem einzigen quadratischen Fenster im Dachgeschoß. Lilian war sich nicht sicher, ob er damit die pure Existenz des Fensters meinte oder seine Plazierung oder seine Form, wobei an alldem nichts Besonderes war.

Beim Tee bedrängte er sie weiter, merkte aber, daß er zusehends an Terrain verlor. Plötzlich gab er jegliche Verstellung auf und fragte sie geradeheraus, warum sie ihm nicht mehr Sympathie entgegenbrachte.

Sie sah auf ihren zerbröckelten Muffin hinunter, den sie noch kaum angerührt hatte, und sagte ihm, es habe da einen anderen Jungen gegeben. Sie sei noch nicht bereit.

Ich werde warten, sagte Mike Higbee und verschränkte seine kurzen Arme vor der Brust.

Lilian, die Beharrlichkeit eigentlich für eine bewundernswerte Eigenschaft hielt, fand sie hier höchst ärgerlich.

Ich glaube nicht, daß ich jemals bereit sein werde, sagte sie.

Und doch keimte in dem Moment, als sie das aussprach, eine Spur Hoffnung in ihr auf, und zum erstenmal zeichnete sich ganz entfernt eine winzige Öffnung ab – nicht für Mike Higbee, aber für jemand anderen.

Mike Higbee jedoch sah genau das Gegenteil, nämlich keinerlei Hoffnung. Das tut mir leid, sagte er und schob die Unterlippe über die Oberlippe.

Da Lilian nicht mitansehen konnte, wie jemand ihretwegen litt, entschuldigte sie sich und floh für kurze Zeit auf die Damentoilette.

19.

Erschütternde Neuigkeiten

Bei der Gartenparty der Crooks traf man Jahr für Jahr
dieselben Leute. Dolly Cushing schaffte sich immer
einen neuen Hut dafür an, und Jane Olney wechselte
an ihrem alten einfach das Band aus. Lilian trug eine
Blume im Gürtel. Es gab die gleiche Limonade wie immer, den gleichen Rindfleischaufschnitt, und auch die
runden Tische standen auf der Terrasse am gleichen
Platz wie immer. Alle fuhren dafür nach Brookline hinaus. Als die meisten jungen Männer im Krieg waren,
hatte die Zusammenkunft eher einem Damenkränz-
chen geglichen, und die Stimmung war eher traurig
gewesen. Jetzt, wo der Krieg vorbei war, herrschte Erleichterung, und man empfand eine gewisse Trauer um
die Jungen, die nicht heimgekehrt waren. Die Frauen
gingen über den Rasen, sanken mit den hohen Absätzen ein, und um ihre Beine flatterten leichte Kleider.
Die Männer wippten auf den Hacken, und die Kinder
sprangen von der Steinmauer. Alle waren sich des Un-
terschieds zwischen dem letztenmal, wo sie hier bei den
Crooks gefüllte Eier gegessen hatten, und diesem Tag
bewußt. Charlie Sprague war auf Krücken gekommen,
und Fellowes Moore hatte die verlorenen zehn Kilo
immer noch nicht wieder zugelegt. Ganz besonders
deutlich empfanden alle die Abwesenheit von Richard
Lattimore, der früher immer für die Kinder Servietten-

figuren gefaltet hatte, und die von Eleanor Crooks Verlobtem, der nicht zurückgekehrt war.

Lilian schlenderte durch den streng gestalteten Garten. Sie sah Winn Finch mit seinem Bruder auf einer Steinmauer sitzen. Er war einer von Irene Minters Liebhabern gewesen, anders als ihre sonstigen Liebhaber. Als Lilian näher kam, stand er auf.

Ich habe gehört, Sie studieren Medizin, sagte Lilian. Ist es wirklich so schlimm, wie es immer heißt?

Schlimmer, sagte Winn. Sein Bruder, dessen Namen ihr nicht mehr einfiel, saß still dabei.

Zwingt Sie Ihr Vater dazu? fragte Lilian. Dr. Finch war ein ruhiger, bescheidener Kinderarzt.

Eigentlich hat er sogar versucht, es mir auszureden, dröhnte Winn. Er hatte die laute Stimme massiger Menschen und gestikulierte mit großen Händen. Aber in meiner Familie sind einfach zu viele Ärzte – es gab keine Ausflucht.

Der jüngere Bruder machte keinerlei Anstalten, sich an dem Gespräch zu beteiligen, sondern hockte nur mit Händen in den Taschen da und sah gelegentlich auf. Seine Reserviertheit löste in Lilian eine seltsame Empfindung aus: Sie hatte das Gefühl, er schätze sie ab. Vielleicht war das Gespräch ja langweilig, aber schließlich war man hier bei einer Party, und wer keine Lust auf Konversation hatte, sollte doch lieber zu Hause bleiben. Sie wollte sich auch nicht immer anstrengen, vielleicht hätte sie auch lieber still dabeigesessen, aber man brauchte nicht gleich so mürrisch zu sein.

Später saß sie beim Essen neben Jane Olney, die mit ihrer tiefen Stimme sehr ernst Mr. Crooks Bruder ausfragte, der für den nordamerikanischen Nachrichtendienst tätig war.

Wir haben gehört, daß Sie dort drüben tolle Abenteuer erlebt haben, sagte Jane.

Mr. Crook hatte seinen faßartig vorgewölbten Bauch mit Senf bekleckert. Es ist größtenteils langweilig, sagte er. Nichts, was junge Damen interessieren könnte.

O doch, sagte Jane. Ich finde es faszinierend.

Mr. Crook löffelte Eiscreme in sein sackendes Gesicht und paffte dann an seiner Zigarre. Ich fürchte, in Büchern klingt es faszinierender. Lilian hatte Probleme, ihn sich als Spion vorzustellen. Hinter ihm sah sie die Finch-Brüder den ansteigenden Rasen hinaufgehen. Einen Moment lang schien es ihr, als sehe der jüngere Finch merkwürdig zu ihr herüber.

Mr. Crook zeigte auf sein leeres Glas und erhob sich schwerfällig von seinem Stuhl.

Jane sah ihm nach. Stell dir nur vor, woher er das Hinken haben mag, sagte sie.

Hast du Winn Finch gesehen? sagte Lilian.

Ich weiß nicht, sagte Jane. Sie blickte auf ihren Schoß hinunter, wo das Buch lag, das sie aus dem Arbeitszimmer der Crooks stibitzt hatte.

Kennst du den Bruder? fragte Lilian.

Jane schaute zu den Brüdern hinüber, die jetzt an der Bar standen und Mr. Crook, den Spion, begrüßten.

Hab ihn schon mal gesehen, sagte Jane.

Er hat irgendwas, sagte Lilian. Benimmt sich so ab-
lehnend.

Seit wann kennst du ihn denn? fragte Jane.

Seit eben. Sie lachten.

Gegen Ende der Party hatten sich einige der jungen
Leute in lockerer Runde um einen Tisch auf der ande-
ren Seite der Terrasse niedergelassen. Lilian saß neben
Irene Minter, die einen Sonnenschirm trug, auf einer
Gartenbank.

... genau das ist Wally Vail auch passiert, sagte Emmett Smith mit gewohnter Autorität.

Ein Stromstoß durchzuckte Lilian und versetzte sie
von festem in dampfförmigen Zustand.

Ich kann's einfach nicht glauben, sagte das dunkel-
haarige Mädchen, das mit Chip Cunningham gekommen war. Der arme Chip suchte sich immer wieder
Mädchen aus, die Marian Lockwood ähnlich sahen –
auch seine heutige Begleiterin war zierlich und hatte
Marians leichten Überbiß.

Stimmt aber, sagte Emmett Smith. Trotz seiner
Sommersprossen und seines roten Haars hatte er etwas
Weltkluges. Burt Nobles Cousin hat sie letzte Woche
in New York gesehen. Es überrascht mich, daß du es
nicht gewußt hast, Clare.

Lilian hatte noch nie gehört, daß ihn jemand Wally
nannte. Vielleicht sprachen sie ja über jemand anderen.

Er ist aus Frankreich zurück? sagte Tommy Lattimore. Tommy erinnerte sich, daß er gleichzeitig mit
seinem Bruder nach Europa verschifft worden war. Und

er erinnerte sich an noch etwas. Er schaute in Lilians Richtung. Die zupfte am Ärmel ihres Kleids.

Ja, sagte Emmett Smith stolz.

Ich hab Wally schon als Kind gekannt, sagte Clare. Ich kann mir gar nicht vorstellen, daß er eine Französin heiratet.

Um Lilian herum schienen alle Dinge hervorzutreten und zu pulsieren.

Sind sie schon richtig verheiratet oder erst verlobt? fragte Chip Cunningham, der sich dafür interessierte, weil Clare es tat.

Schon verheiratet, sagte Emmett Smith. Er rümpfte die Nase. Das war ja ein Skandal, wißt ihr. Die Vails konnten nicht zur Hochzeit kommen. Es war eine kurzfristig angesetzte kleine Feier – man weiß ja, was das heißt.

Die Frau namens Clare kicherte kehlig. Hat er sie mit hergebracht? sagte sie.

Nein, sagte Emmett Smith. Sie sind beide in Frankreich. Die Frau kann kein Englisch, und er hat doch diesen Job bekommen.

Einen dieser unrentablen Jobs, sagte Tommy Lattimore und gekam rote Ohrläppchen.

Ich würde schrecklich gerne in Paris leben, sagte Irene Minter verträumt.

Er war so ein Verführer, dieser Wally Vail, sagte Clare. Ihr Kichern schien für Chip Cunningham eine Tortur zu sein.

Lilian zog sich ins Bad der Crooks im unteren Stockwerk zurück und betete, daß niemand sie finden möge. Da sie das Wasser laufen ließ, überhörte sie das leise Klopfen. Die Tür ging auf. Es war der jüngere Finch-Bruder, der sie auf diese lächerliche Art angesehen hatte.

Ich bitte vielmals um Entschuldigung... Er senkte den Kopf und schloß schnell die Tür.

Durch die Überraschung kam Lilian wieder zu sich. Als sie in den Flur hinaustrat, stand der Finch-Bruder immer noch da und betrachtete sie mit der peinlichen Kühnheit eines Kindes.

Alles in Ordnung mit Ihnen? sagte er. Ich dachte, Sie wären vielleicht...

Nein, sagte Lilian. Mir geht's gut. Sie warf ihm einen strengen Blick zu und floh.

20.

Eine Reihe von Hochzeiten

Das erste Mal, daß Dolly Cushing je ein Anzeichen von Niedergeschlagenheit verriet, war am Tag nach ihrer Hochzeit. Sie hatte sich gewünscht, die Hochzeit möge nie enden.

Ja, Freddie Vernon sei erfolgreich, flüsterten die

Leute auf den Bänken der King's Chapel, aber er sei auch ein Fiesling. Beim Hochzeitsempfang tanzte er mit Dolly und spähte dabei so angestrengt nach den wichtigen Gästen, daß ihm fast die Augen aus dem Kopf traten. Den gleichen Gesichtsausdruck hatte er, wenn er überrascht oder mit einer Meinung konfrontiert wurde, die von der seinen abwich. Da sie glaubte, Dolly liebe ihn, hatte Lilian sich allmählich an ihn gewöhnt, und obwohl sie gehört hatte, daß er Leute schneide, die nicht auf der Gesellschaftsliste standen, hatte sie noch keinerlei Beweis dafür gefunden.

In ihren Flitterwochen war Dolly scheußlich zu Freddie Vernon, bis er sie auf ein Kamel setzte; sie ritten zu den Pyramiden hinaus, danach war sie wieder ganz die alte. Sie heiratete als erste von Lilians besten Freundinnen.

Noch im selben Jahr folgte Marian Lockwood, die Dickie Wiggin heiratete – den verloren wirkenden Dickie, der immer aussah, als habe er gerade seinen Zug verpaßt. Nach Bostoner Maßstäben war er elegant gekleidet, er hatte immer ein buntes Tüchlein in der Brusttasche und trug im Frühling einen steifen Strohhut. Marian führte ihn am Gängelband, glücklich, für jemanden verantwortlich zu sein. Sie wußte stets, wo man die schicksten Vorhänge bekam oder welcher Florist die größten Lilien hatte. Sie verstand sich wunderbar darauf, Geld auszugeben, und Dickie Wiggin hatte eine Menge davon. Obwohl Lilian sich nicht vorstellen konnte, daß Marian auch einen armen Mann geheiratet hätte, hatte sie doch das Gefühl, daß sich die beiden wirklich mochten.

Irene Minter wurde nach einer kurzen Werbung dem sportlichen Bobby Putnam angetraut, und bald darauf, sieben Monate, falls jemand mitgezählt hatte, wurde der kleine Bobby geboren. Bei allen übrigen Mädchen wäre Lilian schockierter gewesen, aber Irene war anders und nicht den allgemein geltenden Regeln unterworfen. Bobby Putnam hatte blondes Haar, weiße Zähne und sprang grob mit dem Personal um. Wenn er gerade nicht Golf spielte, spielte er Tennis oder mixte Drinks an der Bar. Er betrachtete sich als Frauenkenner und äußerte häufig seine fachkundige Meinung.

Das nenne ich eine Klassefrau – langbeinig, grobknochig, kräftig, sagte er dann und zählte lauter Attribute auf, die seine Frau nicht besaß. Und währenddessen starrte Irene ihn hingerissen an, die schwarzen Augen starr in ihrem bleichen Gesicht, fasziniert von seiner Stimme und seinem Aussehen, anscheinend ohne den Sinn seiner Worte zu begreifen. Und als später das Elend losging, blieb ihr die Ursache dafür weiterhin schleierhaft.

Schwester Cabot heiratete Cap Sedgwick auf der größten Hochzeit, die Boston seit langer Zeit erlebt hatte. Die beiden schritten alle anderen überragend durchs Kirchenschiff, vorgebeugt wie zwei Giraffen.

Beim Empfang im Ritz-Carlton näherte sich Lilian eine Tüllwolke von einer Frau, die nach Parfüm duftete und vor lauter Lächeln die Augen zusammenkniff. Ich höre, wir haben einen gemeinsamen Freund, sagte Nita Russell. Haben Sie irgendwas von Mr. Vail gehört?

Oh, sagte Lilian, die nicht damit gerechnet hatte, seinen Namen zu hören. Nein.

Ich auch nicht, sagte Nita Russell. Das letzte Mal hab ich von dem Baby gehört.

Baby?

Ein kleines Mädchen, ja. Wußten Sie das nicht? Aber das war schon vor zwei Jahren oder vielleicht vor einem Jahr – ich erinnere mich nicht mehr. Nita Russell sah wunderschön aus, wie ein Mensch, der den Lauf der Welt genüßlich akzeptiert. Er hat mir das Herz gebrochen, sagte sie fröhlich. Wirklich.

Lilian lächelte matt.

Er meinte, er würde nach dem Krieg zu mir zurückkommen, was aber nie geschah. Sie zog einen Flunsch, aber dann zuckte sie die Achseln und verdrängte den Gedanken sofort wieder.

So gut habe ich ihn nicht gekannt, sagte Lilian.

Glück gehabt, sagte Nita Russell und tätschelte Lilians Arm.

Etwas regte sich in Lilian – der alte Schrecken –, und sie merkte, daß ein weiterer schwerer Vorhang zurückgezogen wurde und sie erneut in eine andere Welt blickte – *er meinte, er würde nach dem Krieg zu mir zurückkommen* –, wo die Schatten dunkler waren und das Licht nichts Sanftes hatte.

Ein Mann kam mit zwei Champagnergläsern, reichte eins davon Nita Russell und musterte Lilian freundlich.

Oh, sagte Nita Russell und hängte sich bei dem Mann ein. Haben Sie schon meinen Verlobten kennengelernt?

21.

Auf der Insel

Die Tage vergingen wie immer in Maine. Lilian machte morgens einen Spaziergang, aß mit Arthur, ihrer Mutter und einem Gast zu Mittag und ging dann wieder spazieren. Ansonsten schmierte sie sich irgendwelches Zeug ins Haar, las, polierte ihre Fingernägel und schrieb Briefe. An manchen Tagen fuhren sie mit den Verwandten zum Crabtree Point hinaus und starrten zu den Bergen jenseits der Bucht hinüber. Eines Tages wurden sie von Mrs. Bradley Parishs Boot abgeholt, um sich ein altes Haus anzusehen. Es hatte drei Gärten, und angeblich hauste in dem Gebäude mit dem schönen Ausblick der Geist eines Mannes. Als sie die hellen Pfade entlangschlenderten, an Rittersporn und Zinnien vorbei, hatte Lilian, die eine Affinität zu Geistern besaß, das Gefühl, er sei ganz in der Nähe; und da sie dachte, wenn sie sich jetzt umdrehte, würde sie ihn sehen, ließ sie es bleiben.

Als sie an einem anderen Tag von einem Spaziergang um den Pierce's Pond zurückkamen, schien das ganze Haus nach Knoblauch zu riechen und das Trinkwasser mit Gin versetzt zu sein. Arthur sagte, das sei zwar ungewöhnlich, aber bezaubernd. Tante Tizzy war gerade mit einem Berg von Gepäck eingetroffen, und am nächsten Morgen lasen sie Zeitungen und erfuhren von den Skandalen in den besten und vornehmsten Familien. Zur Unterhaltung gab es Leseabende und Bibliotheksbesuche. Tante Tizzy zuliebe sagte Lilian, sie komme sich vor wie das arme kleine Mädchen, das dem reichen Mädchen gegenüber wohnt – angesichts von Mrs. Amorys Auto, das jeden Tag vor der Tür der Amorys vorfuhr, um sie zum Essen abzuholen –, obwohl Lilian in Wirklichkeit dankbar war, nicht ausgehen und niemanden treffen zu müssen. Tommy Lattimore kam fast jeden Tag. Mit seinem langen Gesicht saß er neben ihr auf der Veranda und ließ seine großen Fingerknöchel knacken. Er sprach nie von seinen Gefühlen für Lilian, worüber sie froh war, da sie nichts als freundliche Wertschätzung für ihn empfand. Er begnügte sich damit, das Kommen und Gehen im Haus zu verfolgen, die Verwandten auf dem Rasen, das Himbeerpflücken, denn bei den Lattimores war nicht viel los. Richard war der Lebhafteste von allen gewesen.

Man versuchte den Krieg zu vergessen und nach vorn zu blicken. Vereinzelt kamen immer noch Jungen nach

Hause zurück. Von den Insel-Jungen war kaum einer zurückgekehrt – sie hatten alle in den gleichen Regimentern gedient, in denen es furchtbare Verluste gegeben hatte. Lilian hatte Mrs. Cooper geschrieben, wie leid ihr das mit Forrey tue, und etwas Geld für das Brunnendenkmal gespendet, das in der Dorfmitte gebaut werden sollte. Mrs. Cooper bedankte sich in krakeliger Kinderschrift, und als sie sich einmal während der Zeit, wo die Post ausgetragen wurde, auf der Main Street von Angesicht zu Angesicht begegneten, lächelten sie einander nur wortlos zu, da es nichts mehr zu sagen gab.

Inzwischen waren ins Nachbarhaus Leute eingezogen, so daß Lilian nicht mehr Blumen stibitzen oder auf den Felsen sitzen konnte. Einer der neuen Bewohner pfiff mit zwei langen Tönen nach dem Hund. Als er den Pfiff einmal zu lange aushielt, bezeichnete ihn Tante Tizzy als Unhold.

Lilian fühlte sich, als sei ihr Leben völlig reduziert. Die Zeitungen erreichten die Insel mit einem Tag Verspätung, und Lilian las sie, fasziniert von den grausigen Meldungen.

Die Sedgwicks kamen mit Marian und Dickie Wiggin in ihrem Boot vorbei. Sie blieben zum Essen und brachten Geschichten von den Bostoner Parties mit. Arthur verhielt sich reserviert, als sie erzählten, José Cutler habe beim Tanzen Amy Snow den Diamantohrring vom Ohr geknabbert. Lilian versuchte zuzuhören, fand es aber schwer, den alten Geschichten noch Vergnügen abzugewinnen.

Ich lese gerade ein wunderbares Buch darüber, wie eklig die Deutschen schon immer gewesen sind, sagte Arthur.

Da gibt's wahrscheinlich eine ganze Menge, sagte Dickie Wiggin, der einen sommerlichen weißen Leinenanzug trug.

Habt ihr den Kindern vom Nordlicht erzählt? fragte Mrs. Eliot, für die die nächste Generation immer Kind bleiben würde.

Cap und ich haben es gestern nacht gesehen! sagte Sis Sedgwick. Sie war ein dralles Mädchen, das Sport und, obwohl ihr jeglicher Orientierungssinn fehlte, die freie Natur liebte. War es nicht herrlich?

Ich habe schon fest geschlafen, sagte Marian Wiggin und hüllte sich wärmer in ihren Sweater.

Vielleicht sieht man es heute abend wieder, sagte Lilian. Arthur und ich beobachten es vom Dach aus.

Eines Tages fällt sie noch runter und bricht sich den Hals, sagte Mrs. Eliot. Das würde mich nicht im geringsten wundern.

Ein Ehemann könnte das verhindern, sagte Marian Wiggin.

Für einen Ehemann hat sie zu oft schlechte Laune, sagte Arthur, während er die Akelei in seinem Knopfloch zurechtrückte.

Lilian sah ihn gutgelaunt an. Viel zu oft, sagte sie.

Oh, wir werden schon jemanden finden, sagte Marian gebieterisch.

Lilian schauderte es bei dem Gedanken.

Am besten sieht man das Nordlicht draußen auf dem Wasser, sagte Cap Sedgwick. Er war ein freundlicher Rechtsanwalt, der den Kopf einzog, wenn er durch Türen ging, und in Harvard ein hervorragender Ruderer gewesen war. Sis war stolz auf seine große Bescheidenheit und auf sein ebenso großes Können. Wir müssen dich unbedingt mit rausnehmen, Lilian, sagte sie.

Lilian sagte, sie würde sich sehr darüber freuen, und war froh, als es am nächsten Morgen wie aus Kübeln goß.

22.

Ein Zwischenfall mit einem weißen Boot

Eine Woche lang herrschte sintflutartiger Regen. Am ersten schönen Tag fuhren sie mit dem Boot zur Mündung des Molly's River.

Der Lunchkorb wurde auf dem flachen Teil eines Felsens abgestellt. Einige machten es sich mit ihren Büchern auf blauen Kissen bequem, andere zogen die Schuhe aus und blickten einfach nur auf das sich schlängelnde Gewässer hinaus. Der hemdsärmelige Mr. Eliot nahm seine übliche Ferienhaltung ein, indem er seine Krawatte über die Schulter warf. Er war an diesem Morgen mit geschwollenem Arm aufgewacht und zu dem Schluß gekommen, daß ihn eine Tarantel gebissen haben mußte. Im Schatten der Kiefern hockte zusammengesunken die Gestalt des Bootsführers.

Lilian stand in einem schwarzen Badeanzug am Rand des Felsens. Das Wasser unter ihr war dunkelgrün. Sie beobachtete seine gekräuselte Oberfläche, dunkle Linien, die sich mit helleren Linien gespiegelten Himmels überschnitten, und wurde nachdenklich. Sie sehnte sich immer noch nach irgend etwas und sagte sich, es sei nicht Walter Vail. Sie versuchte sich vorzustellen, für immer allein zu leben, wie Tante Tizzy, und dachte, ich schaffe es, aber dann begann sie sich wie ein Stein zu fühlen. Wenn sie doch nur einen netten Jungen kennenlernen würde, dann würde sie sich um nichts anderes mehr kümmern, solange er ehrlich und gut war, gerne lachte und nicht den Affektierten spielte. Mehr wünschte sie sich gar nicht. Die Flut war auf ihrem höchsten Stand angelangt. Lilian sprang hinein.

Wie kann sie das nur tun? sagte Mrs. Glover, eine Witwe, die die Eliots oft auf ihren Ausflügen begleitete. Ihr Hals zitterte, als sie ihren großen Kopf schüttelte.

Mrs. Eliot drehte sich mit steifem Rücken um und blickte träge der hinausschwimmenden Gestalt ihrer Tochter nach. Ein großer Hut spendete ihr Schatten, in ihrem Schoß lag ein sommerlicher Schal. Lilian spürt die Kälte nicht, sagte Mrs. Eliot. Das war schon immer so.

Ihr wißt doch, was man über Mädchen sagt, die gern

schwimmen, sagte Tante Tizzy. Sie hatte sich wie für die Riviera einen pfauenblaugrünen Badeanzug mit passendem Turban angezogen.

Was denn? fragte Arthur, der unter dem Zusammensein mit der Familie sichtlich litt.

Kümmere dich nicht darum, sagte Mrs. Eliot mit zusammengekniffenen Lippen. Mr. Eliot konzentrierte sich weiter auf sein Buch.

Es heißt, so ein Mädchen tanzt auch gern, nicht wahr? sagte Mrs. Glover mit verblüffter Miene.

Unter anderem, murmelte Tante Tizzy. Sie zupfte an ihrem roten Haar.

Ich frage mich, ob Tommy Lattimore gern tanzt, sagte Arthur.

Ich bezweifle es, erwiderte Tante Tizzy, indem sie sein Grinsen erwiderte. Ihre gerougeten Wangen hoben sich als lebhafte Flecken ab.

Tommy Lattimore ist ein sehr netter Junge, sagte Mrs. Eliot, die so tat, als nehme sie nur halb an dem Gespräch teil. Inzwischen war sie zu der gleichen Meinung wie Mr. Eliot gelangt, daß der aus dem Krieg, der aus New York, für Lilian nicht getaugt hatte.

Ist das Lilians Kavalier? fragte Mrs. Glover. Man kriegt ja gar nichts mehr mit, wenn man wegzieht.

Arthur zuckte die Achseln. Er kommt jeden Tag, sagte er.

Mrs. Glover dachte fieberhaft nach. Sprechen wir gerade über eine Verlobung? Sie richtete die Frage an Margaret Eliots im Schatten sitzende Gestalt.

Mir gegenüber hat Lilian nichts erwähnt, sagte Mrs. Eliot.

Ich kann mir auch nicht denken, daß sie das tun wird, sagte Tante Tizzy. Sie gab Arthur ein Zeichen und erhob sich mit ihrer kleinen Handtasche, um auf der anderen Seite der kleinen Bucht eine Zigarette zu rauchen. Sie hatte ihrer Schwägerin versprochen, das nicht vor den Kindern zu tun. Lil ist ein Prachtmädel, sagte sie. Tommy Lattimore ist einfach bloß nett.

Die Lattimores sind eine reizende Familie, sagte Mrs. Glover. Einfach großartige Leute.

Und sie haben auch ihr Päckchen zu tragen, sagte Mrs. Eliot mit ernster Miene.

Er ist ja nicht mal im Schützengraben gestorben, sagte Arthur. Der Kerl hat eine Lebensmittelvergiftung gekriegt.

Die Frauen starrten ihn an. Arthur erhob sich und folgte seiner Tante.

Zuerst nahm ihr das Wasser den Atem. Dann gewöhnte sie sich daran, und es war schön. Nicht annähernd so kalt wie draußen in der Bucht. Sie war jetzt eine Woche lang nicht geschwommen, und das Wasser kam ihr von dem vielen Regen ganz dickflüssig vor. Lilian stieß kräftig mit den Beinen aus, spürte den Druck an ihren Knien, die Strudel an ihren Knöcheln. Es drückte gegen ihre Arme, und ihre Finger fühlten sich ganz merkwürdig an, als hätte sie Schwimmhäute. Sie erhielt Auftrieb, und das kalte Wasser funkelte um sie herum.

Mit Tommy Lattimore würde es nie gehen, das wußte sie. Er war lieb, aber irgend etwas, was sie suchte, würde sie nie bei ihm finden. Sie hätte gar nicht sagen können, was dieses Etwas war, und kam sich albern vor, weil sie es nicht artikulieren konnte. Ihr Vater hätte behauptet, wenn es keine Worte dafür gab, dann existierte es auch nicht.

Sie schwamm durch eine Enge zwischen zwei ausladenden weißen Felsen. Zu ihrer Rechten sah sie Tante Tizzy, die sich gegen einen sofaförmigen Stein lehnte, und etwas weiter oben Arthur, vorgebeugt wie ein Greif. Von beiden stieg Rauch in die Luft. Sie winkten ihr träge zu. Lilian schwamm vorbei.

Am Ende einer schmalen Bucht sah sie ein halb hinter Ulmen verstecktes Haus. Eine Gruppe von Apfelbäumen sprenkelte den Hang, der zum Ufer hinunterführte, wo draußen auf dem Wasser ein weißer Gaffelsegler vor Anker lag. Ein Mann mit nacktem Oberkörper erschien auf Deck und ging zum Bug. Er hantierte mit ein paar Klampen und Tauen herum und löste eine Falleine von einem Drahtstag. Eine Frau steckte den Kopf aus dem Ruderhaus. Sie hatte einen Bubikopf und einen sonnengebräunten Hals. Nachdem sie dem Mann etwas zugerufen hatte, kam sie ebenfalls auf Deck. Sie trug einen hellen Kimono, eine Art Morgenmantel, der ihr um die Knie schlotterte. Während sie in der Nähe des Mannes stand und ihm zusah, strich sie sich das Haar aus dem Gesicht. Plötzlich machte sie einen Satz nach hinten – der Mann war auf sie zugesprungen. Er packte sie an den Schultern, sie rangen lachend miteinander, gegen die Seilreling gelehnt, und plötzlich waren die Füße des Mannes in der Luft, und er ging über Bord. Kurz darauf hörte Lilian das dumpfe Platschen.

Die Frau stützte sich mit durchgebogenem Kreuz auf die Reling und schaukelte hin und her. Das Gelächter und Geplatsche erweckte in Lilian ein Gefühl, das sie lange Zeit nicht gehabt hatte. Hier bei diesen beiden herrschte Leben – ganz anders als dort auf dem Pick-nickfelsen. Einst war Lilian so bereit für das Leben ge-wesen – dann war ihr das mit Walter Vail passiert, und seither fühlte sie sich nicht mehr so bereit. Sie dachte: Aber wenn ich auf diesem Boot wäre...

Der Mann schwamm zur Seite des Boots, an der eine Strickleiter gegen den Rumpf baumelte. Die Vorstel-lung, daß ihn und sie das gleiche Wasser umgab, ver-setzte Lilian in eine merkwürdige Erregung. Er kletterte die Sprossen hinauf, beugte sich in einer bedrohlichen Pose vor, und die Frau, die sich eben noch hin und her gewiegt hatte, flitzte zum Bug. Der große, tropfende Mann pirschte sich an sie heran. Sie schrie auf und um-schlang mit beiden Armen einen Bugstag. Als der Mann sie bei den Schultern packte, schrie sie erneut auf – er war ja ganz naß! Er zerrte an ihr, aber ohne sich richtig anzustrengen. Sie flehte lachend. Dann zog er sie plötzlich mit einem groben Ruck von dem Stag weg. Sie stieß einen gellenden Schrei aus – bestimmt hörte man ihn noch jenseits der Flußbiegung. Der Schrei verhallte, und während die Frau immer noch versuchte, ihre Arme freizubekommen, sprach sie mit tieferer, vernünftigerer Stimme auf den Mann ein.

Er ließ sie los und verlagerte das Gewicht auf ein Bein, wartend, mit verschränkten Armen. Die Frau zögerte, sank dann auf die Knie und beugte sich vor – Lilians Herz pochte, während sie zusah –, schließlich nahm sie vollends eine kauernde Stellung ein, legte den Kopf aufs Deck und schien dem Mann die Füße zu küssen. Sie sah zu ihm hinauf. Das Lachen der beiden hatte sich verändert. Sie richtete sich kniend auf und legte die Hände auf seine Hüften. Ihre Ellbogen standen seitlich weg, so daß ihr weiter Ärmel nach hinten glitt. Der Mann schaute sich um, und einen verwirrenden Moment lang dachte Lilian, er habe ihren dunklen Robbenkopf im Wasser entdeckt, aber sein Blick schwenkte wie der Scheinwerferstrahl eines Leuchtturms vorbei – er sah niemanden. Das Kinn gegen die Brust gedrückt, wandte er sich wieder der vor ihm knienden Frau zu, legte seine Hand auf ihren Kopf und dirigierte ihn. Der Kopf bewegte sich hin und her.

Als Lilian umdrehte, um zu ihrer Familie zurückzuschwimmen, spürte sie etwas wie Hoffnung in sich.

Na so was, sagte Mrs. Glover, als sie Lilians tropfende Gestalt betrachtete. Ich sollte auch öfters reingehen. Du glühst ja richtig.

Lilian ging in den Wald, um sich umzuziehen. Als sie sich abtrocknete – ihre Haut wirkte ganz weiß im gesprenkelten Kiefernschatten –, hörte sie aus der Richtung des weißen Boots den Schrei einer Frau. Dann einen Platscher. Er war nicht so laut wie vorhin der des Mannes. Seine Wirkung auf Lilian war niederschmetternd. Es war der Platscher der Frau.

Als sie im Boot zurückfuhren, ließ Lilian sich den Wind ins Gesicht wehen und starrte aufs Wasser hinaus. Ihre Mutter sprach davon, daß Mr. Francesco zum Abendessen komme, und Mrs. Glover sagte, ihr Cousin zweiten Grades sei mit Mr. Francescos Schwester verheiratet. Lilian spürte, wie die Hoffnung in ihr erstarb. Sie versuchte etwas davon zu retten und verbarg soviel wie möglich davon tief in ihrem Inneren, in sicherem Gewahrsam, entschlossen, sie lange Zeit nicht mehr anzusehen.

— *III* —

Mrs. Eliot

23.

Ein Mann fragt nach Lilian

Fünf Jahre vergingen, und Lilian Eliot lebte im großen und ganzen so weiter wie vor Walter Vail. Ihre Freundinnen bekamen Kinder. Dolly Vernon hatte zwei Jungen, Marian Wiggin zwei Mädchen, und Cap und Sis Sedgwick hatten je ein Mädchen und einen Jungen. Irene Putnam hatte ihr zweites Baby verloren, eine Totgeburt, aber beim nächsten Versuch klappte es dann. Lilian ging oft aus, und der Zeitpunkt ihrer Heirat war Gegenstand vielfältiger Mutmaßungen. Schließlich war dies das Wichtigste im Leben eines Mädchens. Und es war ja sogar Jane Olney widerfahren.

Jack Ives war ein schroffer Bursche mit gewölbtem Brustkorb. Meist hielt er sich von der allgemeinen Unterhaltung fern und sah auf seine Füße; wurde er jedoch etwas gefragt, dann verzog er das Gesicht, und seine Antwort zeigte, daß er die ganze Zeit über zugehört hatte. Er mochte seinen Scotch und liebte Jane. Schon kurz, nachdem er sie kennengelernt hatte, schloß er mit ihrer Familie Freundschaft, und wenn er mit ihr auf Parties ging, ließ er nicht einen Moment lang ihre Hand los. Jane schien nicht im mindesten überrascht. Sie hatte geduldig darauf gewartet, daß irgendwann ein Mann auftauchen würde, und jetzt war es soweit. Im Mai 1924 wurden sie in Brookline getraut. Auf dem Rasen hinter dem Haus der Olneys stand ein gelb-gestreiftes Zelt, und es waren nicht allzu viele Gäste da. Arthur verkündete in seinem Trinkspruch, wie sehr er Jane immer bewundert hatte, und alle fanden seine Eloquenz bemerkenswert. Als der Zeitpunkt kam, den Brautstrauß zu werfen, eine Sitte, die Lilian und sie übereinstimmend erniedrigend fanden, warf Jane ihn in den Teich.

Eines Abends sagte Mrs. Eliot beim Essen: Ich habe bei den Moores einen netten Jungen kennengelernt. Sie blickte demonstrativ zu Lilian hinüber. Gilbert Finch heißt er, glaube ich. Er hat eine schöne Stimme. Ich habe ihn mit den Kindern reden hören.

Ist das der Sohn des Arztes? sagte Mr. Eliot, nicht sonderlich interessiert. Er hatte seine Faust auf dem Tisch liegen. Ich glaube, wir waren in der gleichen Klasse.

Es gibt zwei Söhne, sagte Lilian. Der eine ist ebenfalls Arzt.

Wer war derjenige, der Irene Minter fallengelassen hat? sagte Arthur.

Daß du dich daran noch erinnerst! sagte Lilian. Das ist doch ewig her.

Irene Minter vergißt man eben nicht. Sie hat einen

abscheulichen Männergeschmack. Arthur machte eine dramatische Geste. Wer Bobby Putnam heiratet –

Kein Klatsch bei Tisch, sagte Mr. Eliot.

Mrs. Eliot trank drei kleine Schlucke Wein, bevor sie ihr Glas wieder auf den Tisch zurückstellte. Wir machen ja niemanden schlecht, Pa, sagte sie.

Es ist wohl kaum schmeichelhaft, als jemand bezeichnet zu werden, der – wie hat es Arthur so anschaulich beschrieben? – Irene Minter fallengelassen hat. Das Mädchen ist doch keine heiße Kartoffel.

Arthur brach in Gelächter aus.

Mrs. Eliot lächelte erwartungsvoll und wartete darauf, daß der wie auch immer geartete Witz bei ihr ankommen und sie ebenfalls zum Lachen bringen würde.

Das war der ältere, Winn, sagte Lilian ohne große Begeisterung. Wir sprachen gerade von Gilbert.

Im Verlauf der fünf Jahre, seit er sie bei der Gartenparty der Crooks angestarrt hatte, hatte sie seinen Namen erfahren. Hin und wieder sah sie ihn, von einem Hut verdeckt, auf der anderen Straßenseite bei der Parade zum 4. Juli oder am Ende einer langen gelben Veranda beim Labor-Day-Tee der Lorings. Er war bei Eleanor Crooks Hochzeit mit Charlie Sprague gewesen; da hatte sie ihn draußen in der Einfahrt bei den Chauffeuren herumlungern sehen. Irgendwo hatte sie auch etwas über ihn gelesen, ach ja, im *Harvard Alumni Magazine* ihres Vaters, in einem Artikel über Curling. Curling!

Offenbar redet er lieber mit Kindern als mit Erwachsenen, sagte Lilian. Ich habe ihn nie mehr als zwei Worte sprechen hören.

Nita Russell schien er eine Menge zu sagen zu haben, sagte Mrs. Eliot. Obwohl sie jetzt ja wohl eine Bancroft ist, wenngleich...

Was hat sie dort gemacht? fragte Lilian.

Ada Amory sagt, sie sei wieder nach Hause gezogen, sagte Mrs. Eliot.

War das diese unglückliche...? Mr. Eliot runzelte über seinen Kartoffeln die Stirn.

Ja, sagte Mrs. Eliot.

Die Unterhaltung geriet ins Stocken.

Arthur sagte: Ich mochte Jim Bancroft. Er war ein wilder Kerl.

Und wohin hat es geführt? sagte Mrs. Eliot. Er fuhr sowieso immer zu schnell mit diesem Boot.

Es überrascht mich, daß sie nach Boston zurückgekommen ist, sagte Lilian.

Ein ganz reizendes Mädchen, sagte Mrs. Eliot. Jedenfalls hat er nach dir gefragt.

Wer?

Gilbert Finch.

Er hat nach mir gefragt? Lilian erinnerte sich an die seltsamen hellen Augen, die sie ohne jede Verlegenheit angestarrt hatten.

Ich mußte Sally Kimball fragen, wer er ist. Ich kann diese jungen Leute einfach nicht auseinanderhalten.

Was hat er gesagt?

Wer?

Gilbert Finch!

Er hat gesagt: Hallo, Mrs. Eliot, wie geht's Lilian?

Und was hast du gesagt?

Sehr gut, danke. Ich hab ja nicht gewußt, wer er war.

Und was hat er dann gesagt?

Faszinierende Unterhaltung, meinte Arthur.

Weißt du, ich erinnere mich nicht mehr, sagte Mrs. Eliot.

Lilian murmelte: Er wollte einfach nur höflich sein.

Ist das nicht vielleicht etwas, was der ganze Tisch hören möchte? dröhnte Mr. Eliot.

Lilian reckte das Kinn vor.

Sally Kimball schien zu glauben, er habe da so gewisse Schwierigkeiten im Krieg gehabt. Mrs. Eliot hielt ihr Glas fest, während Patrick Wein nachschenkte. Nach einer langen Zeit der Abkühlung von seiten Mrs. Eliots hatte sich Mr. Eliot schließlich zum Kauf geschmuggelten Alkohols durchgerungen, seinen Genuß aber auf die Mahlzeiten beschränkt.

Willkommen im Club, sagte Arthur, obwohl er dem selbst gar nicht angehört hatte. Er bedeutete Patrick mit einem strahlenden Lächeln, ihm noch mehr nachzuschenken.

Was macht er denn so zur Zeit? fragte Lilian.

Wer? Mrs. Eliot sah lächelnd auf ihren Teller hinunter.

Gilbert Finch. Lilian fand es komisch, seinen Namen auszusprechen.

Er wird wohl irgendwo arbeiten, sagte Mrs. Eliot.

Hörst du, Arthur? Mr. Eliot sah seinen Sohn selten direkt an und tat es auch jetzt nicht. Dieser Mann geht einer Arbeit nach.

Armer Schlucker, sagte Arthur.

24.

Zeichen von Interesse

Sieben Monate später gaben Lilian und Gilbert Finch ihre Verlobung bekannt. Und das kam so.

Er war bei der Weihnachtsparty der Cunninghams. Lilian vermutete, daß er auch in den Jahren zuvor dagewesen war und sie ihn nur nicht bemerkt hatte. Er reichte ihr ein Glas Eierflip, als sie gerade bei Beany Sprague stand, und entschuldigte sich, weil er seiner Tante noch Drinks bringen mußte. Irene Putnams kleiner Bobby kam herüber, um ihr ein Weihnachtsplätzchen in Schneemannform zu zeigen, und bevor sie wußte, wie ihr geschah, war sie schon von einer Kinderschar umringt. Im Gegensatz zu Mrs. Eliots Bericht schien Gilbert Finch nicht besonders erpicht darauf zu sein, mit ihr zu reden.

Nach Silvester gaben die Sedgwicks eine Dinnerparty und setzten Lilian neben Gilbert Finch. Sie führten ein nettes Gespräch über Hunde, den Januar und Agatha Christie, die sie beide mochten. Sie bemerkte, daß er alles außer dem Grüngemüse aß, wie ein Kind. Aber zum Kaffee blieben die Männer endlos lange im Eßzimmer und diskutierten über Politik, ein Thema, für das sich Cap neuerdings interessierte.

Später in diesem Monat gingen Lilian und Tommy Lattimore mit Marian und Dickie Wiggin ins Kino, und Dickie brachte Gilbert Finch mit, den er von der St.-Marks-Universität kannte. Lilian saß zwischen den beiden ledigen Männern und sah sich den Zeichentrickfilm über Hermann, die Riesenmaus, an, der ihr besser gefiel, als sie erwartet hatte. Marian platzte fast vor Lachen, fasziniert von Szenen wie der, als der Ofen durchs Zimmer läuft und mit Hilfe des Ofenrohrs den auf ihm stehenden Kessel hochhebt. Lilian bedauerte, daß Gilbert Finch es danach ablehnte, ihnen beim Dessert Gesellschaft zu leisten.

Eines Freitagnachmittags ging Lilian mit Nathaniel Weeks, einem jungen Mann, der mit ihr zusammen freiwillige Hilfsdienste im Krankenhaus leistete, spazieren. Manchmal machten sie am Ende des Tages einen Schaufensterbummel in der Newbury Street, und Nathaniel Weeks, der Geld hatte, versuchte herauszubekommen, was Lilian gefiel, damit er es ihr kaufen konnte. Sie war sich nicht sicher, ob sie etwas von Nathaniel Weeks wollte. Als sie den Marktplatz überquerten, stießen sie mit Gilbert Finch zusammen, der auf dem Weg zur North Station war. Er hatte ein Fernglas um den Hals hängen und trug den kleinsten Handkoffer, den Lilian je gesehen hatte. Er stand ganz still da, als warte er darauf, daß Lilian und Nathaniel Weeks ihn entlassen würden. Die Kleidung schlotterte um seinen kräftigen Körper, der Kragen war im Nacken zerknittert, die Ärmel an den Ellbogen zerbeult, aber irgendwie stand ihm diese Schlampigkeit. Er wollte das Wochenende an der North Shore verbringen, sagte jedoch nicht, mit wem. Nathaniel Weeks begann über ein beliebtes Thema zu reden, das Wetter. Lilian schaffte es, nach dem Fernglas zu fragen.

Ich beobachte gern Vögel, sagte Gilbert Finch.

Nathaniel Weeks versuchte ein mißglücktes Wortspiel mit Finch und Fink, aber trotzdem lachten alle drei höflich.

Lilian fiel auf, daß Gilbert Finchs volle Oberlippe aussah, als hätte ihm jemand einen Schlag versetzt oder als halte er mühsam die Tränen zurück. Eins seiner Ohren stand schief vom Kopf ab und lief spitz zu, wie bei einem Kobold. Er hatte helle Augen mit dunklen Ober- und Unterlidern, wodurch der Eindruck entstand, er habe viel Kummer gehabt. Lilian erinnerte sich, gehört zu haben, daß seine Mutter gestorben war, als er elf oder zwölf gewesen war.

Als er dann zum Zug rannte, lief er querbeet und bewegte sich mit der Anmut eines Sportlers. Lilian fiel auf, daß Gilbert Finch stets allein war, wenn sie ihm begegnete.

Das muß man sich mal vorstellen, mitten im Winter

Vögel zu beobachten, schnaubte Nathaniel Weeks. Er trug glänzende Schuhe und einen gebügelten Schal. Sein Haar unter dem Hut war wie das der anderen Jungen in der Mitte gescheitelt und seitlich glatt nach hinten gekämmt.

Ich finde es eine tolle Idee, sagte Lilian.

In den folgenden Monaten nahm Lilian Einladungen an, die sie früher unter irgendeinem Vorwand ausgeschlagen hätte, in der vagen Hoffnung, Gilbert Finch zu sehen. Er interessierte sie nicht mehr als jeder andere Junge, aber irgendwie gefiel ihr seine ruhige, zurückhaltende Art, und außerdem hatte er sich ja damals nach ihr erkundigt. Sie war einfach nur neugierig, was für ein Mensch er wohl war. Aber Gilbert Finch ging nicht so oft aus. Sie plante Unternehmungen mit Marian und Dickie Wiggin, weil sie hoffte, sie würden Gilbert Finch fragen, ob er mitkäme. Aber Marian, die Lilian sonst ständig irgendwelche Jungen vorschlug, reagierte auf keine Anspielung, wenn es um Gilbert Finch ging. Gilbert wirkt ein bißchen verloren, sagte sie nur.

Eines Tages, als sie sich in der Stadt Band kaufen wollte, traf Lilian zufällig auf Gilbert Finch, der zerwühltes Haar hatte und eine zerknitterte Zeitung trug. Obwohl sie das Gefühl hatte, sich lange mit ihm unterhalten zu können, brachte sie doch nicht das erste Wort heraus. Aus dem Nichts tauchte plötzlich wie eine Dampflok Freddie Vernon auf und rief, Dolly sei gerade um die Ecke verschwunden, und wenn sie sich beeile, könne Lilian sie noch in der Exeter Street einholen. Dann wandte er sich Gilbert zu – er interessiere sich so für seine Arbeit, ob sie nicht mal zusammen essen könnten? –, und Lilian blieb nichts übrig, als sich zu verabschieden und zu gehen.

Im März, als der Nebel über den Pfützen auf der Straße hing, wurde Gilbert Finch krank und mußte ins Bett. Es ging eine schlimme Grippe um – unter den ärmeren Leuten hatte es sogar einige Todesfälle gegeben –, doch laut Dickie Wiggins fehlte Gilbert Finch etwas anderes. Eines Tages beim Tee erklärte Dickie bedächtig, während er seine Bügelfalte glattstrich und sein Einstecktuch zurechtzupfte, daß Gilbert Finch trotz seiner sportlichen Erscheinung schon immer kränklich gewesen sei. Einmal habe er an der St.-Marks-Universität sogar einen ganzen Winter versäumt und alles in einem Ferienkurs nachholen müssen, um den Abschluß zu schaffen. Emmeth Smith hob seine Untertasse vom Tisch und begann von Paris zu erzählen, wo er gerade hergekommen war, aber Lilian lauschte dem Geplauder, das ihr einst den Mund wäßrig gemacht hatte, nur mit halbem Ohr. Es kümmerte sie kein bißchen. Weit mehr interessierte sie, was in der Marlborough Street 242 vor sich ging, wo ein gewisser Jemand wohnte.

Sie hätte ihn gern besucht, kannte ihn aber nicht gut genug und war sich außerdem sicher, daß es ihn befremdet hätte. Marian und Dickie gingen hin und sagten, Gilbert Finch lasse einen Gruß an ihre Freundin Lilian Eliot ausrichten, was sie sehr freundlich von ihm fand, viel freundlicher, als er zu ihr war, wenn sie sich persönlich gegenüberstanden.

Das nächste Mal sah Lilian ihn ein paar Wochen später bei Dickie Wiggins Geburtstagsparty. Als sie in dem Bewußtsein, daß Gilbert Finch dasein würde, eine neue rosarote Bluse anzog, erwachte ein merkwürdiges Gefühl in ihr, und als sie die Treppen zum Haus der Wiggins hinaufstieg, hatte sich das Gefühl zu einer inneren Unruhe gesteigert. Beim Eintreten fragte sie sich, ob man es ihr wohl anmerkte.

Sie erspähte ihn auf der gegenüberliegenden Seite des Zimmers – er wirkte schlanker und jünger – und holte sich, obwohl sie selten trank, schnurstracks einen geschmuggelten Drink. Ich bin den Umgang mit Jungen doch eigentlich gewöhnt, dachte sie, was ist denn ausgerechnet an diesem Gilbert Finch?

Schließlich ging sie hin, um ihn zu begrüßen, mit ruhiger, freundlicher Miene, die nichts von ihrer inneren Unruhe verriet. Freut mich, daß es Ihnen wieder bessergeht, sagte sie.

Er warf einen Blick über ihre Schulter, wie um zu schauen, mit wem sie gekommen war. Lilian fühlte sich geschmeichelt.

Das Curling-Team muß Sie vermißt haben, sagte sie.

Sie interessieren sich doch nicht für Curling, sagte er.

Nein, aber ich habe darüber gelesen. Sie sind ziemlich bekannt, nicht?

Er trug ein braunes Wolljackett mit zerknittertem

Aufschlag. Neugierig sah er sie an. Haben Sie in letzter Zeit mal wieder Band gekauft? sagte er.

Nein. Sie lächelte und merkte, daß sie errötete. Ich hab mich mit dem begnügt, was ich habe.

Das dürfte Ihnen keine Probleme bereiten, sagte er.

Oh, er war ja schlagfertiger, als sie gedacht hatte.

Wenn Sie irgendwann mal wieder Band kaufen –

Ja?

Nun, Sie könnten ja –

Aber er wurde unterbrochen, weil Marian Wiggin auf sie zueilte und sagte, sie müßten unbedingt ins andere Zimmer hinüberkommen, um sich die wundervolle Victrola anzuhören, die sie Dickie zum Geburtstag gekauft hatte. Alle saßen da und lauschten, während sie einen der neuen Songs vorspielte, aber niemand stand auf, um zu tanzen.

25.

Lilian grübelt, Gilbert wird rot

Wie geht's deinem jungen Mann? fragte Mrs. Eliot, als sie Lilian eine kleine Vase mit Osterglocken ins Zimmer brachte.

Er ist nicht mein junger Mann, sagte Lilian.

Mrs. Eliot zog eine Augenbraue hoch.

Er ist es nun mal nicht, sagte Lilian.

Seit Dickie Wiggins Geburtstag hatte sie ihn genau zweimal gesehen. Einmal, als sie mit Marian und Dickie deren Haus in Beverly Farms angeschaut hatte und Gilbert Finch mitgekommen war. An einem schönen Apriltag fuhren sie mit dem Auto hinaus und liefen durch die kühlen Räume, in denen alles mit weißen Leintüchern verhüllt war. Da es draußen wärmer war, legten sie sich ohne Mantel und Schuhe an den Strand und aßen die Sandwiches, die ihnen die Köchin gemacht hatte. Gilbert Finch kannte alle Vögel beim Namen, fast ohne hinzuschauen. Er konnte einen winzigen Tupfer, der in den Wellen schaukelte, als Büffelkopfente erkennen. Lilian merkte, daß er zu den Männern gehörte, die auf einer Bank zur Seite rutschen, um einem Mädchen Platz zu machen, ohne auf den Gedanken zu kommen, daß das Mädchen vielleicht nah bei ihnen sitzen möchte.

Du bist in letzter Zeit so schrecklich gereizt, sagte Mrs. Eliot. Wenn sie an Lilians Tür vorbeikam, starrte Lilian mit einem Buch in der Hand ohne zu lesen vor sich hin.

Er mag mich nicht auf diese Weise, sagte Lilian. Und mir soll's recht sein. Gilbert Finch entsprach kaum der Vorstellung, die sie sich von ihrem künftigen Ehemann machte. Und doch fühlte sie sich in seiner Gesellschaft merkwürdig glücklich, und wenn sie ihn nicht sah, wurde sie unerklärlich traurig und mußte immer an sein Gesicht denken.

Kein Grund, mich so anzufahren, sagte Mrs. Eliot und schloß die Tür.

Das zweite Mal sah sie ihn zum Lunch in der Stadt. Sie hatte erwähnt, daß sie neues Band kaufen müsse, und er hatte den Wink verstanden. Sie gingen nicht in ein vornehmes Lokal, sondern in eines, wo sie ihre Teller von der Theke zu einer kleinen gepolsterten Bank trugen. Lilian wußte, daß er schüchtern war, wurde aber das Gefühl nicht los, daß es ihm eigentlich nichts bedeutete, ob sie da war oder nicht. Zwischenzeitlich sah er aus, als esse er für sich allein.

Danach hatte er sie ins Athenäum mitgenommen – ihm blieben noch ein paar Minuten, bevor er wieder in sein Büro bei der Reederei zurückmußte –, wo sie die Porträts seiner Vorfahren besichtigten. Manche von ihnen lagen unten am Hügel hinter der King's Chapel begraben, wo auch einige von Lilians Verwandten ruhten. Richter Henry Gilbert Finch hatte den ausgestellten Hammer im Old State House geschwungen, den ältesten Hammer im ganzen Land. Als sie vom marmornen Eingang des Athenäums aus in einen Leseraum blickten, sahen sie, wie ein Mädchen den Block, auf den es gerade geschrieben hatte, an die Lippen hob und den unteren Teil der Seite küßte. Lilian suchte Gilberts Blick, wandte sich jedoch wieder ab, weil sie ihn nicht in Verlegenheit bringen wollte. Daß er furchtbar rot wurde, schien ihr ein gutes Zeichen zu sein.

26.

Mrs. Eliot ist überrascht

Sie lud ihn zum Tee ein. Er stand vor der Tür, als sie öffnete, und hielt einen braunen Hut in seinen großen weichen Händen. Sein Mantel über der Weste war verkehrt zugeknöpft. Gilbert lächelte, ohne daß man seine Zähne sah.

Lilian bat ihn herein, brachte seinen Hut in die Bibliothek und führte ihn dann ins Wohnzimmer.

Pa, das ist Gilbert Finch, und, Ma, ich glaube, ihr kennt euch bereits?

Gilbert schüttelte ihnen ungezwungen die Hand.

Mrs. Eliot betrachtete ihn verwirrt. Ja, natürlich, sagte sie zerstreut.

Bin mit Ihrem Alten Herrn zur Schule gegangen, sagte Mr. Eliot. Saß hinter mir.

Mr. und Mrs. Eliot sprachen in dem Tonfall, der für Außenstehende reserviert war.

Tee? sagte Lilian.

Sie nahmen Platz. Gilbert Finch setzte sich auf das Kamingitter mit dem Lederkissen. Dort hockten sich normalerweise die Kinder hin. Er streckte die Beine aus, wobei seine Socken sichtbar wurden, und balancierte auf den Absätzen.

Mrs. Eliot lächelte unsicher. Mr. Eliot klopfte auf seine Uhrentasche. Lilian spürte Gilbert Finchs hellen Blick. Sie verschüttete beim Eingießen Tee, leerte die

Untertasse aus und hantierte ungeschickt mit der Zukkerzange. Aus ihrem dunklen Haar hatten sich feine Strähnen gelöst und zu einer Art Gespinst verwoben. Ihr volles Gesicht, in dem sich keine Knochen abzeichneten, ließ sie jünger als sechsundzwanzig wirken. Sie hatte ein leicht gekerbtes Kinn und aufgeworfene Lippen.

War überrascht, daß er Arzt geworden ist, sagte Mr. Eliot. Gilbert Finch sah ihn ausdruckslos an. Ihr Vater, meine ich.

Gilbert Finch sah keinen Grund für eine Erwiderung.

Ich meine, fuhr Mr. Eliot fort. Hat ständig irgendwas ausgefressen, Ihr Vater. Er lachte rauh.

Ich kann verstehen, daß man das überraschend finden kann, sagte Gilbert Finch. Er maß Mr. Eliot mit einem so hellen, klaren Blick, daß Lilian plötzlich fand, ihr Vater wirke verwirrt, ja, was für die Tochter noch erstaunlicher war, albern.

Lilian reichte Gilbert Finch eine Tasse.

Ich danke Ihnen, sagte er und wandte ihr den Blick zu. Was immer er ansah, schien ihn zu fesseln, und der jeweilige Gegenstand bekam etwas Faszinierendes. Er trank seinen Tee, die Füße mit aufwärtsgerichteten Zehen auf dem Wohnzimmerteppich, und wirkte völlig sorglos.

Lilian brachte ihn dazu, über seine Vogelstudien zu sprechen, was die gespannte Atmosphäre etwas lockerte. Mr. Eliot nickte voller Respekt für dieses Hobby, und Mrs. Eliot hielt mit interessierter Miene ihre Teetasse vor der Brust.

Strandvögel hatte er am liebsten. Das waren die zartesten und schönsten. Er hatte diesen Winter eine Polarmöwe gesehen – äußerst selten –, die vom Sturm heruntergeweht worden war. Er hatte sie draußen am Tuck's Point in Manchester entdeckt, wo sie mit den anderen Möwen zusammengekauert saß.

Wir sehen draußen bei Mr. Eliots Bruder in Brookline viele Fasane, sagte Mrs. Eliot. Sie kommen einfach aus dem Wald geschossen.

Ein asiatischer Vogel, bellte Mr. Eliot gebieterisch.

Stimmt, sagte Gilbert Finch, womit er das Thema als erledigt betrachtete. Fasane fielen in die gleiche Kategorie wie Rotkehlchen und Blaufinken, Krähen und Silbermöwen, Vögel, die keiner Erwähnung wert waren. Vogelbeobachter interessierten sich mehr für Singvögel oder Zugvögel, besonders dann, wenn sie braun und unauffällig waren.

Nachdem Gilbert Finch gegangen war, machte sich Mr. Eliot auf in den Garten, um nach den Schößlingen zu schauen. Netter Kerl, sagte er stirnrunzelnd.

Mrs. Eliot setzte sich auf dem Sofa ein wenig zurück. Das war also dein Gilbert Finch? Dann frage ich mich, wer der Junge bei den Moores war, sagte sie. Diesen jungen Mann habe ich noch nie im Leben gesehen.

27.

Lilian entscheidet ihr Schicksal

Anfang Juni saß Lilian auf den Verandastufen vor dem Haus der Wiggins in Beverly Farms und schaute zu den Felsen hinunter, wo Gilbert Finch und Dickie Wiggin fischten. Sie waren schon lange damit beschäftigt, und Lilian hatte mit ihrem Strickzeug – etwas für Dolly Vernons kleinen Jungen, ihr drittes Kind – ebenso lange zugeschaut, aber ständig Fehler gemacht und Maschen auftrennen müssen. Sie hatte das Gefühl, sie könnte ewig auf dieser Treppe sitzen und zuschauen.

An jenem Morgen auf dem Spaziergang zum Aussichtspunkt waren sie und Gilbert Finch etwas hinter den anderen zurückgeblieben, und jetzt ging sie noch einmal alles durch, was er gesagt hatte. Er sprach von einer Reise nach Kalifornien, wo er durch die Berge geritten war und auf dem Boden geschlafen hatte, und obwohl Lilian sich gewöhnlich nicht für solche Dinge interessierte, merkte sie plötzlich, daß sie gar nicht genug davon bekommen konnte. Es war faszinierend. Er redete über seine Arbeit bei der Importfirma, und sie stellte ihn sich im Büro vor, ohne Jackett und mit hochgekrempelten Hemdsärmeln, so wie sie ihn an jenem Tag in der Stadt gesehen hatte. Marian hatte ihr erzählt, er arbeite außerdem für eine Wohlfahrtseinrichtung, die männlichen Jugendlichen nach der Besserungsanstalt einen Heimplatz vermittelte, und sie hatte ihn ausgefragt, voller Bewunderung für seine Zurückhaltung.

Sie betrachtete seinen Rücken dort unten, vor dem Glanz des spätnachmittäglichen Meeres hinter ihm, und spürte etwas wie einen warmen Wind durch ihr Inneres wehen. Er holte die Leine ein und inspizierte den Haken, an dem sich Seetang oder Algen verfangen hatten. Er kauerte sich nieder, um ihn genau zu betrachten. Sein konzentrierter Blick verlieh dem Haken, ja der ganzen Tätigkeit des Fischens eine Art Ehre! Wenn sie daran dachte, daß dies derselbe Mann war, der wahrscheinlich an zahllosen Dienstagabenden bei den Morses neben dem Teller mit Melasseplätzchen gestanden hatte, derselbe Junge, an dem sie an Winternachmittagen auf dem Teich vermutlich hunderte Male vorbeigeglitten war – und sie hatte ihn nicht einmal bemerkt!

Es kam ihr unfaßlich vor. Jetzt erschien er ihr als der bemerkenswerteste Mensch, dem sie je begegnet war.

Ihre federnde, gespannte Aufmerksamkeit erstreckte sich zu den fischenden Männern hinunter. Sie betrachtete seine zerzauste Gestalt in dem weißen Hemd – er trug einen Hut mit herabgebogener Krempe – und sah um ihn eine Aura von – was war es nur? – Güte. Jetzt, wo sie darüber nachdachte, merkte sie, daß er schon die ganze Zeit etwas an sich gehabt hatte, sie hatte es sich nur noch nie richtig klargemacht. Er war kein leichtsinniger Mann. Diese Arme signalisierten keine Wichtigtuerei, diese Haltung entsprang keinem aufgeblähten

Selbstgefühl. Er stand auf und warf die Angel wieder aus. Lilian hörte das leise Surren der Schnur. Als sie auf den kleinen Pullover hinunterblickte, sah sie, daß sie eine Reihe zuviel gestrickt hatte. Lilian hatte die Aufmerksamkeiten eines leichtsinnigen Mannes kennengelernt, und wie sie hier so im Schatten saß und der Meeresgeruch zu ihr heraufwehte, konnte sie sich kaum noch erinnern, was sie eigentlich daran angezogen hatte. Die Stricknadeln klapperten gleichgültig. Sie hatte zweifellos dafür bezahlt. Dies hier wirkte entschieden anders auf sie. Während sie sich an das alte Gefühl erinnerte, das wundervolle Zerfließen von Grenzen, wurde ihr bewußt, daß sie sich beim Nachdenken über Gilbert Finch an einem ruhigen, vertrauten Ort befand. Sie war nicht in jemand anderes verwandelt, wie damals bei Walter Vail, wo sie eine bestimmte Rolle gespielt hatte. Sie hatte das Gefühl, wieder ganz bei sich zu sein.

Soll ich die Cocktails auf die Veranda bringen lassen? rief Marian, ihr geschäftiges Treiben im Haus unterbrechend, aus einem der oberen Fenster. Warum eigentlich nicht? gab sie sich selbst zur Antwort und zog den Kopf schnell wieder zurück.

Lilian wollte nicht mehr weglaufen oder anders sein. Was hatte sie nur im Kopf gehabt? Wenn sie jetzt zurückblickte, amüsiert, etwas herablassend, sah sie eine viel jüngere Person. Und eine ziemlich törichte dazu. Sie war einfach ein ganz normales Bostoner Mädchen gewesen – wie hatte sie erwarten können, jemanden wie Walter Vail halten und verstehen zu können? Natürlich hätte auch er sie nie verstanden. In ihr wuchs das Gefühl, daß dieser Mann drunten auf den Felsen, der Mann, den sie im Schneidersitz am Strand hatte sitzen sehen, der Mann, der nach dem Essen sorgfältig seine Serviette zusammenrollte, jemand war, den sie verstehen konnte. Und der sie verstehen konnte. Es war, als bestehe durch die Nähe ihrer Vorfahren in der King's Chapel eine Art Verwandtschaft zwischen ihnen. Diese Vertrautheit hatte sie einst zurückschrecken lassen – sie lächelte in sich hinein –, aber jetzt sah sie den Sinn darin; instinktiv kannten sie einander. In den gemeinsam verbrachten letzten Tagen hatte sie gemerkt, daß sie sich wiedergefunden hatte, das Mädchen, das sie vor langer Zeit gewesen war, das Mädchen, das von Arthur mit dem Gartenschlauch naßgespritzt worden war oder mit ihm auf dem Giebeldach gesessen hatte.

Fischen die etwa immer noch? rief Marian aus dem Vorraum, während sie in die Küche eilte. Sie warf ihre Fragen aus wie Angelschnüre, ohne sie wieder einzuholen.

Was für eine angenehme, ruhige Art er hatte. Sein Mangel an Selbstbewußtheit erinnerte so sehr an ein Kind. Deswegen hatte sie das Gefühl, ihm völlig vertrauen zu können. Er war so verläßlich wie ein Fels an diesem Strand, so stabil wie ein Backstein im Gehweg der Beacon Street. Am Vortag waren sie an den Hamilton-Ställen und den Marschen von Ipswich vorbei landeinwärts gefahren, und Gilbert Finch hatte am Fenster gesessen und sich den Wind ins Gesicht wehen lassen, geheimnisvoll, friedlich. Lilian war aufgefallen, daß die Jungen, die in Übersee gewesen waren, nicht viel darüber sprachen. Gilbert Finch war erst gegen Ende des Krieges nach Frankreich gekommen. Er sagte, er wisse nicht, wie die anderen das so lang ausgehalten hätten. Das war alles, was sie ihn zu diesem Thema hatte sagen hören.

Während sie an ihn dachte, durchwehte sie wieder diese Wärme und erweckte ihr schlafendes, ihr wahres Selbst. Die Stricknadeln lagen, nutzlose Holzstöckchen, in ihrem Schoß. Sie starrte zu Gilbert hinunter, und es setzte sich die Vorstellung in ihr fest, daß er sie retten würde. Plötzlich war er ihre letzte Hoffnung.

Auf diese Weise, einsam in Gedanken versunken, entschied Lilian Eliot ihr Schicksal.

28.

Ein Küßchen

An einem Juniabend bat er sie im Garten in der Fairfield Street, seine Frau zu werden. Vom Fluß zog Nebel herauf. Durchs Fenster des Salons fiel Licht auf sie. Gilbert Finch hielt Lilians Hand in seinen großen, weichen Händen. Sie hatte soeben ja gesagt.

Seine Füße bewegten sich auf dem Kies, und der Geruch von feuchtem Lehm stieg auf. Darf ich dich küssen?

Ein Kuß oder ein Küßchen?

Ein Küßchen, sagte er.

Seine Lippen waren sanft und trocken, und einen verwirrenden Moment lang erinnerte sie sich plötzlich an einen Kuß, den sie viele Jahre zuvor empfangen hatte, nicht sehr weit von dort entfernt, wo sie jetzt standen. Sein warmer Arm legte sich um sie, und als sie näher rückte, um sich ganz umschlingen zu lassen, mißverstand Gilbert die Bewegung als Ausdruck von Scheu und wich zurück. Er gab ihr einen flüchtigen Kuß auf die Wange, dann aufs Haar.

Du hast doch keine Angst vor mir, oder? neckte sie ihn.

Sie hatte ihm damit eigentlich seine Befangenheit nehmen wollen, aber als sie sein verwirrtes Gesicht sah, hätte sie den Satz gern wieder zurückgenommen.

Er umarmte sie und verbarg sein Gesicht dabei. Sie

konnte sich nicht erinnern, daß irgend jemand sie schon einmal gebraucht hatte. Tommy Lattimore hatte sie angebetet. Mike Higbee hatte sie erobern wollen. Und Walter Vail hatte sie einfach nur ausprobieren wollen. Gilbert Finch war anders. Er hatte die Augen geschlossen. Sie berührte seine Wange, erstaunt über die Macht, die sie über ihn zu haben schien. Größere Macht hatte sie noch nie empfunden, und sie kam aus einem reichhaltigen Quell.

Er murmelte etwas Unverständliches, und sie lehnte sich zurück, um ihn zu fragen, was er gemeint hatte.

Ich hätte nie gedacht, daß ich das einmal erleben würde, sagte er.

Sie hob das Kinn – für einen weiteren Kuß – und sah in seinen Augen Tränen aufsteigen. Als er überwältigt sein Gesicht in ihrem Haar verbarg, dachte sie: Ich habe so lange gewartet, es eilt nicht, jetzt habe ich ihn ja gefunden.

Ende September wollten sie heiraten. Lilian hatte in diesem Sommer eine Bildungsreise mit ihrer Familie geplant. Doch Ende August würden sie wie immer in Maine sein, und Gilbert Finch konnte sie am Wochenende besuchen.

Lilian bekam Glückwunschbriefe. Winn Finch schrieb, er glaube, sein Bruder habe eine glänzende Wahl getroffen. Ihr Schwiegervater schickte ihr in winziger Schrift einen drei Seiten langen Brief, in dem er sie in der Familie willkommen hieß und ihr als Hochzeitsgeschenk die freie Wahl gleich welchen Gegenstandes aus seinem Haus anbot, solange es nicht sein Bett war. Ihre Freunde und Freundinnen teilten sich in solche, die ihr einfach sagten, wie sehr sie sich freuten, und solche, die jetzt endlich gestehen zu können meinten, was für Sorgen sie sich um sie gemacht hatten – aus dem Gefühl heraus, daß nun, da sie heiratete, jegliche Einschätzung der zurückliegenden siebenundzwanzig Jahre keine Bedeutung mehr hatte.

In einer Hinsicht traf das auch wirklich zu. Sie hatte nämlich nicht mehr das Gefühl, ihr Geburtstag sei am 11. September, sondern am 17. Juni, dem Tag seines Heiratsantrags.

Sie, die den Freuden der Ehe stets skeptisch gegenübergestanden hatte, schritt jetzt durch die Blumenlaube, anfangs noch schüchtern, aber dann war es ihr sehr bald egal, was sie früher einmal gedacht hatte. Mädchenhaft aufgeregt sprach sie über die Hochzeitsvorbereitungen. Die Leute machten Bemerkungen über die Veränderung, die mit ihr vorgegangen war. Wie originell, daß sie sich für Gilbert Finch entschieden hat, sagten sie. Sie hatten eine ungewöhnliche Wahl erwartet, und gerade daß sie jetzt so durchschnittlich ausgefallen war, machte alles noch viel ungewöhnlicher. Nun betrachtete man die höfliche, stille Erscheinung Gilbert Finchs mit anderen Augen. Er freute sich natürlich auch über die Verlobung, aber man hätte selbst bei genauer Beobachtung keinerlei Veränderung in seinem Verhalten feststellen können.

29

Was hat er jetzt vor?

Aber was hat er vor? fragte Mr. Eliot, während er bedächtig sein Fleisch zerschnitt.

Er hat nichts *vor*, Pa.

Entschuldige mal, Lilian. Mr. Eliot hob wie ein Blin-
der den Kopf, verblüfft über ihren Ton. Es ist doch wohl
normal, daß ein Mann sich über die Zukunft seiner
Tochter Gedanken macht.

Tut mir leid.

Wie bitte?

Ich habe gesagt, es tut mir leid, Pa.

Das will ich hoffen. Mr. Eliot kaute mit ernster
Miene. Ich wiederhole: Was hat der junge Mann vor?

Im Moment arbeitet er bei einer Importfirma...

Das weiß ich, Lilian. Soviel hat er mir selbst erzählt.

Liebes, Pa will wissen, was seine langfristigen Pläne
sind. Mrs. Eliot war völlig gelassen, wie immer nach
ihrem zweiten Cocktail.

Das hat er noch nicht entschieden, sagte Lilian. Er
will nicht für immer bei der Firma bleiben.

Genau darauf wollte ich hinaus, sagte Mr. Eliot.

Ich bin mit allem einverstanden, was Gilbert tut,
sagte Lilian. Mit allem, wofür er sich entscheidet...

Mr. Eliot murmelte: Braucht sich ja nicht zu entscheiden, wenn er dich heiratet.

Wie bitte? Lilian ließ ihre Gabel sinken.

Pa macht sich doch nur Sorgen um deine Zukunft, sagte Mrs. Eliot. Sie lächelte in die Runde, ein Bild der Zufriedenheit.

Ich kann für mich selbst sprechen, Margaret.

Natürlich kannst du das, Lieber.

Hat Mr. Finch irgendwelche –? begann Mr. Eliot.

Da platzte Arthur atemlos herein. Wird hier gerade der arme Gilbert seziert? Also ich mag ihn ziemlich gern. Er ist keine Niete.

Danke, sagte Lilian.

Wo bist du gewesen? fragte Mr. Eliot, ohne auch nur in Arthurs Richtung zu schauen.

Oh, sagte Arthur überrascht, obwohl seine Augenlider gesenkt blieben, was ihm ein gleichgültiges Aussehen gab, ein Zug, den er mit seiner Mutter teilte. Tut mir leid, daß ich mich verspätet habe.

Keine Antwort auf meine Frage, sagte Mr. Eliot.

Aus, sagte Arthur. Ich war aus und habe nicht auf die Zeit geachtet. Ich bitte um Entschuldigung.

Auch Rosie gegenüber ungehobelt, sagte Mr. Eliot, der dieses Essen zusehends bedrückender fand.

Arthur breitete seine Serviette aus. Was Rosie betraf, konnte er gar nichts falsch machen.

Dein Gilbert Finch sollte mal ein bißchen über seine Zukunft nachdenken, sagte Mr. Eliot, ohne seine Tochter anzusehen. Du hältst das vielleicht für nebensächlich, aber das ist es nicht.

Wir sind alle gespannt, was passiert, sagte Mrs. Eliot glücklich und erhitzt.

Ja, das sind wir, sagte Lilian in einem Ton, der trotzig klingen sollte. Daß sie mit Gilbert Finch zusammen war, bedeutete für sie eine große Erweiterung der Welt, weit über diesen Eßtisch hinaus.

In diesem Moment blickte Lilian auf ihre Hand hinunter und bemerkte entsetzt, daß der Verlobungsring fehlte, den sie mit Gilbert bei Mr. Parson ausgesucht hatte. Sie entschuldigte sich, stand auf und durchwühlte ihr Zimmer, durchstöberte ihre Taschen, suchte unterm Bett. Bevor sie hysterisch wurde, hielt sie einen Moment inne. Sie schickte eine Nachricht an den Somerset Club, wo sie zu Mittag gegessen hatte, und eine an den Laden in der Boylston Street, wo sie die Handtücher gekauft hatte, und schließlich noch eine Nachricht zu den Sears, wo sie und Marian zum Tee gewesen waren. In dieser Nacht tat sie kaum ein Auge zu. Am nächsten Morgen hörte sie von Louis Joseph, daß man nichts gefunden habe, und auch von Elsie Sears kam die vernichtende Kunde, daß man vergeblich zwischen den Sesselpolstern gesucht habe. Dann ging das Telefon. Es war der Somerset Club. Der Ring war neben den Waschbecken auf der Damentoilette gefunden worden.

Gilbert holte ihn an jenem Abend auf dem Weg zum Dinner ab und steckte ihn Lilian ein zweites Mal an den Finger. Der Vorfall schien ihn nicht zu erschüttern.

Hast du irgendwas damit gemacht? fragte sie und starrte ihn an wie ein Magier. Er scheint größer geworden zu sein.

Gilbert Finch zuckte nur die Achseln.

30.

In Übersee

In allen Richtungen erstreckte sich der Ozean rund wie eine Untertasse, vom Horizont umrandet, wo er auf den Himmel stieß. Lilian saß auf dem Liniendampfer im Schatten einer grünen Markise beim Morgentee, eine schräggestellte Schreibtafel auf dem Schoß. An ihrer linken Hand, die das flatternde Papier niederhielt, funkelte ihr Ring. *1. Juli 1926*, schrieb sie, *Mein Liebster*.

Wenn Lilian Eliot auf einem Schiff den Ozean überqueren mußte, versank sie gewöhnlich in Trübsinn und verspürte den Drang, ins Wasser zu springen, falls nicht bald angelegt wurde, aber diesmal saß sie gern stundenlang an Deck und sah zu, wie sich der Horizont und das Meer verfärbten. Sie dachte an Gilbert Finch und daran, wie er seine Briefe unterschrieb: Hrzl., GPF. Das würde sie ihm bald abgewöhnen.

Sie probierte zum ersten Mal Gin, und ihr drehte sich der Kopf – nicht das Zimmer, nur der Kopf. Der Sohn eines Herzogs saß neben den Eliots an Deck, aber da er von sich aus nichts unternahm, taten sie es auch nicht.

Sie erreichten Calais, wo der Wind an den Docks nach nassem Holz und Kaffee roch. Auf der Zugfahrt nach Paris konnte Lilian während der ersten Stunden nicht umhin, an ihren alten Freund Walter Vail zu denken. So oft hatte sie sich ihn hier vorgestellt. Das also waren die gelben Streifen der Felder, die er womöglich gesehen hatte, und dies die Karte im Speisewagen, die er immer las. Sie dachte jetzt nicht mehr mit den alten tiefen Gefühlen an ihn, sondern milder gestimmt, in einer Art Tagtraum. Wie es einem in der Fremde häufig ergeht, rechnete sie halb damit, ihm jeden Moment zu begegnen – vielleicht war er ja sogar im gleichen Zug! Obwohl er jetzt nochmals in ihren Gedanken auftauchte, hatte er schon lange keinerlei Einfluß mehr auf sie. Was also, wenn sie ihm wirklich begegnete? Sie würde ihn herzlich begrüßen, auf eine Art, die ihm zeigte, daß sie schon lange nicht mehr an ihn dachte. Auch er würde so tun, als hätten sie sich nie etwas bedeutet, als wäre nie etwas zwischen ihnen vorgefallen. Natürlich traf das für ihn tatsächlich zu. Das akzeptierte sie inzwischen. Vielleicht würde ihn seine Frau begleiten – ja, sie würde mit einem hübschen Mantel und einem Schultertuch aus dem Hintergrund treten. Liebling, würde er sagen, Véronique... und ihre Hutkrempe würde seine Schulter berühren. Lilian würde einen schmalen hellen Glacéhandschuh schütteln, ihr direkt in die mandelförmigen Augen blicken. Ich freue mich, Sie kennenzulernen, würde sie sagen. Ob es ihr gutgehe? Walter Vail würde sich höflich benehmen, eine verlegene, steife Haltung einnehmen. Besser denn je, würde sie sagen und ihm von ihrer Verlobung erzählen. Das seien ja wundervolle Nachrichten, herzlichen Glückwunsch. Nein, er kenne Gilbert Finch wohl nicht... Jetzt würde ihre Mutter nach ihr rufen –

sie waren ja am Bahnhof, Leute eilten vorbei, und sie mußten rasch weiter... Und später konnte Lilian einfach nicht umhin, ihm wenigstens ein bißchen Ärger an den Hals zu wünschen, nach alldem, was sie seinetwegen durchgemacht hatte. Seine Frau würde ihn über sie ausfragen – wer denn dieses Mädchen aus Boston sei? Ob sie eine *bonne amie* sei? Sie würden sich streiten! Doch Lilian würde heiter aus dieser Begegnung hervorgehen, nachdem sie sein Gesicht gesehen und erkannt hatte, daß es nicht das Gesicht war, das sie liebte, nicht mehr.

Ihr Herz schlug schneller, als sie sich diese Szene ausmalte. Während drunten die nassen Gräben vorbeihuschten, erinnerte sie sich an die alte Wunde und daran, wie sehr er sich von Gilbert unterschied, Gilbert, dessen Gesicht so offen war, daß man immer genau sah, was er gerade empfand. Lilian dachte an sein Gesicht und freute sich über diese Eigenschaften, doch da sie über der Landschaft in ihr eigenes Spiegelbild blickte, fand sie es schwierig, sich Gilberts Gesicht genau vorzustellen.

In Paris bezogen sie eine Wohnung, neben der einst Tür an Tür Kaiserin Joséphine gelebt hatte. Sie war im selben Park spazierengegangen, und Arthur berichtete, sie habe sich dreimal täglich umgezogen, obwohl das Mrs. Eliot nicht beeindruckte.

Sie fuhren nach Versailles. Lilian sah Nancy Cobb auf einer Bank sitzen und dachte, das könne nicht sein, bis schließlich doch beide zu dem Schluß kamen, daß sie sich kannten, und sich begrüßten. Nancy Cobb hatte von Lilians Verlobung gehört und sagte, sie sei vor langer Zeit einmal in Gilbert Finch verknallt gewesen, er habe ihre Gefühle aber nie erwidert. Als sie an Benjy Rogers dachte und daran, wie Nancy Cobb sie vor so vielen Sommern in den Schatten gestellt hatte, war Lilian stolz auf Gilbert und merkte, daß dieser Stolz ihre Sympathie für Nancy Cobb steigerte. Ihre Eltern hätten immer gewollt, daß sie einen Arzt heiratete, sagte Nancy, und sie denke, sie werde nie die Chance dazu bekommen. Einen Arzt? sagte Lilian. Nancy Cobb sah sie aufmunternd an. Oh, Sie denken sicher an Winn, sagte Lilian. Ja, stimmt! sagte Nancy Cobb. Ich hab doch gewußt, daß Gilbert nicht der richtige Name war – es war Winn Finch. Sein Bruder, sagte Lilian. Oh, sagte Nancy Cobb, ich glaube, Gilbert kenne ich nicht.

An einem regnerischen Nachmittag hielt sich Lilian lange in der Orangerie auf, durch den Anblick der Cézannes verstummt. Als sie durch die Tuilerien zurückging, sah sie Paare zu zweit unter einem Regenschirm und vermißte Gilbert mehr denn je, sehnte sich danach, seinen Arm an ihrem zu spüren.

Sie kaufte sich ein Geschenk – die verhängnisvolle Wirkung von Paris –, und zwar eine persische Miniatur. Ihr Vater spottete darüber und fand sie dekadent. Aus reinem Widerspruchsgeist fand Lilian sie um so hübscher. Es war ein Wald mit vielen Schlangen, Vögeln und sonstigen Tieren, durch den ein Mann in Rosa auf einem weißen Pferd ritt. Sie lehnte die Miniatur an das Fußende ihres Bettes, um sie zu bewundern, während sie aufs Frühstück wartete.

Die Boulevards wimmelten von Menschen.

Alle anderen Leute aßen um neun Uhr zu Abend, doch die Eliots spätestens um acht, und am Schluß blieben sie noch einige Minuten sitzen, um sich die Leute anzusehen. Die Damen waren herausgeputzt wie Indianer auf dem Kriegspfad.

Eine Frau aus Boston namens Edith Quincy hielt sich in Paris auf, und Lilian trank Tee mit ihr. Sie hatte sich ziemlich verändert seit ihrer letzten Begegnung im Juni, wo sie ihnen am Strand im Garten geholfen hatte. Da hatte sie ihnen beim Unkrautjäten ein paar derbe Geschichten erzählt, bei denen selbst Arthur blaß geworden war; jetzt jedoch gab sie Lilian Tips, welche Kirchen sie besichtigen sollten, und wollte Neuigkeiten aus Boston hören. Lilian war sehr enttäuscht.

Sie gingen mehrere Male im Bois essen und fuhren danach am See vorbei. Die Boote waren draußen, jedes mit einer roten japanischen Laterne versehen, die so hing, daß ja kein Licht ins Innere fiel. Tief im Schatten zwischen den roten Lichtpfützen sah Lilian ein Damenarmband funkeln, einen weißen Hemdkragen schimmern. Als sie später in ihrem Zimmer war und das nächtliche Paris durch den Vorhangspalt leuchtete, hatte sie Mühe einzuschlafen.

Alles schien vor Erwartung zu vibrieren, sie war von neuem Unternehmungsgeist erfüllt. Sie kaufte sich

einen neuen Pelzmantel und suchte sich eine Perlenkette aus. Mr. Eliot sagte, ihr Charakter verändere sich
auf bedauerliche Weise. Am nächsten Tag kaufte sie
Blumen für ihren Hut und nahm noch weitere Ände-
rungen daran vor. Tante Tizzy, die sich in Paris zu ihnen gesellt hatte, schenkte ihr ein paar Handtücher für
ihre Aussteuer: Sie waren so mit Stickereien übersät,
daß man keine Stelle fand, um sich das Gesicht abzu-
trocknen. Lilian war entzückt über diese schönen, nutz-
losen Dinge.

31.

Betrachtung des Mondes

Sie fuhren mit dem Auto durch die Bretagne und Bur-
gund und besuchten Kirchen. Lilian bevorzugte die
kleineren, die aussahen wie Scheunen und ihr doppelt
so alt wie die römischen Ruinen vorkamen. Die großen
Kirchen lagen ihr weniger. Arthur jedoch mochte sie
und durchmaß sie gebieterisch mit forsch auf den Stein-
böden klappernden Schritten, nicht im mindesten ein-
geschüchtert von den Deckengewölben und dem irren
Blick der Heiligen. In jeder Kirche stellte sie sich vor,
sie ginge das Kirchenschiff entlang und vorn wartete

Gilbert auf sie; dann ließ sie sich von den marmornen Faltenwürfen oder dem winzigen Altarbild einer im Bett liegenden Frau ablenken, und die Hochzeitsgedanken wichen einer anderen Art der Kontemplation. Wenn sie dann wieder zu sich kam, empfand sie ein merkwürdiges Unbehagen, weil sie ihren Liebsten Gilbert einen Moment lang vergessen hatte.

Sie schrieb ihm Briefe. Sie wünschte sich, sie könnten wegfahren und in einem Zelt in der Wüste leben, kam aber dann zu dem Schluß, daß sie ihn gern zusammen mit den anderen Jungen erlebte, weil er von allen am besten aussah. Immer wieder las sie seine Briefe und sehnte sich nach dem Kuß am Ende. Natürlich hatte sie den Mond betrachtet! Sie konnte nicht in Worten ausdrücken, wie sehr sie Gilbert liebte, wollte sich aber ihr ganzes Leben lang bemühen, es ihm zu zeigen. Sie hatte das Gefühl, bevor sie Gilbert kannte, hätte sie ebensogut tot sein können.

Lange Zeit konnte sie nicht lesen – während der ganzen Schiffspassage, es sei denn, es ging um ein Paar, das sie interessierte, und wenn das der Fall war, begann sie über die beiden nachzudenken und hörte ganz zu lesen auf. Aber nach einer Weile kehrte ihr Verstand zurück, und wenn sie dann las, merkte sie, daß sie die Bücher besser verstand als je zuvor.

In Mailand gingen sie in den Zoo, und Lilian betrachtete fasziniert einen Löwen, der in seinem Käfig hin und her trottete und sie mit seinen tiefliegenden Augen träge ansah. Sie wußte, er hätte ihr eigentlich leid tun müssen, aber das Tier wirkte so sicher, so schweigsam und wild, daß sie eher das Gefühl hatte, sie müsse ihm leid tun.

Mit Tieren und toten Künstlern – sie hatten in Rom den Raum bei der Spanischen Treppe besucht, wo Keats gestorben war – verband sie mehr als mit ihrer Familie und dieser Reise. Ihre Mutter machte viel Aufhebens um eine immer größer werdende Zahl von Hutschachteln und Koffern, und ihr Vater, tagsüber ein Energiebündel, nickte beim Kaffee nach dem Abendessen ein. In Rom war sie die einzige, die genug Schwung hatte, bis spätnachts aufzubleiben und bei geöffneten Balkontüren auf den Gesang einer Nachtigall zu warten. Arthur verschwand hin und wieder.

In Paris hatte er allein lange Ausflüge unternommen und war manchmal erst nach dem Abendessen zurückgekommen. Ich hab mich völlig verlaufen, sagte er dann. Mr. Eliot, der in der Anlage europäischer Städte jegliche Logik vermißte, nahm ihm das ab, aber Lilian, die ihn besser kannte, glaubte ihm nicht. Einmal sah sie ihn Konfetti aus seiner Hutkrempe schütteln. Hier in Rom verabschiedete er sich oft nach dem Mittagessen im Café und tauchte dann – was Mr. und Mrs. Eliot nicht bemerkten – auf der anderen Seite der Piazza auf, wo er mit einem schnurrbärtigen Burschen, den er zu kennen schien, eine Zigarette rauchte. Und dann waren da noch die beiden Frauen in Netzstrümpfen, die von ihm wegglitten, als Lilian vom oberen

Ende der Treppe bei den Borghese-Gärten nach ihm rief.

Was haben wir nicht an Geld ausgegeben, um sie hochzupäppeln, sagte Mrs. Eliot. Sie saß mit dem Rücken zum Panorama der blauen Berge, die sich hinter dem Comer See erhoben. Und dieses gräßliche kleine Geschöpf nimmt kein Gramm zu. Es war die letzte Etappe ihres Ausflugs zu den oberitalienischen Seen.

Lilian lächelte matt.

Es wird allgemein zuviel gegessen, sagte Mr. Eliot. Wir könnten genausogut von Brot und Wasser leben. Vor ihm auf dem Tisch stand eine Schüssel mit Buchweizen.

Ich nicht, sagte Arthur. Er benahm sich, als säße er rein zufällig mit diesen Leuten hier beim Frühstück.

Mrs. Eliot beobachtete interessiert die anderen Hotelgäste. Tja, unser kleiner Schatz ißt nicht genug. Sie wird nur noch ein Strich sein, wenn sie zu Mr. Finch zurückkommt.

Lilian lächelte bei der Erwähnung von Gilberts Namen.

Heute habe ich eine wundervolle Zehn-Kilometer-Wanderung für euch, sagte Mr. Eliot und drückte neben seinem Teller eine zusammengefaltete Landkarte auf den Tisch.

Dein Hochzeitskleid wird nur so an dir schlottern, sagte Mrs. Eliot, aber jetzt erweckten neu ankommende Gäste ihre Aufmerksamkeit. Da ist dieser kleine Franzose mit den merkwürdigen Angewohnheiten, sagte sie. Lilian drehte sich um und sah einen Mann, bei dem sich rechts und links je eine junge Frau unterhakte.

Das sind höchstwahrscheinlich seine beiden Töchter, sagte Mr. Eliot stirnrunzelnd. Margaret, warnte er sie.

Arthur beobachtete die drei unter seinen schlaffen Lidern hervor. Starr nicht so hin, mahnte Mrs. Eliot. Arthur ignorierte sie.

Er führt um den See herum, und dort gibt es ein kleines Lokal, wo man zu Mittag essen kann, fuhr Mr. Eliot fort.

Ich würde gern jagen gehen, sagte Arthur.

Das läßt sich wahrscheinlich machen.

Ich möchte gern eine Kirche besichtigen, sagte Mrs. Eliot.

Hier? sagte Lilian. Ihre Mutter antwortete nicht.

Du hast die Wahl, Lilian, sagte ihr Vater. Spaziergang oder Kirchgang.

Keins von beiden! hätte sie gern geschrien. Sie vermißte Gilbert so sehr, daß sie glaubte, sie müsse zerspringen. Alles war hier so anders und bewegte sie auf neue Art, und sie hätte gern auf Gilbert gewartet, um es mit ihm gemeinsam zu sehen. Es war, als halte sie etwas von sich zurück und spare es für die Zeit auf, wenn er bei ihr sein würde. Sie spürte, daß er ihr Halt geben würde und daß sie durch ihn alles *wirklich* verstehen würde. Dabei bedachte sie nicht, daß man alles nur ein einziges Mal zum ersten Mal sieht.

Ich würde gern die Berge sehen, sagte sie schließlich, weil ihr nach körperlicher Bewegung zumute war. Sie war so rastlos geworden, daß sie sich fragte, ob sie je wieder eine Nacht würde ruhig durchschlafen können.

Auf dem Rückweg machten sie ein letztes Mal in Paris halt und beauftragten einen Monsieur Troyat, der die Sedgwicks porträtiert hatte, auch ihre Porträts anzufertigen. Nur daß Mr. Eliot keine Zeit hatte, Modell zu sitzen – er war schließlich in Europa –, und wenn er dieses Porträt schon machen lassen mußte, was er eigentlich nicht für nötig hielt, konnte er es genausogut in Boston anfertigen lassen. Mrs. Eliot war mit Anprobe-Terminen eingedeckt und wollte sowieso lieber, daß man das Porträt von ihr als Zwanzigjähriger stehenließ, und Arthur sagte, er werde sich nicht malen lassen, bevor er ganz glatzköpfig sei, was seiner Ansicht nach nicht mehr lange dauern konnte. Lilian war die einzige, die sich zeichnen ließ.

Monsieur Troyat setzte sie auf eine Couch und gab ihr einen transparenten Schal, den sie sich um die Schultern legen mußte. Sie betrachtete sein Gesicht, während er zeichnete, ein netter, bärtiger Mann mit einem Kneifer auf der Nase. Sie sprachen ein wenig über Lilians bevorstehende Hochzeit.

Ist es ein netter Junge? fragte Monsieur Troyat.

Oui, yes. *Très gentil.*

Und spüren Sie ein Kribbeln in den Finger- und Haarspitzen, wenn Sie ihn sehen? Er sprach eindringlich wie ein strenger Lehrer, während seine Hände unabläßlich übers Papier glitten. Lilian lächelte höflich.

Es muß nämlich Leidenschaft dasein, fuhr er fort.

Lilian wandte den Blick nicht von dem ausgestopften Papagei, den sie anstarren sollte.

Sehr wichtig für die Leidenschaft, sagte er nickend.

Lilian dachte an ihre Erfahrung mit jener Leidenschaft, die Monsieur Troyat meinte, und wußte, daß sie gar nicht so reizvoll war, wie es sich anhörte. Sie hielt ihre Gefühle für Gilbert Finch und die Tatsache, daß sie sich seiner so sicher sein konnte, für wesentlich befriedigender, für eine bessere Form der Leidenschaft. Ja, sagte sie.

Für den Mann, meine ich, sagte er, hielt in seiner Arbeit inne und sah sie durchdringend an. Eine Frau zu lieben, in der ich keine Leidenschaft erwecken kann, wäre unerträglich. Indem er sich wieder seinem Blatt zuwandte, fügte er rasch hinzu: Finde ich.

Das fertige Porträt sah ihr wirklich sehr ähnlich. Obwohl Lilians dunkle Augen auf der Zeichnung mehr von der Stirn verschattet wurden als in Wirklichkeit, wirkten sie auf dem Papier genauso warm wie im Leben, und die losen Haarsträhnen bildeten einen zerzausten Heiligenschein. Allerdings verunsicherten Lilian die Hände – nur ein paar Striche, die aber etwas Beunruhigendes hatten; eine war in abwehrender Haltung gegen die Rippen gepreßt, die andere in den Rock gekrallt.

Dieses Bild nenne ich, sagte Monsieur Troyat in seiner monotonen Sprechweise, die künftige Braut.

32.

Regengeprassel

Sie waren nach Schottland gekommen, um hier ihre Flitterwochen zu verbringen. Es war Anfang Oktober, die Tage wurden allmählich kürzer, und die Abendluft war besonders frisch, was Lilian herrlich fand. Morgens war das Glas zwischen den Bleieinfassungen der Fenster mit Tau bedeckt, und die dahinterliegende Landschaft verschwamm zu einer grünbraunen Fläche. Von ihrem Platz im Frühstücksraum des Hotels aus sahen sie die Bäume und Büsche in der Morgensonne. Der Regen hinterließ große Tropfen auf den Zweigen, die gelb und rosa funkelten. Lilian fand, daß ihnen zuliebe die ganze Welt verzaubert war.

Die Hochzeit war wie in Trance vergangen. Die Brautjungfern trugen blaue Kleider und dunkelblaue Samthüte, Lilian schlichten Satin. Gilbert stand mit runden Schultern vorn beim Altar – der Moment, als sie die King's Chapel betreten hatte, war ihr unauslöschlich ins Gedächtnis eingeprägt –, und als sie ihn sah, dachte sie: Er wird immer Teil meines Lebens sein. Die Mädchen standen schon alle in einer Reihe – Janes dünne Streichholzarme ragten aus den blauen Samtärmeln, Dolly drehte sich mit lebhaftem Blick nach den Gästen um, und ihr dunkles, in der Mitte gescheiteltes Haar glänzte, Irene lächelte matt, und ihr Gesicht schwebte geistesabwesend über dem langen Hals. Marian arrangierte die Chrysanthemen in ihrem Strauß, und Sis stand in wackligen Schuhen am Ende der Reihe. Neben Gilbert sein Bruder Winn, der sich ganz als alter Hase fühlte, da er es schon selbst erlebt hatte. Sie sah den Hinterkopf ihrer Mutter, die Haarrolle unter ihrem Hut, die Perlenkette, und als sie ihr das Gesicht zuwandte, auch ihre Miene – als sei sie einfach in diese Situation hineingestolpert und finde sie wundervoll. In der Kirchenbank dahinter stand Hildy mit einem schlichten Hut, den Kopf gesenkt, als sei dieses großartige Schauspiel zuviel für sie. Auf der anderen Seite des Kirchenschiffs stand mit auf dem Rücken verschränkten Armen und vorgerecktem Kinn Dr. Finch und wartete darauf, daß die Zeremonie endlich beginnen und vorübergehen würde. Er hatte für gesellschaftliche Ereignisse wenig übrig.

Lilian schritt neben Mr. Eliot das Kirchenschiff entlang, sah aus dem Augenwinkel sein Falkenprofil, den weißen Haarschopf, den ruhigen, schmalen Mund, die Brillengläser, in denen sich das Kerzenlicht brach. Wie im Traum ging sie untergehakt neben ihm her, spürte seinen Anzugstoff unter ihrer Hand und merkte, daß sie sich noch nie zuvor so bei ihm eingehakt hatte.

Sie erlebte die Zeremonie wie durch einen Nebelschleier.

Anschließend tanzten sie auf der gepflasterten Tanzfläche im Garten des Somerset Clubs. Gilbert legte Lilian die Hand ins Kreuz, machte kleine Schritte und lächelte mit geschlossenem Mund. Jane und Jack Ives, die beide nicht gern tanzten, saßen nebeneinander vor einem Rankgitter. Dolly wollte die Musiker zu etwas Jazzigem überreden, aber da ihr Können hinter ihren Bemühungen zurückblieb, leerte sich der Tanzboden für eine Weile. Bobby Putnam schien nicht aufzufallen, daß Arthur Irene Putnam mit Beschlag belegte, und Tante Tizzy unterhielt sich angeregt mit Emmett Smith über ihre gemeinsamen Freunde. Madelaine, die eben aus Paris zurückgekommen war, sah sehr französisch aus, und Lilian fühlte sich so herrlich erschöpft, daß sie erst später an Walter Vail dachte. Es ist gar nicht so schlecht, eine Vergangenheit zu haben, dachte sie, vor allem, wenn man am Ende doch noch glücklich wird.

In Schottland unternahmen sie lange Wanderungen über die Berge und machten auf kleinen Anhöhen Rast. Lilian wickelte sich zum Andenken etwas Heidekraut in ein Taschentuch. Sie besuchten Schlösser mit spiegelnden Teichen und standen inmitten feuchter Moore unter den offenen Toren zerfallender Ruinen.

Eines Abends fuhren sie über schmale Straßen und Brücken zum Hotel zurück. Die Sonne war untergegangen, der Himmel so dunkelblau wie die Kelchgläser im Ritz, und Lilian betrachtete durchs offene Fenster die vorübergleitende Landschaft. Sie erhaschte einen Blick auf die Bucht, auf eine Baumgruppe – knorrige Rinde, schlaffe Blätter –, die Steinmauern, dann wieder die Bucht. Sie legte den Kopf an Gilberts Schulter und sah in die dunkler werdenden Blätter hinauf. Es war noch gar nicht lange her, da hatte sie sich allein über alles Gedanken gemacht, und ganz entfernt blitzte die Leidenschaft auf, die sie beim Anblick des Meeres empfunden hatte, oder beim Anblick einer Rasenecke in der Morgensonne, oder wenn sie nachts durch die Hintertür aus dem Haus schlüpfte, und ihr kam der Gedanke, daß sie jetzt im Wagen vielleicht größeres Glück empfand, aber auch mehr Langeweile. Gilberts Gegenwart, seine nach Zigarrenrauch duftende Wolljacke, seine sanften Finger, all das bewahrte sie vor den Härten der Welt und ihrer Verlorenheit darin. Wenn er gedankenlos seine Hand auf ihrem Rücken liegen hatte, während sie einen ungangbaren Felspfad hinaufstiegen, fühlte sie sich wie verwandelt, wieder mit sich selbst verbunden. Welche Weichheit sie empfand! Und dazu kam, daß alles, sie selbst und die Dinge um sie herum, ebenfalls weich und nebelhaft schien.

Aber diese Weichheit war angenehm. Sie verhüllte alles wie ein Schleier. So mußte Opium wirken, dachte Lilian. Wäre sie allein gewesen, hätte die Landschaft sie vielleicht gepackt, da sie aber mit diesem Mann das Bett geteilt hatte – die dunklen knisternden Nächte –, fühlte sie sich wie betäubt, gleichgültig gegen die alten Dinge. Wie hätte dieses Strohdach früher auf sie gewirkt? Hätte sich als Echo auf die ausgedehnte Bucht auch etwas in ihrem Inneren ausgedehnt? Sie versuchte vage, es sich vorzustellen, merkte aber, daß es sie, während sie sich im Motorlärm schweigend an Gilbert Finchs Schulter schmiegte, kein bißchen interessierte.

An einem ihrer letzten Morgen wurde Lilian sehr früh, noch bevor sich im Flur oder unter ihnen irgend etwas rührte, durch lauten Platzregen geweckt. Der Regen trommelte auf die große Terrasse vor ihrem Zimmer. Die Steinmauer war mit zitterndem Efeu bedeckt. Lilian stand auf und schaute aus der Terrassentür, während das Wasser herunterprasselte. Draußen in der Bucht sah sie Fischer, die Mützen trugen und sich über ihre Angeln beugten. Sie öffnete die Tür, und da der Regen jetzt lauter zu hören war, wurde Gilbert wach. Er kam her und stand neben ihr. Ihr Herz schlug schneller. Sie streckte den Arm aus der stickigen Zimmerluft hinaus, und sofort war der dünne Stoff ihres Nachthemds durchnäßt, was sie erregte. Sie nahm Gilberts Hand und wollte ihn hinausziehen. In ihren Augen lag ein neuer Glanz, der bei diesem stillen Mädchen aus Boston überraschte.

Na, na, sagte er zurückweichend. Wir werden ja ganz naß.

Lilian nickte mit diesem neuen leuchtenden Blick.

Gilbert schüttelte lächelnd den Kopf. Komm, sagte er, schlang schützend den Arm um sie und legte ihr die Hand ins Kreuz, um sie zurückzuführen. Es hatte seltsamerweise etwas von einem Verbot. Zurück ins Bett. Er sprach sanft wie immer, aufmunternd, und sie ging mit ihm, fügsam, nachgiebig, aber mit dem vagen, verstörten Gefühl, einen Moment lang entdeckt zu haben, wie es war, anders zu sein.

IV

Gilbert Finch

33.

Einzug in die Joy Street

Die Hochzeitsgeschenke waren in das Haus in der Joy Street gebracht worden. Der große vergoldete Spiegel von Tante Tizzy befand sich oben im Flur, Onkel Nats und Tante Pegs silberne Kaffeekanne aus der Zeit Georges des Zweiten stand im Eßzimmer. Von Irene Putnam stammte eine italienische Ledermappe mit Goldkanten, von Jack und Jane ein schönes Spitzentischtuch und von Dolly und Freddie Vernon ein verzierter lederner Blasebalg. Mr. und Mrs. Eliot schenkten ihnen das Büffet, das sie Lilian versprochen hatten, und Gilberts Vater stiftete fürs Eßzimmer acht Chippendale-Stühle mit durchbrochenen Lehnen, circa 1770. Von Winn Finch und seiner Frau Edith hatten sie vier Bände Goldsmith mit kolorierten Stichen bekommen. Marian und Dickie Wiggin schenkten ihnen extravagante gelbe, mit Vogelmotiven bemalte Teetassen. Von Sis und Cap Sedgwick bekamen sie ein schlichtes Silbertablett. Hildy hatte ihr Geschenk selbst gebastelt, einen mit Schmetterlingen bestickten Schreibtisch-Staubwedel, und Arthur kaufte ihnen

einen reich ausgestatteten Picknickkorb, mit plaidum-
hüllten Thermosflaschen und Lederschlaufen, eins von
den Dingen, die man immer mal benutzen will, aber nie
wirklich benutzt.

Als Lilian aus Schottland in das neue Haus zurückkehrte, fühlte sie sich wie ein neuer Mensch. Sie war
Mrs. Gilbert P. Finch. Während der Reise war sie auf
Wolken geschwebt, und nach ihrer Heimkehr mußte sie
wieder auf den Boden zurück. Aber dieser Schwebezu-
stand hatte sie verändert, und alles sah jetzt anders aus.

Sie versuchte, sich das körperlose Gefühl zu bewah-
ren. Wenn am Morgen Tau auf den schmiedeeisernen
Spitzen der Torwege lag, lief sie den Beacon Hill hinunter und über die Straße in den Public Garden. Sie ging
den geschlängelten Pfad entlang, an kahlen Blumenbee-
ten und Statuen vorbei – Männer zu Pferd, Soldaten –,
um den mit Enten bevölkerten Teich herum. Die
Schwanenboote mit ihren flügelförmigen Seitenwän-
den waren während des Winters irgendwo eingeschlos-
sen. An den Südtoren sah sie vor dem Ritz die unifor-
mierten Pförtner, die in ihre Trillerpfeifen bliesen. Das
letzte Mal war sie an einem kühlen Apriltag zu Sis Sedgwicks Hochzeit hiergewesen, bevor sie Gilbert richtig
kannte, und sie hatte das Gefühl, weniger mit dem
Mädchen von damals gemein zu haben als mit den Damen hier, die in ausländischen Mänteln und strahlen-
dem Make-up unter der Hotelmarkise gebückt in Autos
stiegen. Lilian ging in flottem Tempo weiter, überquerte die Straße zum Common, wo der Rasen weniger

gepflegt war; hier gab es mehr Leute, und die Bäume ragten über den Platz. Durch die Blätter sah sie die Kuppel des State House mit ihrer Oberfläche aus gehämmertem Gold. Sie dachte müßig an Emerson und das Gefühl ewiger Jugend, das ihn ergriffen hatte, als er in der Dämmerung den schneematschbedeckten Common überquerte. Aber die meiste Zeit hatte sie nicht die üblichen Gedanken im Kopf – das heißt, sie dachte an Gilbert. Sie dachte an ihre Ehe. Damit konnte sie sich stundenlang beschäftigen. Sie dachte daran, wie morgens seine Aktentasche zuschnappte, wenn er sich auf den Weg zu seiner Arbeitsstelle in der Milk Street machte. Sie dachte daran, wie sich sein Mantel an den Schultern bauschte. Sie stellte sich vor, wie seine Krawatten im Schlafzimmer über dem Krawattenständer hingen, und sie dachte an ihr Bett und wie er sich manchmal nachts zu ihr herdrehte und manchmal nicht, und während dieser Gedanken war sie plötzlich wieder in der Joy Street gelandet, ohne daß sie auf den Weg geachtet hätte.

Aber Boston hatte sich nicht so sehr verändert, und nach und nach wurde sie wieder mit den alten Dingen konfrontiert, was eine merkwürdige Wirkung auf sie hatte.

Sie aß mit Dolly Vernon und Marian Wiggin zu Mittag, die sich beide schon als alte Ehefrauen betrachteten. Sie hechelten die gleichen Themen durch wie immer, andere Leute, wer sich verlobt hatte, wer sich von wem getrennt hatte, wie es mit den Kindern ging. Dolly redete über Freddies Familie und schilderte einen Kostümball, den sie besucht hatte, mit irgendeinem Insektenmotto. Marian war bei den Amorys zum Essen gewesen und sagte, es sei dort furchtbar vornehm zugegangen. Dolly überlegte, ob sie sich auch wie die anderen Mädchen die Haare schneiden lassen sollte – Sis Sedgwick hatte sich ihres schneiden lassen, was für Sis' Verhältnisse sehr gewagt war –, und Marian meinte, sie selbst würde nicht den Mut dazu aufbringen. Lilian hatte Gilbert versprochen, ihr Haar nie abzuschneiden, deshalb schwieg sie. Auf der Toilette dachte sie, daß ihre Heirat sie doch stärker verändert hatte, als ihr bewußt war. Sie fühlte sich, als sei sie einzig und allein von Gilbert Finch erfüllt und habe sonst nichts mehr zu sagen.

Natürlich war sie mit dem Haus beschäftigt. Sie hatte ein neues Treppengeländer einsetzen und die Rohrleitungen in der Küche auswechseln lassen. Die Eßzimmerstühle wurden mit preiswerter französischer Seide bezogen, in den Gästezimmern wurden neue Vorhänge ausgemessen. Sie hatte das Gefühl, sich allmählich in einen Kokon einzuspinnen.

Sie las, aber auch das war anders. Die Menschen in ihren Büchern – denn für sie waren es eher Menschen als Figuren – waren jetzt nicht mehr die verwirrenden Geister von früher, die dicht vor ihrem Gesicht Gefühle verströmten, sondern eher Gefährten, die ihr in Armsesseln gegenübersaßen, so wie ihr Liebster Gilbert, wenn er abends vom Büro zurückgekommen war.

Alles hatte sich verwandelt.

Eines Freitagnachmittags im Februar kam Gilbert überraschend früher von der Arbeit nach Hause. Es war ein Tag wie im Spätsommer, und da die eisernen Gartenmöbel nicht draußen standen, hatte Lilian von drinnen einen Korbstuhl ins Freie getragen. Sie saß mit dem Rücken zur Backsteinmauer und dem verkümmerten Efeu, mit Blick auf das winzige Stückchen Land, das sie überschwenglich ihren Garten nannten, und las in dem spärlichen Sonnenschein ein Buch.

Als er durch die Glastür herauskam, schrak sie kurz zusammen. Er legte ihr beide Hände auf den Arm, um sie zu beruhigen, wobei er mit geschlossenen Lippen lächelte, als wolle er sein Glück im Zaum halten. Sie erwiderte sein Lächeln. Sein Mantel war zerknautscht, seine Krawatte seitlich verrutscht. Zuerst wußte sie seine fließenden, langsamen Gebärden nicht zu deuten. Es lag wohl am Wetter, daß ihnen beiden so war, als schwebten sie unter Wasser. Er nahm ihren Ellbogen und zog sie mit einer einzigen trägen Bewegung auf die Füße. Da begriff sie.

Lilian würde nie vergessen, wie sie aus ihrem Zimmer Maureen in der Küche mit den Töpfen hantieren hörten, und drunten auf der Straße einen Auspuffknall.

Eines Abends war sie gerade oben, als Gilbert heimkam. Nachdem sie ihren Brief beendet hatte, kam sie herunter ins Wohnzimmer und fand ihn in einem Sessel am Erkerfenster, wo er ins Leere starrte. Sie fragte ihn, ob irgend etwas sei. Im schattigen Düster der Dämmerung sah sein Gesicht aus, als ginge es aus den Fugen. Er runzelte die Stirn, ohne in Lilians Richtung zu schauen, und sagte nein, in einem höhnischen Ton, den sie höchstens nach ein paar Cocktails von ihm gehört hatte, aber noch nie gegen sich selbst gerichtet. An diesem Abend war sie sehr unglücklich, sprach aber beim Essen nicht darüber. Als sie später im Bett an Tante Tizzys Worte dachte, in jeder Ehe gebe es schwierige Momente, wurde ihr klar, daß dies wohl einer sein mußte. Es war, als kenne sie Gilbert plötzlich nicht mehr.

Man konnte nichts tun. In ihrer Familie wurde ein schlechtgelaunter Mann immer in Ruhe gelassen. Wenn Mr. Eliots Laune sich verdüsterte, war Lilians Mutter immer wohlweislich verstummt und zur Bar hinübergeschlichen, um sich mit einem Drink zu beschäftigen, bis die Laune verflogen war. Da Lilian aber dummerweise keinen Alkohol mochte, mußte sie sich mit ihrer Stimmung abfinden.

Am nächsten Abend regnete es, und Lilian hielt sich in der Nähe der Tür auf, um gleich dazusein, wenn Gilbert kam. Als sie ihm aus dem Mantel half, sah er sie besorgt an und lächelte wie immer. Sie spürte die gewohnte Harmonie. Die vorübergehende Entfremdung machte es um so schöner, wieder zusammenzukommen. Doch Lilian vergaß seine düstere Stimmung nicht und fragte sich, wann sie sich seiner wieder bemächtigen würde.

34

Der Haushalt füllt sich

Lilian und Gilbert hatten Bedienstete. Sie waren nie allein in dem Haus in der Joy Street.

Maureen Conner in der Küche verstand sich gut auf Eintöpfe und Pasteten. Sie war aus dem County Kerry herübergekommen und wohnte in einer der engen Mägdekammern im zweiten Stock. Maureen hatte ein Vollmondgesicht, einen gedrungenen Hals, kleine Augen und schiefe Zähne wie ein Nagetier. Beim Apfelschälen wirkte sie immer enttäuscht, als entspreche die Frucht nicht ihrem Ideal. Da sie sich älter fühlte als ihre achtundzwanzig Jahre, konnte Maureen über den Lauf der Welt nur den Kopf schütteln. Lilian hatte schon gesehen, wie sie sich, einen Spitzenschal um den Kopf, morgens aus dem Haus stahl und im Beacon-Hill-Nebel verschwand, um zur Sechs-Uhr-Messe zu gehen. In ihrem Zimmer stand ein Kruzifix, und auf dem Nachttisch bildete ein hölzerner Rosenkranz einen Ring.

Anna wohnte im Zimmer nebenan. Sie hatte seit ihrem vierzehnten Lebensjahr im Haushalt gearbeitet. Während Maureen spülte, saß Anna mit einer Zigarette am Tisch; ihre Zähne waren vom Tabak stark verfärbt, aber ansonsten war sie frisch und sauber. Beim Abstauben stellte sie alles rechtwinklig hin und reihte die Sachen auf Lilians Frisierkommode nebeneinander auf. Obwohl Lilian das mißfiel, bat sie Anna nicht, es anders zu machen, sondern lockerte die strenge Ordnung später selbst. Kate kam an vier Tagen der Woche vom South End, um Wäsche zu waschen, manchmal mit einem blauen Auge.

Ein Gärtner wurde entlassen, nachdem Kate sich über zu große Vertraulichkeiten beschwert hatte, und durch Rod ersetzt, der den kleinen Rasenflecken hinter dem Haus zugunsten der Blumenbeete vernachlässigte. Lilian ließ sich von seiner Begeisterung für Blumenzwiebeln und Blüten anstecken und ließ am Rand des Gartens hinter dem Haus ein Gewächshaus bauen, in dem Rod mit offenen Schuhen herumschlurfte. So gab es im Winter Schnittlauch, und wenn Schnee fiel, duftete es nach Geranien.

Ihr Fahrer hieß Louis, ein Mann mit Augenbrauen wie eine Eule, und wenn er einmal verhindert war, sprang sein Bruder für ihn ein, der ebenfalls Louis genannt wurde.

Lilian war mit Bediensteten großgeworden und hatte eigentlich gedacht, ihr Haushalt werde genauso reibungslos funktionieren wie der ihrer Mutter, aber das ging nicht so automatisch. Bestimmte Anweisungen mußte sie mehrmals wiederholen, etwa, wie Mr. Finch sein Steak wollte, wo Rod den aufgerollten Gartenschlauch unterbringen sollte oder daß Bügelfalten länger hielten, wenn man sie von beiden Seiten plättete. Wenn sie sich hie und da selbst in dieser Rolle hörte, fragte sie sich, ob es denn wirklich so wichtig war, sich über solche Kleinigkeiten aufzuregen, und dann machte sie erschöpft einen Spaziergang oder schloß sich in die Bibliothek ein, um ein Flucht-Tagebuch aus der Zeit der Französischen Revolution zu lesen. Aber bald wurde an die Tür geklopft – Kate, die wissen wollte, wo man den eben gelieferten neuen Stuhl hinstellen solle –, und schon war sie wieder mit der Führung des Haushalts beschäftigt. Schließlich war das ja auch ihre Aufgabe.

Dann kamen die Kinder. Lilian entdeckte schokkiert, was für eine unangenehme Sache das Kinderkriegen war – niemand hatte es ihr gesagt –, und nachdem sie zum Club der Eingeweihten gehörte, sprach auch sie nicht mehr darüber. Zuerst kam Fay, die dauernd schrie, dann Sally, die nicht schrie. Gilbert gefielen seine Mädchen. Er wackelte mit ihren Händchen und tätschelte ihre mit Haarbändern geschmückten Köpfchen. Dann und wann befiel Gilbert zwar noch die schlechte Laune, aber Lilian hatte sich daran gewöhnt; die Kinder lenkten sie immer stärker davon ab, und sie machte sich auch nicht mehr solche Sorgen darum.

Ihr drittes Kind war ein Sohn, Porter, und Gilbert belohnte Lilian mit einer Perlenkette. Sie beschlossen, möglichst nicht noch mehr Kinder zu bekommen, drei waren genug. Und so kam es, daß sie sich an bestimmten Abenden, wo sie früher vielleicht erregt nebeneinander gelegen hätten, nur sanft küßten und eine Weile bei den Händen hielten.

Fay war mit drei Monaten getauft worden, und Lilian preßte die Blumen, die das Taufbecken umrahmt hatten, in der Bibel, aber sie schafften es nicht, auch Sally oder Porter taufen zu lassen. Lilian hätte gar nicht sagen können warum; sie ging an Feiertagen in die Kirche, aber die Kirche spielte keine große Rolle im Leben der Familie.

Als kleines Mädchen pflegte Fay Fremden auf den Schoß zu klettern, auf einen Leberfleck zu deuten und zu sagen, da sei Dreck. Sie war ein strahlendes Kind mit dunklem, glänzendem Haar und kugelrunden Augen. Sally war dick und weiß, sie hatte Gilberts breiten Mund und Lilians klobiges Kinn. Sie lief Fay überallhin nach und tat alles, was Fay sagte. Porter hatte von Geburt an eine gewölbte Stirn und einen durchdringenden Blick, mit dem er Leute bei der ersten Begegnung unverwandt anstarrte.

Natürlich änderte sich manches, als die Kinder kamen, aber damit hatten sie ja gerechnet. Gilbert krempelte die Ärmel hoch und ließ grinsend die Mädchen auf seinen Schultern reiten, reichte sie aber erschrocken Lilian, wenn sie zu schreien begannen. Lilian beruhigte sie und reichte sie Anna weiter, die streng mit ihnen war und sie genauso ordentlich aufreihte wie das Mobiliar.

35.

Etwas bedrückt Gilbert

Er arbeitete mit Männern namens Mr. Frye, Mr. Winter und Mr. Baldwin zusammen. Es gab auch noch Joe Morgan, Bill O'Brien und Ken Stone. Obwohl Gilbert nicht viel über seine eigentliche Arbeit sprach, erwähnte er doch diese Personen. Es fielen auch die Namen der Sekretärinnen Mrs. Templeton und Miss Lyne. Gilberts Tätigkeit brachte es mit sich, daß er nach New Haven und New London und gelegentlich nach Providence fuhr, und falls alles gutgegangen war, erzählte er Lilian bei seiner Rückkehr davon, oder er erwähnte, daß sich das Laub in New Bedford etwas später verfärbte als in Boston oder daß es in Providence immer regnete. Manchmal ging er zum Hafen, um eine Schiffsladung in Empfang zu nehmen, aber die meiste Zeit verbrachte er in Konferenzen oder über Zahlen gebeugt an seinem Schreibtisch. Lilian wußte, daß ihm die Tätigkeit bei White, Frye & Co. nicht besonders lag, aber schließlich brauchte man ja eine Arbeit.

Nach vier Jahren dort hörte er auf, von Mr. Frye im vorderen Büro oder von Ken Stones Geflirte mit Miss Lyne zu sprechen, und Lilian fragte sich, ob er vielleicht an Kündigung dachte. Vor der Hochzeit hatte er ihr gesagt, er wolle irgendwann etwas anderes machen, vielleicht bei der Stadt. Jetzt fand er es an der Zeit, ernsthafter darüber nachzudenken.

So wie Lilian ihn in den ersten Ehejahren beim Curling beobachtet hatte – wenn er in vorgebeugter Haltung zusah, wie weit der Stein glitt –, beobachtete sie ihn auch jetzt, allerdings durch die schmalen Dielenfenster, wenn er langsam die Eingangstreppe hinaufstieg oder hinunterging. Je nach Gilberts Stimmung fühlte sie sich erleichtert oder besorgt und empfand dies als Zeichen ihrer Liebe. Da er ein Mann war und Entscheidungen treffen konnte, verfolgte sie diese aufmerksam, denn sie bestimmten ihr Leben. Es wäre ihr nie in den Sinn gekommen, gewisse Entscheidungen selbst zu treffen, und sie empfand auch keinerlei Bedürfnis danach.

Lilian vermutete, daß Gilberts Besorgnis in der letzten Zeit mit seiner Arbeit und dem Gedanken an Kündigung zu tun hatte. Manchmal, vor seinem Glas Scotch, bemerkte sie, daß sich seine Wangen aschgrau verfärbten. Wenn sie essen gingen, konnte es sein, daß er Lilian noch vor dem Dessert das Zeichen zum Aufbruch gab – indem er den Finger auf die Kehle legte.

Es war 1929, und ihre Freunde wurden immer wohlhabender. Die Ives hatten sich gerade eine neue Yacht gekauft, auf der sie den Sommer verbrachten. Die Vernons waren in ein größeres Haus gezogen, und die Wiggins bauten auf ihrem Grundstück in Beverly Farms ein Treibhaus.

Gewöhnlich stellte Lilian sicher, daß sie vormittags oder zum Tee eine ihrer Freundinnen besuchte, um vom Haus und von den Kindern wegzukommen, aber eines

Tages merkte sie kurz vor dem Zubettgehen, daß sie heute gar nicht dazu gekommen war. Und dann fiel ihr auf, daß es ihr auch am Vortag nicht gereicht hatte.

Als Lilian am nächsten Tag während des Mittagsschlafs der Kinder ins Nähzimmer ging, um eine reparaturbedürftige Lampe zu holen, hörte sie Anna und Maureen an ihrem Ende des Flurs mädchenhaft plaudern und lachen. Als auf der nicht mit Teppich bedeckten Türschwelle ihre Schritte zu hören waren, verstummten die beiden. Plötzlich fühlte sich Lilian in ihrem eigenen Haus merkwürdig unbehaglich.

Als sie im Wohnzimmer saß, während die Kinder gebadet wurden, schien es ihr, als habe sie heute den ganzen Tag noch mit niemandem ein interessantes Wort gewechselt. Mitten in dieser Stille kam Gilbert nach Hause. Sich nach einem Gespräch sehnend, rutschte sie auf ihrem Sessel vor und strahlte ihn an. Sie überlegte, was sie ihm erzählen konnte, und sah, daß er seine Aktentasche wie üblich gegen den Fuß des Schreibtischs lehnte. Der Ärmel seines Jacketts war am Ellbogen hängengeblieben und weit nach oben gerutscht. Sie wußte, Gilbert würde es nicht interessieren, daß sie den Wäscheschrank neu ausgelegt hatte, es war ihm egal, daß die Kaminböcke für die Bibliothek aufgetaucht waren. Am Vorabend hatte sie etwas über die amerikanische Revolution gelesen und dabei entdeckt, daß Tommy Lattimores Urururdingsbums oder so ähnlich bei Concord Bridge gekämpft hatte. Das erzählte sie Gilbert. Er zog kaum merklich die Augenbrauen hoch und nickte freundlich, aber es ergab sich kein Gespräch daraus. Wie war sein Tag verlaufen? Er stand gerade an der Bar, um sich einen Drink einzuschenken. Achselzuckend ließ er Eiswürfel ins Glas klirren. Wie immer, sagte er.

Gilbert redete nicht gern. Seiner Ansicht nach redeten die meisten Leute sowieso zuviel, und er wollte nicht auch noch zu dem allgemeinen Getöse beitragen. Bei Essenseinladungen brachte Gilbert es fertig, während eines ganzen Gangs kein einziges Wort mit seinem Gegenüber zu wechseln, nicht etwa aus Wut oder Widerwillen, sondern einfach weil er sich nicht vorstellen konnte, daß man lieber über Nichtigkeiten plauderte, statt schweigend sein Essen zu genießen. In Boston wurde eine solche Haltung durchaus akzeptiert. Außerdem war Gilbert nicht imstande zu telefonieren.

Als die Kinder herunterkamen, um gute Nacht zu sagen, verwirrte Gilbert die Mädchen, indem er zu Fay Sally sagte. Väter verwechselten normalerweise keine Namen. Beim Essen fragte Lilian sanft, ob er irgend etwas auf dem Herzen habe.

Nein, sagte er. Der verärgerte Ton war wieder da.

Maureen hatte Schweinefleisch, grüne Bohnen und feines, sahniges Kartoffelpüree gekocht. Plötzlich kam Lilian der seltsame Gedanke, daß Maureen, falls sie hinter der Schwingtür zur Anrichte stand, keinerlei Unterhaltung aus dem Eßzimmer hören würde. Lilian hatte gelernt, Gilberts schlechte Laune schweigend auszusitzen, aber an diesem besonderen Tag fiel es ihr schwer. Sie dachte daran, daß auch ihre Eltern immer schweigend am Tisch gesessen hatten, aber statt sich besser zu fühlen, wurde sie nur noch ärgerlicher.

Lilian betrachtete die zusammengesunkene Gestalt ihres Mannes. Anstrengender Tag? sagte sie.

Gilbert sah sie flehend an. Er legte sein Besteck hin, als sei es zu unhandlich geworden – er konnte es nicht mehr halten. Lily, ich fühle mich miserabel. Hättest du was dagegen, wenn ich den Nachtisch ausfallen ließe und mich hinlegen würde?

Natürlich nicht, Liebster. Sie stand auf.

Nein, sagte er. Bleib da. Iß fertig.

Er verließ das Zimmer, und sie hörte ihn dumpf und träge auf der mit Teppich belegten Treppe nach oben stampfen. Sie lauschte auf das Geräusch, wenn er das Schlafzimmer betrat, aber nachdem sie eine Weile trübselig dagesessen hatte, merkte sie, daß er wohl schon hineingegangen war und sie es aus dieser Entfernung einfach nicht gehört hatte.

Um fünf Uhr morgens fand sie ihn, wie er auf dem kleinen Petit-point-Hocker in der Bibliothek saß und in den leeren schwarzen Kamin starrte. Der Himmel war noch dunkel, aber das Licht zwischen den Fliederblättern vor dem Fenster verwandelte sich schon in ein dämmriges Blau.

Gilbert? Sie verschränkte die Arme über dem Nachthemd. Sie hatte weder Morgenrock noch Hausschuhe angezogen. Was ist los? Sie sprach in geduldigem Ton.

Gilbert Finch schüttelte den Kopf. Sie konnte gerade eben sein Profil sehen, seine volle, runde Unterlippe. Nach einer Weile sagte er: Ich bin mir nicht sicher, ob ich es sagen kann. Die Lippe straffte sich. Ob ich es überhaupt weiß.

Er wirkte auf sie wie ein Wesen, daß am Meeresgrund auf einem Felsen wächst, eine stille Kreatur ohne Daseinszweck. Die Hände um die Knie geschlungen, die Knie fast bis zu den Schultern hochgezogen, saß er zusammengekrümmt auf dem Hocker. Sie gewöhnte sich allmählich an diesen Umriß, die zusammengesunkene Haltung des Hoffnungslosen. Plötzlich blitzte der Gedanke in ihr auf – vielleicht würde er nie lernen, sich anzupassen. Die notwendige Anpassung fiel nicht leicht, aber man bemühte sich. Sie tat es doch auch, oder nicht?

Sie versuchte, keine Ungeduld durchklingen zu lassen. Kommst du wieder ins Bett? Sie begriff, wie er sich fühlte. Auch sie hätte manchmal gern alles hingeworfen, aber man hatte ihr beigebracht, nie aufzugeben. Man hielt einfach durch.

Wohin sonst? sagte er, und das Gesicht, das er ihr zuwandte, kannte sie kaum.

Auf dem Weg ins Schlafzimmer überlegte Lilian, daß vielleicht nicht er der Tapferere von ihnen war.

36.

Besuch eines Bruders

Arthur Eliot diskutierte und widersprach anderen gern. Bei Lilian, die ihn nur lachend ignorierte, hatte er das allerdings längst aufgegeben. Mr. Eliot jedoch blieb anfällig dafür und trug eine ganz bestimmte verärgerte Miene zur Schau, wenn sein Sohn in der Nähe war. Aber in letzter Zeit war Arthur nicht oft dagewesen.

Mr. und Mrs. Eliot hatten das Haus in der Fairfield Street verkauft und waren wie erwartet nach Brookline gezogen, wo sie jetzt nur ein paar Häuser von den anderen Eliots, Nat und Peg, entfernt in der Curtis Road wohnten. Das große Backsteinhaus hatte eine sichelförmige Eingangstreppe, die von weißen Säulen umrahmt wurde, eine Kiesauffahrt und einen Kiefernwall, der den Blick auf die großen Nachbarhäuser verstellte und verhinderte, daß von dort jemand hersah. Arthur mißfiel die Abgeschiedenheit der Curtis Road. Er hatte nach einer Möglichkeit zum Schreiben gesucht und war im Lauf der Jahre in verschiedenen Feriengebieten gelandet – im Frühling in Südfrankreich, im Sommer in Newport, im Winter in den Alpen, alles Orte, die dem Schreiben nicht gerade förderlich waren, aber interessant und abwechslungsreich. Da er etwas Geld besaß, konnte er sich dieses Leben leisten und erfüllte in der Zwischenzeit den Wunsch seiner Gastgeberinnen nach einem alleinstehenden Mann.

Anläßlich seiner Besuche daheim sah Lilian ihn, nachdem er in Brookline Station gemacht, sich ausgeschlafen, Rosies Essen verzehrt und seinen Vater geärgert hatte, um dann wieder zu neuen Horizonten aufzubrechen, was ja für einen Schriftsteller immer wichtig ist. Zuvor besuchte er Lilian in der Joy Street.

Es ist ermüdend, sagte Arthur, daß die Bostoner immer glauben, sie seien dem Rest der Welt überlegen. Er lümmelte sich träge auf das Sofa, nachdem er sich an der Bar ein Glas Gin geholt hatte. Er war magerer denn je, und seine Wangenknochen verliehen seinem Gesicht Ähnlichkeit mit einem Totenkopf.

Ich fürchte, sagte Lilian, sie würden sich nicht zu einem Vergleich herablassen.

Genau, sagte Arthur. Wie erträgst du es also?

Ich kenne ja nichts anderes, sagte sie.

Arthur strich, ohne den Arm zu heben, mit den Fingern über einen Beistelltisch. Der ist hübsch, sagte er müßig.

Von Mrs. Parish, sagte sie, von der Auktion.

Arthur nickte.

Ich habe ja Gilbert, sagte sie schlicht. Und die Kinder.

Gilbert würde ich kaum als seligmachende Gnade bezeichnen. Arthur setzte sich auf. So gern ich ihn mag. Und Kinder kann jeder haben.

Gilbert ist auch ein Bostoner, und *ihn* magst du, sagte sie. Natürlich ist er nicht wie die Wiggins oder die Fenwicks, aber seine Familie ist doch –

Da fällt mir ein, unterbrach Arthur sie. Dein Freund aus dem Krieg ist mir über den Weg gelaufen.

Walter? In Lilians Gesicht ging eine unmerkliche Veränderung vor.

Der, auf den du so scharf warst. Da Arthur sich gerade eine Zigarette ansteckte, sprach er zwischen zusammengebissenen Zähnen hervor. Ich hab ihn in Monte Carlo gesehen – hab ich das nicht erwähnt? Ich dachte, ich hätte es dir erzählt. Jedenfalls ist er mit einer Französin verheiratet, glaube ich. Sie sah ziemlich reich aus.

Das habe ich gehört.

Arthur blickte dem davonwehenden Rauch nach.

Und? sagte Lilian.

Das ist alles, ich hab ihn einfach gesehen. Wir haben was zusammen getrunken. Arthur stand auf und befühlte einen Briefbeschwerer auf dem Schreibtisch.

Und wie ging es ihm?

Gut, gut. Arthur straffte seine schmächtigen Schultern. Er starrte stirnrunzelnd in das blaue Glas, in Gedanken bei einem anderen Thema.

Hast du was geschrieben? sagte sie.

Das schien ihn wachzurütteln. Versucht, versucht, sagte er und sah sie eindringlich an, als habe sie ihn gerade an etwas Wichtiges erinnert. Mir ist klargeworden, was ich bisher geschrieben habe, war alles Geschwätz, aber das, was ich jetzt mache, ist besser, viel besser. Ich glaube, es könnte wirklich gut werden, wenn nur –

Ich würde schrecklich gern mal etwas lesen, sagte Lilian.

Kopfschüttelnd ging Arthur vor ihr auf und ab. Seine Zigarettenasche war auf den Boden gefallen. Er sah erschrocken auf. Ich würde nicht im Traum daran denken, es jemandem zu zeigen, sagte er. Mein Gott, jetzt noch nicht!

Es heißt, daß es lange dauert, sagte Lilian und fand, daß das gekünstelt klang.

Ja, sagte er gepreßt. Das stimmt. Er nahm seinen Hut, das Thema wurde zu quälend für ihn. Hör zu, ich muß jetzt gehen –

Willst du nicht noch auf Gilbert warten?

Eigentlich schon, aber... Arthur setzte sich abrupt neben Lilian aufs Sofa. Sein Knie berührte ihres, und seine Fingerspitzen, die die Hutkrempe umklammerten, waren weiß. Ich brauche ein Darlehen, sagte er.

Lilians Blick fiel auf ihn, wie schon so oft zuvor. Arthur, sagte sie.

Er senkte den Kopf. Ich weiß, sagte er. Ich weiß, was du sagen willst. Ich sei unverantwortlich, ich sei unzuverlässig. Ich weiß. Glaub mir, ich selbst weiß das am allerbesten. Wie ein Hund saß er mit hängendem Kopf vor ihr. Es ist ja nur bis zu meinem nächsten Quartalsscheck – den Alten Herrn kann ich nicht fragen, das weißt du.

Ja, ich weiß, sagte sie. Die Zahlungsmodalitäten waren nicht zu ändern. Leise sagte sie: Wieviel brauchst du denn?

Mit starrem Blick auf den Kaminvorleger nannte er eine Zahl.

Wie bitte?

Weniger ginge auch.

Das ist ja fast die Hälfte von Gilberts Jahreseinkommen, sagte Lilian.

Aber du lebst doch nicht von seinem Einkommen. Arthur wandte ihr sein unschuldiges Gesicht zu. Oder?

Nein, aber... Lilian erhob sich und schüttelte ein Frösteln ab. Arthur sah ihr nach, zerknirscht, mit flehendem Blick. Er zuckte die Achseln, als wolle er sagen: Was bedeutet für uns schon Geld?

Das ist wirklich das letzte Mal, sagte sie mit strenger Miene. Sie setzte sich an den roten chinesischen Schreibtisch, schlug das lederne Buch auf und runzelte die Stirn, als sie den Namen ihres Bruders eintrug.

37.
Nach dem Börsenkrach

Eines Nachmittags war Lilian stundenlang damit beschäftigt, in den Ahnentafeln der Eliots ihre Verbindung zu John Loring Moffat zurückzuverfolgen. Ihr Vater hatte ihr ein paar Kopien von Familienporträts geschenkt, und auf der Rückseite einer dieser Kopien listete sie in winziger Schrift jeweils samt Daten und zweitem Vornamen alle Personen auf, die zwischen ihr und John Loring Moffat lagen. *Richter John Loring Moffat starb 1799 im Alter von 84 Jahren in Barnstable. Sein Sohn Daniel Henry wurde zum obersten Justizbeamten von Massachusetts ernannt. Er wurde zuerst in Portland im Bezirk Maine eingesetzt. Er kam nach Boston und lebte in der Somerset Street. Er baute ein großes Haus in Cambridge (das Gründungshaus des Radcliffe College) und starb dort am 15. November 1853 im Alter von 73 Jahren. Er heiratete Henrietta Freeman, Tochter von Constant Freeman, dem Bruder von James Freeman, Pfarrer an der King's Chapel. Sie hatten dreizehn Kinder. Ihre älteste Tochter Evelyn (Daisy) heiratete William Arthur Eliot, 1783 – 1873 . . .*

Als Gilbert an diesem Tag wieder einmal spät von der Arbeit kam, zeigte sie ihm die kleine Karte, und er überflog sie kurz.

Ich freue mich, daß du dich darum kümmerst, Lily, sagte er. Und auf der Treppe nach oben fügte er hinzu: Das solltest du mal Winn zeigen. Der mag solche Sachen.

An diesem Freitagabend aßen sie bei den anderen Finches zu Abend. Es war ein bitterkalter Novemberabend, und Lilian brachte ihre genealogischen Forschungsunterlagen mit.

Winn und Edith Finch wohnten in einem geräumigen Haus in der Beacon Street, das Erkerfenster hatte und zwei Blöcke vom Garden entfernt lag. Edith war eine kleine Frau mit kühlen, blinzelnden Augen und hatte von einer Kinderlähmung als Teenager ein Hinken zurückbehalten. Sie trug ein langes, spitzengesäumtes Wollkleid und war stets höflich und liebenswürdig. Sie und Winn hatten sich in New York kennengelernt, wo sie gerade ein Diplom in Denkmalschutz erwarb und Winn seine Assistenzzeit an der Columbia-Presbyterian-Klinik absolvierte. Zuerst hatte es Lilian überrascht, daß Winn Finch sich nach seiner Beziehung mit der interessanteren Irene Minter für eine Frau wie Edith entschied, aber inzwischen sah sie, daß die beiden zueinander paßten. Winn war ein ernster, gewissenhafter Mensch, und genau dies traf auch auf seine Frau zu. Winn war größer und energischer als Gilbert, hatte eine laute Stimme und breite Schultern. Neben der schlanken, hinkenden Gestalt seiner Frau wirkte er besonders imposant, ein Kontrast, den sie beide nicht zu bemerken schienen.

Vor dem Essen saßen sie mit ihren Drinks in der Bibliothek. Gilbert leerte in fünfzehn Minuten zwei Gläser Scotch. Er hatte eine Grippe hinter sich und sah noch ramponierter aus als sonst. In seiner Eigenschaft als Arzt erkundigte sich Winn in sachlichem Ton nach Gilberts Gesundheit. Er musterte Gilbert ernst.

Nichts dran, sagte Gilbert, als kursierten Gerüchte über seinen Gesundheitszustand.

Lilian zeigte Winn Finch ihre Forschungsunterlagen, und er fand heraus, daß Louisa Moffat eine angeheiratete Cousine Ediths war.

Winn ging ans Bücherregal, zog das Stammbuch der Finchs heraus – das du natürlich hast, sagte er zu Lilian – und zeigte ihr, wo ein Vorfahr der Eliots eine Finch geheiratet hatte.

Sie hatten keine Kinder, sagte Winn.

Lilian sah in den reihenweise angeordneten Konfigurationen, daß viele Leute dabei waren, die nie geheiratet hatten.

Jung gestorben, sagte Winn. Oder der Finchsche Wahnsinn.

Lilian sah ihn erschrocken an.

Ach, das nennen wir nur so, ich meine die Exzentriker in unserer Familie, sagte Winn. Er senkte die Stimme. Obwohl einige tatsächlich ihre Frauen erschossen haben. Aber das wirst du hier drin nicht finden. Er klappte das Buch zu.

Beim Essen sprachen sie über den Börsenkrach. Die Cunninghams hatte er kaum getroffen, weil Mr. Cunningham nichts vom Investieren hielt. Cap Sedgwick gehörte zu den Geschädigten, aber sie hatten noch den Grundbesitz in Milton und Maine. Gilbert begann über einen Efeu zu reden, den seine Sekretärin hatte eingehen lassen, wahrscheinlich, um zu demonstrieren, daß die Moral allenthalben im Sinken begriffen war.

Edith blinzelte interessiert. Sie bot ihren Gästen noch mehr Newburgh an.

Hinten im Haus war es so dunkel, sagte Gilbert. Alle warfen sich Blicke zu. Er war betrunken.

Wieder fing er vom Efeu der Sekretärin an und erzählte noch einmal Wort für Wort die gleiche Geschichte. Seine Schultern hingen kraftlos nach vorn, und sein Blick wirkte gehetzt. Selbst Winn mit seinem unverwüstlichen Elan wagte es nicht, ihn zu unterbrechen.

Edith versuchte die Unterhaltung auf ein anderes Thema zu lenken, indem sie sich nach den Kindern erkundigte. Gilbert sah sie offen und nüchtern an und sagte, sie sei genau wie seine und Winns Mutter. Nur daß Mutter schöner war, sagte er. Und amüsant.

Mehr als sein Schweigen, mehr als seine abendliche Gereiztheit war es diese Unfreundlichkeit, an der Lilian merkte, daß Gilbert krank war. Während Edith das Kaffeetablett holte und Winn mit einem Patienten telefonierte, saß Lilian mit Gilbert auf der Fensterbank.

Möchtest du nach Hause? fragte sie kalt, weil sie nach seiner Attacke auf Edith jedes Mitgefühl für ihn verloren hatte. Er starrte sie blicklos an, dann bekam er einen Schluckauf. Er blickte auf sein Knie auf dem Polster, und wieder kam der Schluckauf auf. Erst als sie merkte, daß seine Wangen naß waren, wurde Lilian klar, was der Schluckauf bedeutete. Aber da hatte es ihn längst überkommen.

38.

Eine Kur in England

Der Arzt riet zu einer Reise. Gilbert sei völlig erschöpft und brauche Ruhe, sagte er. Er kenne da einen herrlichen Ort in England.

Cap Sedgwick kam vorbei, um auf Wiedersehen zu sagen. Als er Lilian die Hand schüttelte, legte er seinen langen Kopf schief, um ihr nicht in die Augen sehen zu müssen. Sis Sedgwick hatte sich schon früher verabschiedet.

Grüß ihn herzlich von uns – falls es dir ratsam erscheint, sagte Cap Sedgwick, verbeugte sich und ging. Die Abreise hatte etwas Verstohlenes.

Manchmal kam die Sonne heraus und verlieh den Bergen, die sich stumpf zum Horizont hinzogen, schärfere Konturen, aber meist war das Licht welk und bleich. Die Kinder nannten den Garten Feengarten, weil er mit den überall wachsenden Schneeglöckchen und den knorrigen Apfelbäumen an Szenen in ihren Märchenbüchern erinnerte. Auch das Haus entsprach diesen Bildern: ein Strohdach wie ein Hut ohne Krempe, die dunklen Balken in weißen Gips gebettet. Drinnen ein Labyrinth von Zimmern, enge Flure, durch Treppen mit an die Wand montierten Handläufen verbunden. Die Fenster hatten viereckige Bleiglasscheiben, die Zimmerdecken waren schief. Im Wohnzimmer standen massige Möbel, und Lilian entfernte im ganzen Haus Nippsachen für den Fall, daß sie lange bleiben würden. Sie blieben neunzehn Monate.

Als der Winter kam, war der Rosenbusch, der das Gartentor umrankte, ein einziges Dornengewirr, und der Boden konnte am einen Tag matschig sein, am nächsten steinhart. Lilian ging jeden Tag durch das Städtchen, in dem es außer drei Pubs kaum etwas gab. Sie folgte den Straßen mit den hohen Böschungen und lief über die Felder. Es waren anderthalb Meilen bis zur Klinik, und sie kam stets mit glühenden Wangen an, was sie von den Insassen unterschied, die bleich und aufgedunsen wirkten. Sie ging vor dem Mittagessen und oft noch einmal nachmittags hin, wenn die Kinder schliefen, und freute sich jedesmal auf diese einsamen Spaziergänge.

Gilbert hatte Dampfheizung und eine Lampe am Bett, beides rar in England, soviel sie gesehen hatten, weshalb er sich glücklich schätzte. Die Ärzte kamen und betasteten mit abgewandtem Blick seine Halsdrüsen. Es kam auch noch ein anderer Arzt, ein Dr. Howze mit einer mächtigen Stirn, der am Fußende des Betts stand und Gilbert Fragen stellte. Am Ende der Befragung erkundigte sich Dr. Howze: Würden Sie gerne mit mir reden?, worauf Gilbert erwiderte, das tue er doch schon seit zehn Minuten. Dr. Howze nickte und kniff die Augen zusammen.

Getrennt von Frau und Kindern, mit leichter Kost ernährt und täglich zum Mittagsschlaf angehalten, wirkte Gilbert weiterhin verwirrt. Falls es ihm behagte, sich wie ein Baby behandeln zu lassen, behielt er das seiner Frau gegenüber für sich. Sein Gesicht wurde weicher und sanfter, die Kieferknochen traten hervor. Lilian fiel seine Blässe auf, selbst seine Augen schienen blasser zu sein als sonst. Wie er von Kissen gestützt im Bett saß und sich kaum von der weißen Bettwäsche abhob, hätte er auf Lilian wie die Zufriedenheit selbst wirken können, wäre da nicht das kleine Bändchen am Handgelenk gewesen.

An seinen Bruder Winn schrieb er:

Ich habe herausgefunden, daß die James Winthrops von den Langtrys in Kent herstammen, aber nicht von den William Langtrys, sondern von den Harold Langtrys. Ihnen gehört Bell Island in den Hebriden. Ich hoffe, du schaust nach dem Rasen in der Joy Street. Er muß sehr schlampig umgegraben worden sein. Laß es mich wissen, wenn wir Torf bestellen sollen.

An seinen Vater schrieb er:

*Lieber Vater,
ich konnte noch nicht viel von der Gegend sehen. Ich bin mir nicht sicher, was Du von der Organisation hier halten würdest, weiß aber, daß Du sie anders fändest als in Boston. Es wird viel geredet. Da mir das Lesen schwerfällt, liest man mir vor, und es klingt wie murmelnde Felder. Die Kinder besuchen mich einmal die Woche, und ihre Gesichter gehen auf wie Monde.*

Porter ist schon ein richtiger Gentleman. Wenn wir ihn nicht bald zurückbekommen, wird er einen britischen Akzent haben. Sag Ellie, daß ich mich bei ihr für die Socken bedanke. Ich hoffe, das Wetter hält sich im Zaum. Ich halte durch.
Euer Sohn
Gilbert Finch

An seinen Neffen schrieb er:

Lieber Winthrop,
Dein Vater hat mir Deine Karte mit dem Bild von dem Schiff geschickt, über die ich mich sehr gefreut habe und für die ich mich bedanke. Sie tun hier ihr Bestes für mich, was in England heißt, daß ich dreizehnmal täglich Milch bekomme. Da ich ihnen beigebracht habe, wie man Schokoladen-Milchshakes macht, geht es sogar. Ich hoffe, Du konntest Sparkie beibringen, Sitz zu machen. Es ist wichtig, so ein ein Hündchen rechtzeitig zu dressieren. Man darf die Bedeutung früh erlernter Manieren nicht unterschätzen. Dein Vater würde mir da sicher zustimmen.
Liebe Grüße,
Onkel Gilbert

Aber er schrieb auch an Winn:

In meinem Herzen ist etwas Dunkles, das ich nicht zu erwähnen wage, außer um Dir zu sagen, daß es da ist. Anscheinend kann ich es nicht besiegen.

Den Bücherstapel auf seinem kleinen Nachttisch hatte er in all den Wochen seit seiner Ankunft noch nicht angerührt. Lilian las ihm bei ihren Besuchen vor. Manchmal wollte Gilbert nicht reden, und die Ärzte hatten ihr gesagt, man müsse ihn unbedingt in Ruhe lassen, damit er sich nicht wegen seines Zustands schäme.

Eines Nachmittags, nachdem sie schon mehrere Monate in England waren, bat er sie, sich aufs Bett zu setzen. Er sah besonders mitgenommen aus, und seine Oberlippe wölbte sich noch gefühlvoller vor als sonst.

Tut mir leid, daß ich dir das alles zumute, sagte er matt.

Ich weiß, sagte Lilian und tätschelte seinen Arm. Es fiel ihr schwer, Gilbert anzusehen.

Sicher bereust du, daß du mich geheiratet hast, sagte er, und diesmal war es Gilberts richtige Stimme, die des Mannes tief in seinem Inneren.

Lilian spürte, wie ein starkes Gefühl sie durchströmte; sie merkte, daß er wieder zu ihr zurückgekehrt war. Und was würden die Kinder dazu sagen? Sie lächelte.

Dankbar ergriff er ihre Hand, und sie erwiderte den Druck: Das war wieder Gilbert, aber schon einen Moment später ließ er ihre Hand aus Müdigkeit oder Mangel an Interesse wieder los.

An Weihnachten wurde Gilbert für zwei Tage aus der Klinik entlassen, damit er bei seiner Familie sein konnte. Er saß am Kaminfeuer, trug Kleider, die ihm zu groß geworden waren, hatte Hausschuhe an und bemühte sich angestrengt, den Eindruck zu erwecken, er nehme am Familienleben teil. Die Kinder riefen, er solle sich ansehen, was sie bekommen hatten und was sie machten, aber im Bewußtsein seiner Gebrechlichkeit äußerte er sich nur zögernd. Pa, sagten sie, Pa. Maureen, die die Finchs ebenso wie Anna nach Übersee begleitet hatte, machte einen Plumpudding, den Gilbert auch lobte, doch abgesehen von einer Bemerkung über die Zweige, die allmählich die Fenster verdeckten, sagte er kaum etwas.

Im Schlafzimmer, das Lilian als ihr eigenes betrachtete, da Gilbert zum ersten Mal hier war, standen zwei Einzelbetten. Lilian half Gilbert in das Bett, in dem sie schlief, und saß wie in der Klinik am Bettrand – sie merkte eigentlich keinen Unterschied. Sie hatte gehofft, bei ihm liegen zu können, diese Hoffnung aber bis jetzt unterdrückt, weil sie nicht enttäuscht werden wollte.

Gute Nacht, mein Liebling, sagte sie und beugte sich hinunter, um ihn zu küssen. Er bedachte sie mit einem mitleidsvollen Blick aus blassen Augen. Arme Lily, sagte er.

Ganz und gar nicht, erwiderte sie und zwang sich ihm zuliebe zu einem Lächeln. Es dauerte lange, bis sie einschlief.

39.

Er tut sein Bestes

Lieber Winn,

wir spüren hier heute alle den Selbstmord einer Frau, die sich vor knapp zwei Wochen umgebracht hat. Man hat es uns nicht gesagt, aber natürlich wissen wir Bescheid. Sie hat sich mit ihrem Matratzengurt erhängt. Es hätte jedem von uns passieren können, weil wir das Gefühl kennen. Man empfindet beide Seiten, ihre und unsere, da das Ganze ja unter unserem Dach passiert ist.

Die Kinder kommen einmal die Woche. Fay schaut finster drein, und Sally steht mit offenem Mund da. Porter marschiert herum, um alles genau zu erforschen. Manchmal hält mich ihr Besuch von bestimmten Gedanken ab, bis sich mein Gemüt plötzlich grundlos verdüstert und ich denken muß, daß sie ohne mich besser dran wären. Zu Lilian würde ich so etwas nie sagen, sie macht sich schon genug Sorgen. Ich bewundere sie jeden Tag, was sie sicher nicht weiß. Sagst Du es ihr?

Ich weiß nicht, wie.

Ediths Bücher sind reizend. Die Krankenschwestern lesen mir daraus vor. Bitte richte ihr meinen Dank aus!

Herzlich,

Gilbert Finch

In anderen Stimmungen schrieb er:

... ich habe immer diese verrückten Dinge in mir ge-hört und ihnen gelauscht; das solltest Du übrigens auch tun, weil sie nämlich einen Sinn ergeben, sie sagen die Wahrheit und lassen nicht nur einfach gedankenlos Worte fallen, wie man das auf dem Gang tut. Wenn man an all den Schwachsinn denkt, den die Leute von sich geben, bloß weil sie sich in der Halle gegenüber-stehen oder einen Stift in der Hand haben oder einen ganzen Raum voller Menschen unterhalten.

... Dr. Howze versucht mich zum Schreiben anzu-halten, obwohl das Ergebnis nicht immer einen Sinn ergibt, ich weiß. Es steckt die Idee dahinter, daß das Gift abfließt oder daß irgend etwas in diesen Zeilen seine Macht schwächt. Ich bin mir nicht sicher, ob das Hirn auf diese Weise abfließen kann, Du?

... die letzte Nacht war schlimm. Ich stand am Rand einer Klippe, aber das war noch normal. Ich dachte, wenn ich ein Gewehr hätte, könnte es mich aus diesem Zustand befördern, weil es mich gleichzei-tig aus dem Dasein befördern würde, was vielleicht gar nicht so schlecht wäre. Aber dort hinzugehen, weil ich mich hier so schrecklich fühle, ist doch keine Art zu reisen. Das Komische ist, daß ich mich schon aus mei-ner Existenz gerissen fühle, obwohl ich noch weiter-lebe. Wie ich hierhergekommen bin und wie ich hier wieder rauskomme, geht mir zwar durch den Kopf, aber nicht sehr real. Meine Familie steht auf der ande-

ren Seite, wie Wachs. Sie würden nicht warten, wenn sie wüßten, wie es in mir aussieht. Lilian glaubt es zu verstehen, aber das versteht niemand.

. . . Die Nachmittage sind lang und weiß, mit Grau übergossen, oder sie sind schwarz, je nachdem. Dr. Howze ist daran interessiert, daß ich über unsere Mutter rede, und schaut skeptisch drein, wenn ich ihm sage, daß ich mich nicht so recht an sie erinnere und daß Vater und sie glücklich waren. Als ich ihm riet, er solle mit Dir reden, weil Du älter bist und ein exakteres Urteil hast, hat er sehr doktorenhaft gesagt, es gehe ihm nicht um Geschichte, sondern darum, was ich denke. Kannst Du Dir vorstellen, daß es so einen Arzt gibt? Vater würde auf die Barrikaden gehen.

. . . Lilian ist nach London gefahren, um ihre Tante zu besuchen, die sie zweifellos mit Steaks und Windbeuteln bewirten wird, und das in vornehmer Umgebung, die in krassem Gegensatz zu dem feuchten, strohgedeckten Haus stehen wird, in dem sie meinetwegen gelandet ist.

Liebe Lily,
ich hoffe, London ist das, was Dir der Arzt verordnet hat. Ich wünschte, er hätte es mir verordnet und ich wäre auch dort, obwohl ich mir kaum vorstellen kann, wie es wäre, über einen Gehweg zu gehen oder eine Wagentür zuzuschlagen. Wir haben heute morgen wohl Schneeflocken gesehen. Sie flogen langsam, wie die Dinge in meinem Kopf, aber nicht so leicht, schwe-

bend, meine ich. Etwas kam mir in den Sinn, aber Du
weißt wahrscheinlich was. Es fällt mir schwer, es aus-
zusprechen. Es tut mir leid, daß ich so bin. Du mußt
nicht glauben, ich wisse nicht, was Du durchgemacht
hast. Das heißt, ich weiß es nicht wirklich, aber auf
andere Weise dann doch wieder, und ich finde, Du
mußt wirklich ein ganz außergewöhnliches Mädchen
sein, daß Du Dich damit abfindest. Es ist, als hätte
mich etwas am Fußknöchel gepackt und in ein Loch
hinabgezerrt, und bevor ich wußte, wie mir geschah,
konnte ich schon nichts mehr sehen, nur noch, wie
dunkel es war. Die Augen der Kinder sind über mir,
und ich erinnere mich an Deine Augen, auch wenn ich
sie nicht immer sehe, dunkle Seen. Heute bin ich zwei
kleine Hügel hinuntergegangen und dann einen lan-
gen, sanft ansteigenden Hang hinauf. Wie, weiß ich
nicht.
Dein Gilbert

Am Ende des Abends wirkte Tante Tizzy etwas rampo-
niert. Ihr Lippenstift war verschmiert, und als sie von
der Toilette zurückkam, wäre sie fast gestolpert. Sie
starrte Lilian mit Kuhaugen an, den gleichen Augen,
die Lilian an ihrem Vater so oft nach seinen abend-
lichen Cocktails bemerkt hatte, bei ihrer Mutter nach
deren Schlummertrunk und auch bei Onkel Nat und
Tante Peg, wenn sie an Sommerabenden auf der Insel
vorbeischauten. Sie konnte sich diesen stumpfen Blick
– von Mrs. Lockwood an Ostern, von Mr. Cunning-

ham an Weihnachten – bei fast allen ihren Bostoner Bekannten vorstellen.

Du bekommst allmählich die pessimistische New-England-Mundpartie, sagte Tante Tizzy.

Daran sind meine Vorfahren schuld.

Macht dich Mr. Finch glücklich?

In Anbetracht der Umstände war das eine törichte Frage, und Lilian verstand zum ersten Mal, warum ihre Eltern bei der Erwähnung von Tante Tizzys Namen die Augen verdrehten.

Natürlich, sagte Lilian. Da sie gegen ihre Gewohnheit zum Essen Wein getrunken hatte, hatte sie das Gefühl, es liege über allem ein Schleier. Es tut sein Bestes, sagte sie.

Immerhin ist er lieb zu den Kindern, sagte Tante Tizzy. Kinder sind eine Plage, nicht wahr? Ich meine, die anderer Leute mag ich ja sehr.

Er ist ein sensibler Mensch, sagte Lilian.

Es sind immer die Sensiblen, die untergehen, sagte Tante Tizzy und zog sich vom Tisch hoch.

40.

Dollys Neuigkeiten

Auf dem Rückweg von der Klinik ging sie wie immer übers Feld. Der Himmel war grau, bis auf einen gelben Lichtstreif am Horizont. Was tat sie eigentlich in diesem fremden Land, wo die Tage seltsam nach fremdem Holzbrand rochen und die Nächte schweigsam wie Steinbrüche waren? Müdigkeit übermannte sie, und sie blieb stehen. Das war ein Fehler, sie wußte es, sobald sie stehenblieb, aber jetzt war es zu spät. Mit dem Gedanken, sich nur eine Minute lang ausruhen zu wollen, ließ sie sich auf einen Grassoden plumpsen. Der Frühling ging dem Ende zu, die Bäume waren mit einem feinen grünen Flaum überzogen. Der Wechsel der Jahreszeiten wirkte sich aufs Gemüt aus. Lilian atmete schwer, sie faltete die Hände im Schoß. In der Baumgruppe längs des Feldes fiel ihr ein Baum besonders auf. Wie hatte sie ihn bis jetzt übersehen können? Sie kam hier doch schon seit Herbst vorbei. Es war eine große, etwas abseits stehende Eiche, mit einem langen, waagrechten, dreißig Zentimeter über dem Boden ansetzenden Ast, der ohne jede Stütze in der Luft zu schweben schien.

Der Lichtstreif am Horizont wurde schmaler und gelber.

Was ist es nur Was ist es nur Was ist es nur, ging es ihr durch den Kopf.

So mußte sich Gilbert fühlen, unfähig, sich zu bewegen, wie in einem Aquarium. Es schien, als sähen die Bäume zu ihr herüber. Zeitweilig befand sich eine Glaswand zwischen ihr und dem Rest der Welt – sie konnte nicht mit den Menschen auf der anderen Seite sprechen, und wenn diese etwas zu ihr sagten, kam nur eine Art stummes Glucksen bei ihr an, oder eigentlich kam es nicht wirklich bei ihr an. Sie überlegte, ob Gilberts Geisteszustand ansteckend auf sie wirkte. Dann dachte sie an Sally, die in der vergangenen Nacht vor lauter Husten nicht geschlafen hatte. Sie hatte sich an Lilians Nachthemd geklammert und versucht, tapfer zu sein. Die Kinder warteten auf sie. Der Gedanke an die Kinder brachte sie auf die Beine. Ihr fiel ein, daß er bei Gilbert nicht ausreichte – wahrscheinlich weil er wußte, daß ihre Mutter sich um sie kümmerte. Aber was sonst würde ihn wieder auf die Beine bringen?

Im Haus erwartete sie ein Brief von Dolly, die besuchshalber in London war. In dem Trubel, bis die Kinder gegessen und gebadet hatten, steckte Lilian ihn in die Tasche und öffnete ihn erst später in ihrem Zimmer, bevor sie sich zum Abendessen umzog. Die Vernons amüsierten sich prächtig. Freddie hatte nur wenig Geschäftliches zu erledigen und kaufte sich neue Hemden. Dolly war mit ihm im Theater gewesen, wo er höflicherweise ohne zu schnarchen vor sich hin gedöst hatte. Und sie solle raten, wer ihr über den Weg gelaufen sei? Walter Vail! Mit einer Engländerin. Ob Lilian wisse, daß seine Frau gestorben sei? Dolly hatte die Gelegenheit natürlich gleich beim Schopf gepackt. Heute nachmittag würde er zum Tee in ihr Hotel kommen, und dann würde sie mehr erfahren. Ob Lilian der nächste Donnerstag für einen Besuch auf dem Land passen würde?

Lilians Herz klopfte, als sei sie gerade aus einem Nikkerchen aufgeschreckt. Wo waren sich die beiden über den Weg gelaufen? Bei Harrods um die Ecke, als sie durch ein Parktor kamen; sie hätten beide gelächelt, und seine Begleiterin habe schweigend dabeigestanden. Was das wohl für eine Frau war?

Daß Walter sich auf demselben Kontinent befand, verstörte sie irgendwie. Sie sah nach, ob die Kinder gut zugedeckt waren, las ihnen eine Geschichte vor und provozierte jedesmal einen kleinen Aufruhr, wenn sie Lieblingspassagen änderte. Nach dem Essen schrieb sie Dolly, sie solle doch bitte am Donnerstag kommen. Sie wolle sämtliche Neuigkeiten hören.

Dolly Vernon konnte nur den Tag über bleiben, sie mußte zu Freddie zurück.

Laß mich mal nachdenken, was in letzter Zeit alles los war, sagte sie und klimperte mit ihrer Perlenkette.

Sie saßen nach dem Mittagessen auf den niedrigen Sofas im Wohnzimmer. Dollys Bruder Hugh interessierte sich für eins der Snow-Mädchen, wenngleich Dolly nicht begreifen konnte warum, denn das Mädchen war stumm. Tommy Lattimore lasse Lilian herzlich grüßen; er sehe gut aus und lasse sich überall blikken. Lilian hatte er gewagte Briefe geschickt, in denen er schrieb, Boston sei eine triste Stadt, und er gehe nirgendwohin, weil er ja wisse, daß sie nicht da sei.

Emmett Smith und Reed Wheeler waren von einer Ägyptenreise zurückgekehrt. Emmett wußte jetzt mehr über die Pyramiden als jeder Experte, und Reed habe sich einen Parasiten eingefangen. Sis und Cap hatten eine große Weihnachtsparty gegeben, und Dickie Wiggin war aus seinem Schneckenhaus gekrochen und hatte gesungen. Marian war wieder guter Hoffnung und wollte unbedingt noch zehn weitere Kinder. Madelaine Fenwick hatte schon wieder mit Bill Stockwell Schluß gemacht, diesmal endgültig, und war nach Aussage ihrer Schwester in einen ihrer Professoren verliebt. Ach ja, und Walter Vail! Er war ihnen in der Nähe vom Shepard's Market über den Weg gelaufen. Er hatte eine Frau bei sich, deren Äußeres Dolly auf exotische Weise hübsch, Freddie jedoch zu ungewöhnlich erschienen war. Walter Vail war elegant wie eh und je. Freddie hatte ihn eingeladen, später auf einen Drink ins Hotel zu kommen, und Dolly hatte gesagt, bring doch deine Frau mit und dabei die Frau angelächelt. Aber da hatten beide ein verlegenes Gesicht gemacht, und Walter Vail hatte erklärt, das sei nicht seine Frau, seine Frau sei gestorben, und sie hatten alle wie Idioten dagestanden. Natürlich sei er später nicht erschienen. Dolly nahm an, sie waren ihm nicht gut genug. Aber das sei doch ganz typisch für ihn, einfach nicht zu erscheinen, oder?

Lilian mußte ihr zustimmen.

Ich hab sowieso nie recht verstanden, was du an ihm gefunden hast, sagte Dolly Vernon. Natürlich sieht er gut aus, aber...

Ich dachte, du fandest ihn reizend, sagte Lilian lachend.

Tatsächlich? Dolly Vernon zuckte die Achseln. Kann ich mir nicht vorstellen. Sie begann abzuschweifen. Hör mal, warum fährst du nicht mit mir in die Stadt zurück? Ihre Augen leuchteten. Der Konsum von Zigaretten und Cocktails hatte ihre Gesundheit nie auch nur im geringsten beeinträchtigt.

Lilian dachte an ihren Besuch bei Tante Tizzy, und daß das fragile Gleichgewicht, das sie gefunden hatte, durch das Verlassen des Landhauses ins Wanken geraten war. Ich will die Kinder nicht allein lassen, sagte sie. Und Gilbert.

Um die Kinder kann sich doch Anna kümmern. Und Gilbert – würde er das überhaupt mitkriegen? Dolly fand die Sache mit der Klinik ziemlich lächerlich.

Natürlich. Ich besuche ihn ja jeden Tag.

Ich mache mir Sorgen um dich, sagte Dolly Vernon. Sie betrachtete ihre Fingernägel, dann ihre Ringe. Wenn du einfach mal kurz pausieren könntest...

Es war ein langer Winter, gab Lilian zu.

Du Ärmste, sagte Dolly.

Ich meinte, für Gilbert, sagte sie.

Natürlich, sagte Dolly und sog mit einem zischenden Geräusch Rauch ein. Du weißt, daß ich ihn furchtbar gern habe, aber mal ehrlich. Lilian, es wäre an der *Zeit*, daß er damit aufhört. Das findet doch alles nur in seinem Kopf statt. Für sie war dies ein Beweis, daß ihm eigentlich nichts fehlte.

Ja, das sagen die Ärzte auch. Lilian hörte die Kinder in der Küche ein Reimspiel machen.

Und? Dolly riß die Augen auf.

Und deshalb versuchen sie, ihm *seelisch* Auftrieb zu geben, sagte Lilian.

Gib ihm einen Martini, und fertig! Schau, Gilbert ist doch geistig völlig gesund. Er ist einer der nettesten, gesündesten Männer, die man sich denken kann.

Wahrscheinlich ist seine Nettigkeit ein Teil des Problems, sagte Lilian.

Und wenn ihr kein Geld hättet, was dann? Dolly setzte sich energisch auf. Glaubst du vielleicht, Vorarbeiter in der Fabrik und Bankangestellte haben nervöse Zustände?

Soll das heißen, Gilbert ist nur deshalb krank, weil wir ein bißchen Geld haben? Lilian schwankte zwischen Ärger und Belustigung.

Dolly Vernon seufzte, des Themas überdrüssig. Sie drückte ihre Zigarette aus. Draußen vor dem Fenster erspähte sie etwas in dem sonnenlosen Nachmittag. Oh, das ist genau die Hecke, die wir gern hätten, sagte sie. Wie kriegt man bloß diese Form hin? Meinst du, das könnte man auch in Boston machen? Du mußt mir sagen, bei wem ich mich da erkundigen kann.

41

Stellenweise klarer Himmel

Gilbert, dem es inzwischen besserging, schrieb seinem ehemaligen Kommilitonen Edgar Ames, der bei seiner Trauung Hochzeitsbitter gewesen war. Er hatte das Bedürfnis, den Kontakt zu ihm aufzufrischen.

Lieber Egg,
ich weiß nicht mehr, ob Du in Madagaskar oder Tunesien bist, aber wahrscheinlich bist Du sowieso ganz woanders. Ich bin okay, wie ein sorgfältig geklammerter zerbrochener Krug, der darauf wartet, daß der Klebstoff trocknet.

Dank für Deinen Brief. Lilian hat gelacht, als Du die Zeremonie unterbrochen hast, und gesagt, das sehe Dir ähnlich. Es war schön, sie lachen zu sehen. Hier gibt's nicht viel zu lachen, vor allem in einem selbst, und genau da liegt natürlich das Problem. Ich denke gern daran, wie der alte Egg die Kontinente überquert, aber dann gibt es auch wieder Zeiten, in denen mir fast nichts einfällt, woran ich gern denken würde.

Aber es geht mir schon viel besser. Das spüre ich.

Wir hoffen, in nicht allzu ferner Zeit heimkehren zu können. Lilian ist gegen England allergisch geworden. Finchs und Eliots sollten nicht so lange aus Boston weg sein. Einen Sommer gibt es hier nicht. Alles wird

naß und grün, und das nennen sie dann Sommer.
Schwester Metcalfe und ich halten es für eine Ver-
schwörung.

Wenn es sein muß, werde ich meine Behandlung –
so nennen die es, nicht ich – in irgendeiner Klinik an
der North Shore zu Ende bringen, in so einem Back-
steinbau mit Eisentoren, Seite an Seite mit Leuten wie
Will Williamson und dem armen Bud Sears. Mrs.
Choate wird jedes Frühjahr zu Besuch kommen, als
fahre sie zu ihrer Badekur.

Ich stelle mich gerade auf die Probe, indem ich die
Wochenenden mit Lilian und den Kindern verbringe,
ohne irgendwen zu Tode zu erschrecken, mich selbst
inbegriffen. Im Augenblick geht es mir gut, aber es
liegt in der Natur der Sache, daß man im einen Mo-
ment in bester Verfassung ist und im nächsten in die
düstersten Tiefen stürzt. Und das aus keinem ersicht-
lichen Grund. Wahrscheinlich wird man noch heraus-
finden, daß es einfach an den Vitaminen liegt.
Herzlich,
Gilbert Finch

Er hatte Medikamente bekommen und plapperte vor
sich hin.

Ich hab niemanden je so geliebt wie dich, Lily, sagte
er.

Ich weiß. Sie schloß die Augen, schlug sie aber
schnell wieder auf: Sie hatte das Gesicht eines anderen
Mannes erblickt.

So freundlich, sagte Gilbert. Die Medikamente ließen seine Stimme schwächer werden. So lieb.

Bin ich gar nicht, fuhr Lilian ihn an.

Ich weiß nicht, warum ich solches Glück hatte... Er schloß die Augen.

Lilian preßte die Lippen zusammen, wobei ihre Unterlippe vorstand, und betrachtete ihn eine Weile. Er sah aus, als hätte man ihn windelweich geprügelt. Sie nahm ihren Mantel, setzte, ohne in den Spiegel zu blikken, ihren Hut auf und verließ die muffig riechende Klinik. Den Heimweg legte sie wie in Trance zurück, denn als sie den wirren Dornbusch erreichte, war die Abenddämmerung hereingebrochen, ohne daß Lilian sich der vergangenen Zeit oder des zurückgelegten Wegs bewußt gewesen wäre.

Lieber Winn,
wir denken daran zurückzukommen. Ich wäre ja schon vor einem Jahr zurückgekehrt, wenn es gegangen wäre. Jetzt liegt die letzte Entscheidung bei Kurt Howze, und es sieht ganz so aus, als würde er sie treffen. Lilian zieht Erkundigungen über Kliniken an der North Shore ein, etwa Hazel Hill und Bartlett's, von denen Vater meines Wissens nicht viel hält, aber wenn die Alternative lauten würde, hierzubleiben, muß es eben gehen. Für Lilian war all das sehr strapaziös, und wenn wir nicht aufpassen, landet sie noch statt meiner hier drin. Die Ausflüge nach London heben ihre Stimmung, aber immer nur für kurze Zeit.

Ich hoffe, der Rasen ist in so gutem Zustand, daß die Kinder darauf herumrennen können. Ich sehe jetzt stellenweise klaren Himmel und versuche angestrengt herauszufinden, was ihn verdeckt hat, damit ich ihn beim nächsten Mal heraufbeschwören kann. Alles Gute für Edith, Winthrop und Dich.

Herzlich,

Gilbert

— V —
Irene

42.

Die Kinder

Als die Finchs 1933 aus England zurückkehrten, waren alle Banken geschlossen. Die Normalität Bostons erschien als etwas Kostbares, Rares, wie damals nach dem Krieg, ein Gefühl, das Lilian sich für kurze Zeit bewahrte. Einige Familien waren auf der sozialen Sprossenleiter eine Stufe tiefer gerutscht, doch ansonsten ging es allen noch ziemlich so wie vor drei Jahren, außer, daß die Kinder älter und zahlreicher geworden waren.

Es bestand generelles Einvernehmen darüber, daß Marian Wiggin ihre Kinder verzog, also würde die Geburtstagsparty für ihre Tochter, eine unmögliche Zehnjährige, sicherlich ein Riesenereignis werden. Lilian betrat die nußbraune Eingangshalle der Wiggins und hielt ihre Töchter an den weißbehandschuhten Händchen. Unter ihren blauen Mänteln trugen die Mädchen passende Samtkleider mit Puffärmeln. Fay, als die ältere von beiden, hielt das Geschenk und gab es unsicher Weezie Wiggin, die sofort das Band von der Schachtel riß.

Hinter ihnen trug Anna Porter auf ihren langen Armen. Er glitt an seinem Kindermädchen herunter und nahm den Spazierstock mit dem elfenbeinernen Eberkopf aus dem Ständer. Bedächtig schritt er den Flur entlang und inspizierte alles mit ernster Miene. Seine Schulterblätter zeichneten sich scharf unter dem kleinen weißen Hemd mit den gekreuzten Hosenträgern ab, sein Kopf war kugelrund, und er hatte die dünnen Ärmchen und Beinchen einer Holzpuppe. Lilian fand es merkwürdig, daß sie diesen furchtlosen, gewichtigen, selbstbewußten kleinen Jungen geboren hatte. Er starrte mit intensiver Neugier ins Wohnzimmer der Wiggins, wo alle Gäste unter zehn Jahren aus vollem Halse brüllten.

Fay drängte sich mit glänzenden Augen vorbei und steuerte schnurstracks auf die Stelle zu, wo am meisten Trubel herrschte. Unter dem Sims des Schieferkamins ließen die Vernon-Jungen Kreisel drehen. Lilian bahnte sich mit den Ellbogen einen Weg in den Kreis und ging in die Hocke. Auch daß Fay ihr Kind war, schien ihr schwer vorstellbar.

Marian Wiggin eilte geschäftig hin und her. Während die meisten Frauen ganz normal angezogen waren, trug sie ein Cocktailkleid. Sie wies das Dienstmädchen an, die Gurkensandwichs in die Bibliothek zu tragen, und forderte die Damen auf, zu Drinks und Tee hineinzugehen. Über die Bücherregale und Vasen waren weißrosa Papierfaltgirlanden gespannt, und die Wandleuchter waren mit Bändern geschmückt.

Bobby Putnam raste durchs Zimmer, krachte gegen

Stühle und rannte die kleineren Kinder um. Irene Putnam verdrehte hilflos die Augen. Sis Sedgwick befahl Bobby, sich hinzusetzen. Lilian bemerkte, wie Irene Putnam herumfuhr, als habe ihr jemand auf die Schulter geklopft, und das Komische daran war nicht, daß sie dachte, da sei jemand, sondern daß sie dabei so entsetzt aussah. Sie versuchte es schnell zu verbergen, indem sie zur Bar ging, sich einen Drink einschenkte und sich ganz darauf konzentrierte, daß die kleine viereckige Serviette unter ihrem Glas nicht verrutschte.

Es wurde Beifall geklatscht – Sally sah ängstlich zu ihrer Mutter auf –, und durch die Schwingtür zum Anrichteraum platzte ein Clown ins Zimmer. Einige Gesichter betrachteten ihn mit Argwohn, andere entzückt. Sam, der jüngste Sedgwick, der den Clown aus einem Bilderbuch erkannte, rannte hin und umschlang begeistert sein Bein.

Marian hat bloß sechzig Dollar für ihn bezahlt, flüsterte Dolly Vernon. Sie trug eine Kasackbluse mit Gürtel und türkischer Borte, eine neue Mode.

Lilian merkte erstaunt, daß es ihr Ernst war.

Die Kinder lieben ihn, sagte Dolly.

Ich erinnere mich noch an Zeiten, wo man einen Kindergeburtstag mit fünf Kerzen und einer Trillerpfeife bestreiten konnte.

Oh, Lilian Eliot, wie altmodisch. Dolly Vernon hielt ihre Zigarette wie eine Flagge senkrecht zwischen den Fingern. Hör auf, Tommy, rief sie quer durchs Zimmer. Laß Fay auch mal.

Jane Ives erschien in der Tür, mit dem stämmigen John und der nachdenklichen Emily, die ebenso bleich und dünn war wie ihr Bruder rotwangig und rund. Nachdem Emily ihren Mantel ausgezogen hatte, wagte sie sich bis zu den ängstlicheren Kindern vor und stieß dort mit Sally Finch zusammen. Beide starrten ihre Smokkleidchen an und traten von einem Fuß auf den anderen.

Die Damen gingen leise in die Bibliothek, behielten das Treiben aber durch die Doppeltür im Auge.

Wir fahren nächsten Monat nach Venedig, sagte Madelaine Fenwick Wigglesworth gerade, als Lilian hereinkam. Harry hat dort eine Konferenz. Madelaine Fenwick hatte Henry Wigglesworth geheiratet, nachdem dessen Frau gestorben war, dabei fünf Stiefkinder geerbt und sich das Aussehen einer weltklugen Fünfzigjährigen zugelegt.

Werdet ihr im Gritti wohnen? erkundigte sich Marian Wiggin eilig im Vorbeigehen.

Nein, wir quartieren uns bei den Vails ein, sagte sie.

Bei Walter Vail? sagte Dolly Vernon interessiert. Seit ihrer Begegnung beim Shepard's Market hate Dolly Walter Vail als ihr Eigentum betrachtet und, weil es so lange her war, ganz vergessen, daß er einmal etwas mit Lilian Finch zu tun gehabt hatte. Dolly Vernon nahm Beziehungen zwar wichtig, aber nur in unmittelbarem Zusammenhang mit ihrer eigenen Person.

Nein, sagte Madelaine Wigglesworth. Seine Eltern haben einen Palazzo. Jetzt, wo sie mit einem zwanzig

Jahre älteren Mann verheiratet war, war es für sie ganz normal, sich mit Angehörigen der älteren Generation zu umgeben.

Walter Vail. Bei dem Gedanken an ihn hätte Lilian fast losgelacht. Mehr und mehr maß sie ihr Leben daran, wie weit sie sich Dingen entrückt fühlte. Walter Vail schien sich hinter dem Mond zu befinden.

Aus dem Wohnzimmer hörte man eine Spieldose. Der Clown hatte alle aufgefordert, sich im Schneidersitz auf den Boden zu setzen und den Kopf in den Nacken zu legen; nun drehte er einen Lampion mit Scherenschnitten, der Lichtflecke in Form von Vögeln und Pferden über die Wände laufen ließ.

Wissen Sie, wo Walter Vail sich im Augenblick aufhält? sagte Lilian. Sie räusperte sich, weil der Name so nüchtern klang.

Bevor Madelaine Fenwick antworten konnte, kam eine junge Frau mit der naiven Miene eines Milchmädchens in die Bibliothek gestürmt. Wo ist der Fusel? erkundigte sie sich wie ein Gangster. Sie zog Lilian zur Bar. Erzählen Sie mir, was Sie Neues von Arthur wissen, sagte sie, während sie sich einen Whiskey einschenkte. Über den hellen Augenbrauen hatte sie ihre Zöpfe zum Kranz aufgesteckt, was den bäuerlichen Eindruck noch verstärkte. Amy Snow Clark sah aus wie fünfzehn.

Er genießt das tropische Klima, sagte Lilian.

Als Jugendliche hatten sich Amy Snow und Arthur gut gekannt. Sie lächelte und prostete Lilian zu.

Arthurs Schwester zu sein war etwas Einzigartiges,

und Lilian war stolz darauf, weil sie das Gefühl hatte, niemand könne ihn so gut verstehen wie sie. Amy Snow hatte Arthur ebenfalls «durchschaut». Lilian erzählte ihr, er sei immer noch größtenteils in Florida, in Palm Beach, treibe sich immer öfter auf der Rennbahn herum und lasse sich immer seltener bei den Tennisturnieren und Ferienparties der Familien in Boston und Philadelphia blicken. Seine Adresse ändere sich oft: er habe bei den Coulters, den Maddens, dann bei einem Herrn namens North gewohnt. Vor kurzem habe er dann eine eigene Wohnung genommen, sei aber offenbar schon wieder umgezogen – Lilians letzter Brief war zurückgekommen.

Bayard kann Palmen nicht ausstehen, sagte Amy Clark. Man kriegt ihn nicht südlicher als Washington, D. C. Er meint, das sei sein Yankee-Blut.

Es ist sein Bostoner Blut, sagte Marian Wiggin, die gerade wieder die Salzstangen auffüllen wollte.

Ich finde das nicht typisch für einen Bostoner, sagte Mrs. Wigglesworth. Nehmen Sie Harry. Ich kann ihn gar nicht hier festhalten.

Gilbert ist kein großer Pionier, gab Lilian zu.

Dickie kommt schon mit, sagte Marian Wiggin. Nur interessiert es ihn dann nicht mehr, wenn er angekommen ist.

Man könnte ja auch allein reisen, sagte Lilian.

Die Damen sahen sie beklommen an.

Es dürfte davon abhängen, wohin, sagte Marian Wiggin.

Paris, das wäre zu schaffen, sagte Madelaine Wigglesworth. Oder London. Aber eine Frau allein in Indien – unmöglich.

Oder in Mexiko, Neapel oder Rußland, sagte Amy Clark mit ihrer rauhen Stimme. Alle Orte, die wirklich interessant sind.

Durch die Tür erhaschte Lilian einen Blick auf Porter. Er stand in der ersten Reihe und runzelte die zarte Stirn, beunruhigt von den Schals, die der Clown aus seinen Ärmeln hervorzauberte.

Ich glaube, vor allem Männer wollen nicht gern allein fahren, sagte Dolly Vernon, die sich keine Gelegenheit entgehen ließ, auf die Treue und Ergebenheit ihres Mannes hinzuweisen. Freddie will mich immer dabeihaben.

Das liegt sicher an Ihrer Gesellschaft, sagte Amy Clark gereizt.

Dolly Vernon ignorierte das lächelnd. Männer sind ja wie kleine Kinder, sagte sie. Man darf nicht zu sehr auf sie zählen.

Eine seltsame Bemerkung aus Dollys Mund. Freddie Vernon war Dollys einzige finanzielle Stütze. Ihre Familie hatte beim Börsenkrach eine böse Schlappe erlitten.

Ich habe das Gefühl, fest auf Dickie zählen zu können, sagte Marian. Dann glitt ein Ausdruck der Unsicherheit über ihr Gesicht. Solange es ihm nicht zuviel wird.

Cap hat die Fähigkeit, stocktaub zu werden, wenn er

mir nicht mehr zuhören will, sagte Sis Sedgwick und schwankte gegen das Büffet. Das war ja keine sehr verheißungsvolle Eigenschaft für einen Mann, der gerade seine zweite Amtszeit als republikanischer Kongreßabgeordneter absolvierte, ein Mann, der nach allem, was man hörte, eine glänzende politische Laufbahn vor sich hatte.

Jane Ives rührte ihren Tee um. Ich habe Männer schon immer ziemlich gern gehabt, sagte sie.

Während im Eßzimmer der Kuchen angeschnitten wurde, näherte sich Lilian Madelaine Wigglesworth. Entschuldigung, sagte sie. Wissen Sie vielleicht, was aus Walter Vail geworden ist? Ich habe ihn nicht mehr gesehen, seit... Ihre Stimme verlor sich.

Wissen Sie, sagte Madelaine Wigglesworth; ihre Maske schien zu fallen, und Lilian sah zum ersten Mal, daß ihre Miene Anteilnahme ausdrückte und ihre Augen glänzten. Als ich das letzte Mal von ihm gehört habe, lebte er in London. Er hat ziemliches Pech gehabt, wissen Sie – Lilian nickte, doch sie wußte nicht alles –, ist aber wieder auf die Beine gekommen. Er leistet dort drüben immer noch Aufbauarbeit. Aber ich mache mir Sorgen um Walter. Nie damit zufrieden, wo er gerade ist. Sie schüttelte den Kopf. Ich stelle es mir schrecklich vor, immer so unzufrieden zu sein.

Ja, sagte Lilian, das stimmt.

Madelaine Wigglesworth schlenderte weiter. Lilian sah sie mit Elsie McDonnell reden, und schon wirkte sie wieder hochmütig und kalt. Lilian wunderte sich, daß sie mit Walter Vail befreundet gewesen war, ohne ihn zu verstehen, während er ihr, die ihm grenzenloses Verständnis entgegenbrachte, seine Freundschaft verweigert hatte.

Jemand zupfte sie am Rock, und als sie hinunterschaute, sah sie in Sallys betrübtes Gesicht. Ich hab meinen Schuh verloren, sagte sie.

Darum kann ich mich kümmern, sagte Lilian, und sie gingen ihn suchen.

43.

Ein Abgrund zwischen ihnen

Manchmal, wenn Lilian mit den Kindern oder ihren Freundinnen zusammen war, fiel ihr auf, wie weit von ihr entfernt Gilbert lebte. Merkwürdig, während seiner Krankheit hatte sie sich ihm irgendwie näher gefühlt; da hatte sich ihr Alltag mit seinem vermischt. Jetzt jedoch schienen sich ihre Interessen kaum noch zu überschneiden, obwohl sie im selben Haus wohnten und die Mahlzeiten gemeinsam einnahmen, was in der Klinik nicht der Fall gewesen war. Natürlich hatten sie noch die Kinder, aber die fielen immer mehr in Lilians

Domäne; sie hielt Gilbert nur noch darüber auf dem laufenden.

Sie waren jetzt seit fast einem Jahr aus England zurück, und Gilbert arbeitete für Cap Sedgwick, dessen politische Karriere Fortschritte machte. Am Ende dieser Legislaturperiode wollte er für einen Sitz im Senat kandidieren, und Gilbert, der als Redenschreiber eng mit ihm zusammenarbeitete, wurde zum Mann hinter den Kulissen. Sein reserviertes Auftreten verwirrte viele der altgedienten Politiker, doch verschaffte er sich mit seiner ruhigen, vornehmen Art Respekt. Er merkte, daß ihm der Staatsdienst lag. Die Finchs hatten traditionell dem Staat gedient, und trotz der schlechten Bezahlung, die für Gilbert ohnehin nie im Vordergrund gestanden hatte, fand er Erfüllung in seiner Arbeit.

Wenn er jetzt heimkam und vor sich hin grübelte, dann wegen des Vertrags mit der Klinik oder der verschobenen Eröffnung einer Suppenküche; zumindest vermutete Lilian das, weil er über diese Dinge beim Essen sprach. Sie konnte sich nicht erinnern, wann er zum letzten Mal wie früher ihre Hand berührt, sie wegen einer Kleinigkeit um Verzeihung gebeten oder sich ihr zugewandt hatte, um ihre Gedanken zu erraten. Nicht daß sie es erwartet hätte – diese Zeiten waren vorbei –, sie registrierte nur die Veränderung.

Er hatte wieder mit der Vogelbeobachtung begonnen. Anfangs war Lilian, dankbar für dieses Zeichen der Gesundung, mit ihm hinausgegangen. Er stand in

einem rostbraunen Feld, die Schultern in einem zerknitterten Segeltuchmantel verborgen, und wartete
darauf, daß ein Singvogel aus dem Gebüsch flog. Sie
versuchte, die Kinder mitzunehmen, aber die wurden
nach einer Stunde unruhig, balgten miteinander und
scheuchten die Vögel auf. Lilian selbst machte, statt
mit dem Fernglas herumzuschlendern, lieber einen flot-
ten Spaziergang oder setzte sich mit einem Buch irgendwohin. So kam es, daß Gilbert nach einer Weile
die Samstage allein zu verbringen begann; er brach
dann vor dem Morgengrauen auf, um Schleiereulen zu
beobachten, und fuhr nach Plum Island hinaus oder hinunter nach Nahant. Wenn er heimkam, waren seine
Hände von der Kälte aufgesprungen, das Haar von der
Mütze zerdrückt und er selbst ganz aufgeregt, weil er
einen Mückenfänger oder einen Sperling gesehen hatte,
und dann zeigte er Lilian Beispiele in seinem Führer.
Lilian fiel auf, wie gewöhnlich die Vögel aussahen.

Am Wochenende gingen sie abends manchmal gemeinsam zu einer Dinnerparty. Ja, aber wenn man zum
Essen eingeladen war, unterhielt man sich doch nicht
mit dem eigenen Ehemann, oder? Nein, man wurde an
andere vergeben, war gezwungen, sich engagiert über
anderer Leute Interessen zu unterhalten – Familien-
wappen, welche Schule man besucht hatte – oder über
anderer Leute Unglück: Würden die Gespräche über
Mrs. Lindbergh je ein Ende nehmen? Obwohl Gilbert
und sie zusammen ankamen und gemeinsam aufbrachen, schien es Lilian, als sei ihr eigener Ehemann der

am weitesten von ihr entfernte Mensch. Sie wurde das Gefühl nicht los, daß ihr gemeinsames Leben eine sehr dürftige Konstruktion war, durch die eine hauchdünne Wand verlief, die sie voneinander trennte. Sie konnten einander schattenhaft erkennen, befanden sich aber an verschiedenen Orten.

Dann und wann durchbrach Gilbert zwar die dünne Membran und stellte wieder etwas von dem früheren Kontakt zu Lilian her, aber allmählich gewöhnte sie sich an sein distanziertes Verhalten. Sie dachte immer seltener daran, wie sehr sich der jetzige Zustand von der Zeit ihrer jungen Liebe unterschied, sondern hatte das Gefühl, es sei schon immer so gewesen.

Sie entdeckte aufs neue, was sie schon früher einmal erfahren und wieder vergessen hatte: Etwas, von dem man sich eine bestimmte Vorstellung machte, konnte sich im Lauf der Zeit als etwas völlig anderes herausstellen, ohne daß die Sache selbst sich im mindesten veränderte. So war es ihr mit Orten, Dingen und Menschen ergangen, und vor allem machte sie das an Gilberts Lächeln fest. Als sie ihn das erste Mal gesehen hatte, waren seine sanft geschlossenen Lippen wie ein Leitstern für sie gewesen, doch jetzt, nach so vielen Jahren, erschien ihr das Lächeln als Zeichen des Verzichts, eine verschlossene Tür, die sich nicht öffnete, eine Tür, hinter der sich etwas verbarg. Vielleicht waren es Sorgen, das konnte sie sich vorstellen. Sie hatten wohl beide ihre Sorgen.

Sie versuchte sich so gut es ging um ihre eigenen

Dinge zu kümmern. Sie bemühte sich, ein bis zwei Stunden täglich lernend am Schreibtisch zu verbringen, wobei sie der Methode ihrer Mutter folgte, auf einem Blatt die Fragen und auf einem anderen die Antworten zu notieren. Eines Tages, als sie vorgebeugt am Schreibtisch saß und lernte, wurde sie durch Rod aufgeschreckt, der ratternd einen Schubkarren über den Terrassenziegelboden schob; tief in die Lebensgeschichte der heiligen Theresa vertieft, hob sie den Kopf und starrte auf das Petit-point-Kissen auf dem Stuhl gegenüber, ohne zu merken, wo sie sich befand.

Sie hätte gern mehr getan, aber wozu hatte sie schon Talent? Als sie jung war, hatte sie Verse verfaßt, aber der Schriftsteller war Arthur. Sie dachte an die geschliffene kleine Rede, die er bei Janes Hochzeit gehalten hatte, und wie wundervoll er immer alles darstellte, voller Überzeugung und aus einem ganz eigenen Blickwinkel. Sie selbst betrachtete zwar gern Gemälde, schaffte es aber nie, eine Blume so zu zeichnen, wie sie wirklich aussah, anders als Irene Putnam, deren Bilder lebensecht wirkten, nur schöner. Dolly Vernon wußte, wie man sich anzieht, Marian Wiggin war eine gute Gastgeberin, und selbst Jane zog Nutzen aus ihrer Schulbildung – sie war auf dem Junior College gewesen – und unterrichtete Kinder.

Hildy hatte einmal gesagt, Lilian habe ein Talent für Gefühle, und Lilian dachte bitter: Was kann man damit schon anfangen? Sie konnte Mutter und Ehefrau sein, was sie ja auch war, aber sie hatte Angst, daß ihr das nicht soviel Freude bereitete wie Dolly oder Marian oder selbst Jane in ihrer zurückhaltenden, nüchternen Art. Doch wer wußte schon, was in ihnen vorging. Vielleicht hatten sie manchmal ähnliche Gedanken – Lilian wußte es einfach nicht.

Eines Abends besuchte sie mit Irene Putnam eine Aufführung von Somerset Maughams Stück *Der Kreis*. Lilian, die nur selten ins Theater ging, war von der Handlung gefesselt.

Du verstehst, was ich meine, sagte Irene, und Lilian verstand es tatsächlich.

Einmal war sie bei der Verlobungsfeier eines der Amory-Mädchen gewesen, und beim Toast hatte sie der benommene Gesichtsausdruck der frisch Verlobten beeindruckt. Lilian sah, wie der Bräutigam ihr etwas zuflüsterte, worauf sie in einem Zustand entzückter Betäubung nickte.

Während dieser Momente fühlte sich Lilian unbehaglich. Bei näherer Betrachtung wurde ihr klar, daß dies mit dem Grad ihrer Liebe zu Gilbert zusammenhing. Sie wußte, daß er sie liebte und sie ihn, aber das Wissen war eine Sache. Sie spürte es nicht immer.

Sie ertappte sich dabei, wie sie mißtrauisch an den Beginn ihrer Bekanntschaft dachte, an die ersten Begegnungen, die so wichtig gewesen waren, an seinen Blick. Hatte sie etwas zu ihm gesagt, dann hatte er sie, ohne zuzuhören, mit glasigem Blick angestarrt, und sie war der Meinung gewesen, er tue es aus Liebe. Jetzt fragte sie sich, ob er ihr überhaupt je zugehört hatte, und von diesem Gedanken ausgehend, fragte sie sich, ob ihr überhaupt jemals irgendein Mensch zugehört hatte.

Ein Gefühl rumorte in ihrem Hinterkopf, die Ahnung, irgend etwas verpaßt zu haben, etwas Wichtiges. Hatte sie vom Leben soviel anderes erwartet?

44.

Der Lunch-Club

Im Hinblick auf eine Förderung kultivierter Gespräche klammerten die Damen im Lunch-Club drei Themen aus – Ehe, Geld und Männer. So erfuhren sie von Irene Putnams Rom-Reise mit der Art League und wurden mit bunten Details der Vincent-Show-Proben unterhalten, die Marian Wiggin nie versäumte, doch wenn dann die gedünsteten Pfirsiche aufgetragen wurden, hatte sich die Konversation doch zu den banaleren Dingen des Lebens hin verlagert – dem neuen Teppich für die Treppe, der Einstellung eines neuen Dienstmädchens oder Vergleichen zwischen dem kleinen Richard Wiggin und der kleinen Emily Ives.

Alle sechs Damen des Clubs hatten die Peabody-Mädchenschule besucht, und alle stammten aus Boston, bis auf Irene Putnam, deren Geburtsort Istanbul war, weil ihr Vater, ein Diplomat, damals in der Türkei stationiert gewesen war.

Die Teilnehmerinnen des Lunch-Clubs trafen sich jeden Mittwoch in einem anderen Haus, außer während der Sommermonate, wenn sich die Familien in Maine, in den Berkshires oder am Cape aufhielten. Bei Dolly Vernon wurde ihnen grau zerkochter Spargel serviert, und sie waren ständig damit beschäftigt, die Hunde abzuwehren. Marian Wiggin deckte den Tisch mit ihrem guten Silber und grobbesticktem Leinen und servierte fette Soßen, Sahnegemüse und *foie gras*. Bei Jane Ives konnte man immer mit einer einfachen Suppe und entsprechend zubereitetem Hühnchen rechnen. Bei Irene Putnam gab es unter Umständen etwas so Aufwendiges wie Spinatsoufflé, aber dann wieder hatte sie einfach zu kochen vergessen, und man mußte sich mit Schinkenbroten begnügen. Maureen ließ sich nie zu etwas Ausgefalleneram als Geschnetzeltes, Rinderschmorbraten oder Hackfleischpasteten überreden, und da Lilian das vollauf genügte, wurden den Damen bei ihr ebendiese Gerichte serviert.

An diesem Mittwoch waren sie alle zu Sis Sedgwick nach Brookline hinausgefahren. Sis führte sie durch das neue Haus, und alle zeigten sich mit dem Wohnzimmer zufrieden, nachdem sie festgestellt hatten, daß es sich nicht sehr von ihren eigenen Wohnzimmern unterschied. Es war Ende März, und die Zweige hoben sich kahl vom blauweißen Himmel ab. Sobald der Boden ganz aufgetaut war, würden sich Sis und Cap einen Swimmingpool bauen lassen, angesichts der derzeitigen Situation im Land eine Extravaganz, wie Sis zugab.

Nachdem sie die Mäntel ausgezogen und sich umarmt hatten, führte Sis sie auf die Terrasse hinterm Haus, um ihnen zu zeigen, wo die Grube ausgehoben werden sollte. Sis' dünne Beine ragten unter dem Schottenrock hervor. Drunten auf dem Rasen zeigte sie Jane Ives in ihren Schnürschuhen, welcher Stab welche Ecke bezeichnete und wo das tiefe Ende des Swimmingpools sein würde.

Lilian stand am Rand der Ziegelterrasse und drehte sich nach ihren Freundinnen um. Marian Wiggin, schon wieder schwanger, saß mit auseinandergestellten Füßen auf einem eisernen Gartenstuhl. Ihre Fingernägel waren zinnoberrot, und ihre kurzen Arme wedelten wie Seegras in der Luft. Sie war betrübt, daß sie so dick geworden war, sagte es aber mit hochgezogenen Augenbrauen, die genau das Gegenteil signalisierten. Dolly Vernon war herausgeputzt wie immer, mit magentaroten Lippen und einem leicht spitz zulaufenden Hut auf dem glatt zurückgekämmten Haar. Lilian kam es vor, als seien sie alle dem Leben mehr zugetan als sie selbst. Zwischen ihr und anderen herrschte eine größere Distanz als zwischen den Leuten untereinander.

Irene Putnam kam spät. Sie waren gerade dabei, sich in dem hellblau-weiß gehaltenen Eßzimmer vor die Teller mit Rote-Rüben-Salat zu setzen. Irene hatte eine feuchte, gerötete Stirn, und sie erklärte zerstreut, sie habe einfach die Zeit vergessen. Niemand achtete sehr darauf; das war eben typisch Irene.

Kaum hatte sie sich gesetzt, bekam sie von Jonesy einen Drink serviert und zündete sich eine Zigarette an. Mit ihrem behandschuhten Finger fuhr sie sich nervös übers Schlüsselbein. Strähnen ihres hellbraunen Haars kamen unter ihrem Hut hervor, und sie trug das gleiche schwarze Kleid mit dem herzförmigen Kragen, in dem Lilian sie schon die letzten paar Male gesehen hatte.

Sie servierte Wachteln und sagte, Cap habe sie während ihrer letzten Fahrt nach Cheeacaumbe geschossen, ihrer Plantage in North Carolina, wo rasselnde Heuwagen Cocktailbars von einem Trinkgelage zum nächsten transportierten.

Seht euch nur diese süßen Dingerchen an, sagte Irene, als die Servierplatte sie erreichte.

Dolly sagte: Ihr habt nicht zufällig Fisch aus den Tropen mitgebracht, Jane?

Jane lächelte schmallippig. Nein, sagte sie, das war nicht erlaubt.

Dolly Vernon versuchte dauernd, irgend etwas aus Jane Ives herauszuquetschen. Jane sprach kaum über ihre Beziehungen zu anderen Menschen. Einmal hatte Jane Lilian erzählt, sie verstehe ihren Ehemann Jack kein bißchen, und eigentlich wolle sie es auch gar nicht. Ich mag seine Stimme, sagte sie, und wie er aussieht, wenn er sich aufs Segeln konzentriert.

Irene Putnam rauchte während des ganzen Essens.

Sie saugte an ihrer Zigarette und klopfte die Asche noch ab, wenn sie längst abgefallen war.

Fischen und Vögel schießen waren nicht die erhabenen Themen, auf die Sis Sedgwick während des Lunchs gehofft hatte. Aber sie schwieg und saß mit versunkener Miene da, ohne etwas zur Unterhaltung beizutragen. Zum Glück brachte Irene Putnam das Thema auf ein Buch, das sie gelesen hatte. Sis hatte nie verstanden, warum jemand, der so konfus daherredete, so klug sein konnte, wie alle behaupteten, aber jetzt war nicht der Moment, sich darüber den Kopf zu zerbrechen.

Es ist wundervoll, sagte Irene Putnam, und unglaublich unterhaltsam. Aber man fragt sich, ob es plausibel ist – im Vergleich zum richtigen Leben.

Marian Wiggin, die fand, daß die Worte *wundervoll* und *unterhaltsam* das Leben genau beschrieben, schüttelte ihr Talisman-Kettchen und schob ihr Mopsgesicht vor.

Wir haben für den Sommer ein ganz phantastisches Haus gemietet, sagte sie.

Aber, fuhr Irene fort, ich behaupte ja nicht, daß unser Leben schlecht wäre. Ich sehe nur nicht die vielen Zufälle, die in den Büchern vorkommen, und das Abenteuer, und daß die Leute immer genau sagen, was sie sollen. Ich sehe es nicht in meiner Umgebung.

Aber genau so was liest man doch gerne, sagte Dolly. Die letzte Serie in der *Saturday Evening Post* hat mir sehr gut gefallen. Hat sie irgendwer gelesen?

Irene verzog das Gesicht. Sie hätte es besser wissen sollen, als so ein Thema anzuschneiden.

Ich frage mich, warum niemand so darüber schreibt, wie es wirklich ist – ohne daß etwas passiert.

Das könnte ziemlich langweilig werden, sagte Lilian.

Wahrscheinlich, sagte Irene. Aber auch in einem langweiligen Leben hat man doch Gefühle, die nicht langweilig sind, und lohnt es sich denn nicht, darüber zu schreiben?

Hier kommt Mr. Shelley ins Spiel, sagte Jane. Und Mr. Keats. Die sind für Gefühle zuständig.

Sis Sedgwick nickte. Die Dichter waren auch etwas, das sie nie verstanden hatte. Sie mußte sie wohl in der Schule verpaßt haben, oder falls nicht, änderte das nichts an ihrer Verwirrung. Immerhin munterte sie der Themenwechsel auf – jetzt konnte sie Cap erzählen, daß sie über Dichter und Schriftstellerei gesprochen hatten.

Na, jedenfalls, sagte Irene, und ihr schneeweißer Hals färbte sich rot, ich hatte mir nur Gedanken darüber gemacht.

Nach dem Lunch nahm man den Kaffee im Wohnzimmer ein. Die Damen unterhielten sich über Kleider. Nein, danke, sagte Lilian zu Sis, die ihr die Pfefferminzplätzchen von S. S. Pierce anbot. Lilian fragte sich, ob sich Madame Curie darum gekümmert hätte, daß Frauenkleider kürzer wurden, oder ob Jeanne d'Arc auch nur eine Minute lang auf einem geblümten Sofa in Brookline hätte sitzen können.

Das Gespräch kam auf Hüte. Von da an nahm es einen natürlichen Verlauf zu Schuhen, dann zu Elsie Sears Heirat mit dem Schuherben und ihrem Übertritt zum Katholizismus. Letzteres wurde unter dem Deckmantel des Themas Religion diskutiert.

Dann sagte Sis, das mit der Jungfrau Maria habe sie nie so recht verstanden, ob da nicht irgendein Trick dabei sei? Jane, die sich intensiv mit Religion befaßt hatte, erklärte, die unbefleckte Empfängnis beziehe sich eher auf Marias Empfängnis durch ihre Mutter als auf ihre Empfängnis Christi, wie meistens angenommen wurde. Aber das mit der Jungfrau sei richtig.

Ich weiß nicht, warum die Katholiken soviel Aufhebens von einer reinen Formsache machen, sagte Marian Wiggin. Was mich betrifft, ist das – na ja –, für mich ist das nicht aufregender, als aufs Klo zu gehen.

So schlimm ist es auch wieder nicht, sagte Dolly.

Irene starrte durch die Terrassentür zu den steinernen Geranientöpfen hinaus. Eine Frau sollte es genauso genießen können wie ein Mann, sagte sie.

Lilian sah sie an und hoffte, sie würde weitersprechen.

Das kann sie ganz sicher, sagte Dolly, die sich einbildete, auf dem neuesten Stand der Emanzipation zu sein.

Meint ihr diese herrlichen Schauer, die einen überlaufen? sagte Sis Sedgwick begeistert, daß sie jetzt doch noch etwas beitragen konnte. O ja, das ist toll!

Die Gesellschaft betrachtete sie in erstauntem Schweigen. Sex war an sich schon ein fragwürdiges Gebiet, aber sich Sis Sedgwick dabei vorzustellen war höchst erstaunlich.

Irenes Hand, die schlaff die Zigarette hielt, schwebte auf der Suche nach einem Aschenbecher durch die Luft, aber da sie Sis gebannt anstarrte, brachte sie es fertig, den Aschenbecher vom Tisch zu stoßen. Sie sah einen Moment lang darauf hinunter: die verstreute Asche, die feinen Glassplitter. Dann begann sie sie aufzusammeln.

Ach, das macht doch nichts, sagte Sis. Laß nur. Aber auch sie ließ sich auf die Knie nieder. Du tust dir nur weh – wir holen Jonesy – o Gott, jetzt hast du dich geschnitten!

Irene betrachtete neugierig ihre Hand. Lilian packte Irene am Arm – sie hörte Marian flüstern, es war ihr dritter Drink – und führte sie ins Bad einen Stock tiefer. Irene war merkwürdig gelassen.

Sie ließen kaltes Wasser über ihren Finger laufen. Irene wusch ihre Hand, trocknete sie unbekümmert ab, wollte aber keinen Verband. Sie warf das Handtuch hin und drehte sich zu Lilian um.

Ich, begann sie – ich finde es immer schwieriger, etwas zu sagen, das zu dem paßt, was in meinem Kopf vorgeht. Ist das nicht albern?

Sie gingen wieder zu den anderen Damen zurück. Als Jonesy hereinkam, um die Kanne mit heißem Wasser aufzufüllen, streifte sie Irene, worauf diese zusammenschrak. Die Damen ignorierten sie höflich, aber Lilian beobachtete ihr Gesicht.

45.
Wahrscheinlich bloß ein Waschbär

Das Feuer im Kamin surrte wie ein Ventilator. Lilian saß Gilbert gegenüber.

Liest du nicht? fragte sie.

Gilbert schüttelte den Kopf und starrte in die Flammen. Seine Augen wurden immer runder.

Müde? fragte sie.

Er schüttelte wie zuvor den Kopf. Draußen peitschten Zweige gegen die Fensterscheibe, und im Kamin heulte der Wind.

Was war das? sagte Gilbert und schrak zusammen.

Lilian richtete sich auf. Ich höre nichts –

Pst, sagte er. Beide lauschten.

Es ist der Hund der Greenoughs, sagte er und stemmte sich hoch. Er gräbt meine Blumenzwiebeln aus.

Lilian sagte: Es ist bestimmt nur –

Gilbert ging zur Glastür und starrte in die Nacht hinaus. Er rüttelte an der Klinke und drückte sie herunter. Hau ab! rief er. Mach, daß du nach Hause kommst! Seine Stimme trug im Wind nicht weit.

Wahrscheinlich ist es einfach nur ein Waschbär oder ein –

Gilbert wandte den Kopf. *Was* es ist, ist mir egal, Lily, ich will nur, daß es aus meinem Garten verschwindet und mich in Ruhe läßt.

An einigen Abenden im Monat beging Gilbert den Fehler, vor dem Dinner einen Cocktail zuviel oder danach noch einen Schlummertrunk zu trinken, und dann redete er ziemlichen Unsinn. Manchmal wurde er sogar ein bißchen gemein und fuhr sie an, aber sie wußte ja, daß es vom Alkohol kam und deshalb nicht seine Schuld war. Sie lernte es, ihm keinen Vorwurf zu machen. Schwieriger wurde es, wenn sein Verhalten gar keinen Sinn mehr ergab, was auch manchmal geschah – nicht oft, aber es kam vor. Sie erkannte die Zeichen: Sein Gesicht färbte sich rosig, als ob es von innen glühte, und seine zusammengekniffenen Augen wirkten gedunsen, so daß man gar nicht wußte, ob er einen wirklich sah oder nicht.

So schaute Gilbert, wieder von seinem Sessel aus, Lilian jetzt an.

Das Buch auf ihrem Schoß war eine Liebesgeschichte. Gewöhnlich las sie lieber Kriminalromane, Wodehouse oder historische Werke, und wenn sie nicht gerade diese Liebesgeschichte gelesen hätte, wäre ihr der Gedanke wahrscheinlich gar nicht gekommen. Sie dachte nie über die Liebe nach, aber die Geschichte gab ihr Fragen auf. Sie handelte von einem Mann, der eine Frau liebt, obwohl sie voneinander getrennt sind und, was noch bemerkenswerter war, ohne daß sie seine Liebe erwidert oder auch nur von den Opfern und Mühen weiß, die er ihretwegen auf sich nimmt – daß er im Kampf ihren Mann beschützt, für die Sicherheit ihrer Kinder sorgt, sie vor dem Bankrott rettet.

Während ihrer kurzen Romanze hatte den Mann an der Frau einfach alles fasziniert – wie sie sich mit der Hand übers Haar strich, wie sie ein Picknick servierte, wie sie lachte, wie sie die Augen schloß, wenn sie etwas Schönes erblickt hatte. Nach alldem fragte man sich, ob es nicht die Frau, sondern vielmehr der Mann war, der diese Art von Liebe heraufbeschwor.

Sie sah zu Gilbert hinüber. Er versuchte gerade angestrengt, seinen Blick zu fokussieren.

Alles in Ordnung? sagte sie.

Sein betrunkenes Gesicht zog sich finster zusammen. 'türlich ist alles in Ordnung, sagte er.

Sie hatte es immer als selbstverständlich betrachtet, daß Gilbert sie liebte, und nun kam ihr wegen dieser idiotischen Liebesgeschichte der ungewohnte Gedanke, daß seine Liebe vielleicht gar nicht unbedingt auf sie bezogen war, sondern daß genausogut jede andere mit ihm hätte in der Bibliothek sitzen, sein Leben teilen können, jede andere, solange sie verläßlich und nett war und sich ums Haus kümmerte, jede andere, solange sie um Viertel nach acht das Essen fertig hatte, sein Fernglas fand und ihn in Ruhe seinen Cocktail trinken ließ. Nicht sie war es, die er unbedingt brauchte – es hätte jede sein können, die etwa zur gleichen Zeit wie sie in Boston geboren war, jede, die sich so kleidete wie sie, die ein ruhiges Leben vorzog, die Geld hatte und ihn in Frieden ließ. Und solche Frauen gab es.

Sie versuchte sich vorzustellen, wie er eine andere

liebte, und überlegte, was für ein Unterschied es wohl wäre. Aber seine Art zu lieben kam durch ihn, Gilbert, nicht durch den Menschen, den er liebte, und sie mußte sich eingestehen, daß seine Liebe keineswegs auf sie als Person festgelegt war. Der Wirkung nach, die sie auf ihn hatte, hätte sie ebensogut Elsie oder Madelaine oder Marian oder Nita Russell sein können. Sie fühlte sich ziemlich überflüssig.

Ich gehe jetzt schlafen, sagte sie und stand auf.

Tu das, sagte Gilbert. Er sah sie nicht mehr an, sondern hatte sich wieder dem dunkel gewordenen Kamin zugewandt. Ich werde noch ein wenig lesen, sagte er, obwohl weit und breit kein Buch zu sehen war.

46.

Bezüglich Irene

Alle waren immer der Ansicht gewesen, Irene Minter Putnam sei zwar hübsch und talentiert, aber ein wenig wunderlich, und auch Lilian hätte das weiterhin geglaubt, wenn sie nicht eines Sommers in der High-School den Aquarellkurs im Museum of Fine Arts belegt und Irene dabei richtig kennengelernt hätte. Irene schien nie aufzupassen, erinnerte sich aber an alles, was der Lehrer gesagt hatte, meist um zu widersprechen, was Lilian bewunderte.

Trotz der Leistungen von Irenes Diplomaten-Eltern, oder vielleicht gerade wegen dieser Leistungen, waren Lilians Eltern nicht eng mit den Minters befreundet. In Mrs. Eliots Augen war Irenes Mutter eine schreckliche Person, die bei Dinnerparties zu laut redete und kurze Kleider trug, weshalb es sie nicht überraschte, daß ihre Tochter etwas merkwürdig war. Daß Irene Talent hatte, zählte weniger, als daß Mrs. Minter Halbitalienerin war. Mr. Eliot hielt den lässig-eleganten Paul Minter für einen Dummkopf. Lilian jedoch hatte Irene mit ihrer marmorglatten Haut, den glänzenden schwarzen Augen und den schnellen Reaktionen immer auf eine interessante Art merkwürdig gefunden. Das Haus der Minters in der Charles Street hatte einen europäischen Touch, mit seiner runden marmornen Eingangshalle und der Weinlaube hinterm Haus, wo sie sonntags oft ihre Mahlzeiten einnahmen. Nachdem Irene Bobby Putnam geheiratet hatte, übernahm sie diesen europäischen Touch auch in ihrem eigenen Haus in der Beacon Street, indem sie im Treppenhaus schmiedeeiserne spanische Geländer anbringen ließ, Zitronen- und Olivenbäume zog und Läufer über die Tische breitete. Lilian mochte das Licht und die Bilder und wünschte, sie hätte selbst den Mut dazu. Sie versuchte, ein Stück Stoff über ein Kniekissen zu drapieren und Quasten daran zu befestigen, aber es paßte nicht zur übrigen Einrichtung, und sie entfernte es wieder, bevor eine der

Damen es zu Gesicht bekam. Doch gelang es ihr, in einer Kiesschale in der Diele ein simples Zitronenbäumchen zu ziehen, das ihrem Empfinden nach etwas Exotisches hatte.

Eines Tages schaute Lilian bei Irene Putnam vorbei und traf sie, was nicht ungewöhnlich war, in aufgewühlter Verfassung an. Das Essen bei Sis Sedgwick, als Irene sich in die Hand geschnitten hatte und scheinbar achtlos darüber hinweggegangen war, lag ein Jahr zurück, und in der Zwischenzeit hatte man Irene Putnam schon von diversen Tanzveranstaltungen fortgetragen und hie und da beim Tee über sie gesprochen. Das letzte Weihnachten hatte sie bei geschlossenen Fensterläden im Bett verbracht. Am einen Tag hatte sie vor lauter Sorgen Augen wie ein Waschbär, am nächsten war sie wieder so zielstrebig wie früher, als werde sie von einer dünnen weißen Flamme verzehrt.

Heute trug sie den kornblumenblauen Kittel, in dem sie manchmal malte, obwohl ihre Staffelei nicht draußen stand. Sie knabberte Fingernägel. Lilian überredete sie, Tee bringen zu lassen, aber Irene ging zur Bar und goß sich einen Gin ein.

Anscheinend kriege ich überhaupt nichts mehr hin, sagte sie. Sie lachte, zog ein langes Gesicht.

Was genau . . . ? sagte Lilian.

Irene irrte im Zimmer herum, wobei sie sich ständig übers Handgelenk strich. Die kleine Julie – sie ist – wahrscheinlich sollte ich das nicht – aber du weißt ja, wie Mädchen sind – ich verstehe die Jungen nicht –

aber sie ist doch erst sieben, um Himmels willen – ich – oh, trink doch eine Tasse, Lil – wie unhöflich von mir, darf ich...

Ich bin völlig zufrieden, sagte Lilian.

Ja, sagte Irene und lächelte sie an. Das bist du. Sie setzte sich. Ob Lilian denn nie das Gefühl habe, wie sollte sie es ausdrücken, am falschen Platz zu sein?

Diese Frage rührte an etwas in Lilians Innerem, an das, was mit der Welt nicht in Einklang stand. Aber noch mehr berührte sie Irenes schlechte Verfassung, und sie wollte ihrer Freundin helfen.

Nein, eigentlich nicht, sagte sie.

Irene sah sie hilflos an. Ich weiß nicht, was das in letzter Zeit ist – sie lachte schrill auf –, oh, aber wie geht's *dir* denn? Sie beugte sich vor, die Ellbogen auf die Knie gestützt. Und deiner Mutter, wie geht's der?

Mrs. Eliot war gesundheitlich labil gewesen. Das hatte ihre Eltern mehr mitgenommen, als ihnen bewußt gewesen war. Es geht ihr gut, sagte Lilian, ihre Standardantwort auf Fragen nach ihrer Mutter.

Bitte richte ihr meine besten Wünsche aus, sagte Irene. Sie hatte keine Ahnung, was Mrs. Eliot von ihr hielt, und begegnete ihr immer herzlich. Lilian, die Ungerechtigkeiten haßte, störte das.

Irene erhob sich und schenkte sich noch einen Drink ein. Was ist das für ein Geräusch? sagte sie ungeduldig.

Was für eins?

Dieses Summen.

Ich höre kein –

Ich habe es neulich schon mal beim Tennisspielen gehört, sagte Irene. Wie eine Menschenmenge, oder irgendwas, das summt. Als sie Lilians Gesichtsausdruck sah, verstummte sie.

Wie geht's Bobby? sagte Lilian, um einen fröhlicheren Tonfall bemüht.

Aber Irene sah aus, als habe man sie aufgefordert, eine mathematische Gleichung zu lösen. Sie ging an ihren hübschen gelben Schreibtisch, der mit Palmen und indischen Symbolen bemalt war, und entnahm der Schublade einen Stapel Reisebroschüren. Er will, daß wir zusammen verreisen, sagte Irene, als handele es sich um die Idee eines Verrückten. Er meint, das würde mir *gut*tun.

Oh, eine Reise wäre doch wirklich wundervoll, sagte Lilian.

Irene reichte ihr sichtlich uninteressiert eine Broschüre. Irgendeine Insel, sagte sie. Das einzig Gute dran ist der Name des Hotels. Die Blaue Ruine. Irene lachte. Wie ich.

Sie leerte ihr Glas. Hörst du nicht? Ein wilder Ausdruck glitt über ihr Gesicht. Da ist es wieder. Sie wandte sich Lilian zu und sah sie mit ihren schwarzen Augen an. Sicher denkst du jetzt, ich sei total übergeschnappt, sagte sie.

47.

Die Blaue Ruine

In diesem Frühling fuhr Lilian Finch mit den Mädchen eine Märzwoche lang nach Florida. Sie sammelten Muscheln im nassen Sand und aßen zum Nachtisch Ananassorbet. Einige Male wählte sie Arthurs Nummer, bis schließlich ein spanischer Herr abnahm, der ihr mitteilte, Mr. Eliot sei nicht *aquí*. Bevor Lilian eine Nachricht hinterlassen konnte, hatte er schon aufgelegt. Sie waren gar nicht weit von Palm Beach entfernt, und Lilian spürte schmerzlich Arthurs Nähe, bemühte sich jedoch, dieses Gefühl nicht an sich heranzulassen. Die Mädchen halfen ihr dabei.

Ein paar Wochen später fuhr Irene Putnam mit ihrem Mann zur Blauen Ruine. Alle erfuhren, was auf der Reise geschehen war. Bobby Putnam erzählte die Geschichte mit seiner tiefen kehligen Stimme und von Mal zu Mal kürzer, da er lernte, auf welche Punkte es ankam. Lilian hörte die erste Version und war froh über die Details, die ihrer Meinung nach mehr enthüllten, als Bobby Putnam bewußt war.

Sie hatten auf dem Flug zu der Insel mehrere Male umsteigen müssen, und die Flugzeuge waren immer kleiner geworden, bis schließlich das winzige letzte auf einer kurzen Rollbahn landete. Sie mieteten einen Wagen und fuhren auf einer trockenen, schnurgeraden Straße in Richtung Norden, ohne daß ihnen ein einzi-

ges Auto entgegenkam. Das Land war flach, mit weißem Staub und niedrigem Gestrüpp bedeckt, und Irene
sagte, es gefalle ihr sehr. Sie hielten an und stiegen aus,
um sich den Sonnenuntergang anzusehen. Bobby Putnam lehnte mit verschränkten Armen und zusammengekniffenen Augen am Wagen und überlegte, ob sie am
nächsten Tag versuchen sollten, ein Boot zu bekommen. Irene stand im stoppeligen Unkraut, immer noch
in ihrem Wollkleid, aber mit nackten Beinen, da sie die
Strümpfe ausgezogen hatte. Bobby Putnam fiel auf, daß
sie seit der Geburt der Kinder nicht mehr miteinander
allein gewesen waren, zumindest schien es ihm so, und
er dachte daran, wie sehr sich Irene jetzt von dem Mädchen unterschied, das er geheiratet hatte; nun war sie
wohl eine Frau, und jetzt, wo er sie weit weg von Boston
sah, fiel ihm auf, wie anders sie war, obwohl er nicht
hätte sagen können warum. Die Reise hatte sie erschöpft, sie waren beide bleich und zerzaust und fühlten
sich etwas desorientiert.

An diesem Abend aßen sie im Speisesaal mit den
anderen Gästen, ein paar kleinen Familien, zwei ält-
lichen Schwestern, einem Paar mittleren Alters und
noch einem Paar in ihrem Alter. Die übliche Zusam-
menstellung. Sie probierten die landestypischen Cocktails und kehrten dann zu ihrem gewohnten Gin zurück. Bobby Putnam war Gintrinker, und durch ihn
war auch Irene darauf gekommen. Am Anfang des Monats hatte sie – was Lilian bekannt gewesen war – versucht, das Trinken einzuschränken, und ihr Arzt hatte

ihr Tabletten verschrieben, damit sie besser schlief, aber da sich ihre Stimmung nicht gebessert hatte, ganz im Gegenteil, hatte sie wieder damit angefangen. Und Bobby Putnam hatte sie noch ermutigt, schließlich wollten sie sich hier ja amüsieren. Er dachte, durch das Trinken würde sie sich besser fühlen, so wie er. Später fragte er sich dann, ob die Zeit der Abstinenz nicht ihren ganzen Organismus durcheinandergebracht hatte.

Der nächste Tag war ziemlich schön gewesen, soweit Bobby Putnam sich erinnern konnte. Am Vormittag schauten sie sich um, gingen am Strand spazieren und aßen dann in einem kleinen Restaurant mit gestreifter Markise und Blick aufs Riff zu Mittag. Am Nachmittag war Bobby Putnam weggegangen, um den Golfplatz auszuprobieren. Wahrscheinlich wäre es besser gewesen, sie nicht allein zu lassen, aber woher hätte er das wissen sollen? Er spielte bei einem Vierer mit. Es war ein schmuddeliger Golfplatz, aber die Greens waren gepflegt und die Löcher um Wasserflächen arrangiert. Das Spiel dauerte lange. Als er ins Hotel zurückkam, war es fast schon Nacht, und Irene saß draußen im Dunkeln an einem Tisch und trank. Sie hatte schon ein paar Drinks intus. Der Wind war stärker geworden – auf der Ostseite wehte es vom Atlantik her –, und ganz in der Nähe tobten die Wellen. Der Sturm rüttelte an den Palmwedeln wie an klappernden Jalousien. Sie trug ein hellgelbes Kleid – Bobby rieb sich die Augen hinter den karamelbraunen Brillengläsern, als er die Geschichte erzählte, erschöpft beim Gedanken daran. Ihre Gestalt hob sich als heller Fleck vom Dunkel ab, ohne daß man Kopf und Glieder unterscheiden konnte.

Nach dem Dinner gingen sie zum Tanzen in eine kleine grüne Bar mit Netzen und bunten Perlen, ein Stück den Berg hinab vom Hotel. Sie machten Urlaub – war es da so ungewöhnlich, daß sie viel getrunken hatten? Das etwa gleichaltrige Paar aus dem Speisesaal der Blauen Ruine nickte ihnen zu und fragte sie, ob sie sich nicht hersetzen wollten. Jetzt stellten sie sich einander erst richtig vor, nachdem sie bisher immer nur in der Lobby aneinander vorbeigelaufen waren. Beide waren Engländer, obwohl die Frau wie eine Perserin oder Libanesin aussah und mit leichtem Akzent sprach. Sehr attraktiv, sagte Bobby Putnam, und gebildet. Der Ehemann war Archäologe oder Anthropologe – Bobby Putnam konnte das nie recht auseinanderhalten. Irene war freundlich und neugierig, wie immer nach einigen Drinks, und um nicht umzukippen, lehnte sie sich gegen den Engländer, während sie ihm Fragen stellte. Ihn störte das nicht, aber die Ehefrau. Bobby Putnam nahm es auf sich, die Ehefrau abzulenken; er zog sie zum Tanzen von ihrem Stuhl hoch, und schon bald hatte sie vergessen, was ihr Mann trieb. Wie lange sie getanzt hatten, wußte er nicht genau – bei Calypsomusik geht ein Titel nahtlos in den anderen über –, aber es war nicht gerade kurz gewesen.

Plötzlich stürmte Irene hinter ihm ohne ersichtlichen Grund aus der Bar, ein heller Streif in ihrem flatternden Kleid – Lilian kannte es, sie hatten es zusammen gekauft, und sie erinnerte sich an die kleinen orangefarbenen Knospen auf dem Oberteil –, und als Bobby Putnam ihr folgte, nicht *sofort* und ohne Eile, denn er kannte Irenes hysterische Anfälle und wollte nicht hineinverwickelt werden, entdeckte er sie auf der anderen Seite des steingepflasterten Platzes. Sie wankte an ein paar umgedrehten Booten vorbei, die am Strand aufgereiht lagen. Schwarze Palmenschatten breiteten sich fächerartig über den Platz, den eine einzige altertümliche Straßenlaterne beleuchtete. Irene schlug nach ihm, als er sich ihr näherte, stolperte in ihren Stöckelsandalen und beschimpfte ihn. Oh, sie war schlecht beieinander, sagte Bobby Putnam, total besoffen, und Lilian sah, daß sein Blick besorgt war. Also hat es ihn doch berührt, dachte sie. Aber das war das einzige Mal, daß sie diesen Blick an ihm bemerkte. Wenn er die Geschichte später erzählte, war sein Blick hart, so hart wie seine ebenmäßigen Zähne, so glatt wie seine nackten Kinnbacken. Sie wünschte Bobby Putnam nichts Böses, aber sie hätte gern etwas an ihm entdeckt, das sie an seine Frau erinnerte, etwas, daß sie hätte sympathisch finden können. Sie sah es nur dieses eine Mal. Männer, dachte sie, verstehen sich bestens aufs Vertuschen – von Frauengesichtern konnte man mehr ablesen –, aber sie fragte sich, ob die Mühe des Vertuschens den inneren Aufruhr festschrieb und dauerhaft machte.

Ja, sie war wirklich sehr schlecht beieinander, sagte Bobby Putnam. Sie hatte sich das Knie aufgeschlagen, das Kinn aufgeschürft, und ihr Kleid war vorne ganz blutverschmiert. Sie schimpfte über nichts und wieder nichts, über den Mond und was weiß ich – Lilian wollte ihn drängen, merkte aber, daß er Irene nie wirklich zugehört hatte –, sie rollte und funkelte mit den Augen, sagte er, mit diesen schwarzen Augen. Sie war betrunken! Und dann hatte sie plötzlich die Idee, die Kinder anzurufen, und steigerte sich in den Gedanken hinein, ob Julia – ach, ich weiß nicht mehr was, sie wollte anrufen, um zu fragen, ob es ihnen gutging, sie benahm sich, als hätte sie gerade entdeckt, daß die Kinder in irgendeiner Gefahr schwebten. Sie war hysterisch, lächerlich, und als ich ihr aufhelfen wollte, rührte sie sich nicht, aber sie war so dünn geworden, daß es nicht schwer war, sie hochzuziehen. Ich hab ihr gesagt, den Kindern gehe es gut. Sie kommen gut ohne uns zurecht, hab ich gesagt, und sie hat mich erleichtert und aufmerksam angeschaut. Ich erinnere mich daran, weil es wie das Auge des Sturms war, wie sie plötzlich ruhig und klar wurde und fast vernünftig, und sie sagte sanft: Glaubst du wirklich?, als wäre es das gewesen, was sie die ganze Zeit beunruhigt hatte, also hab ich gesagt: Natürlich glaube ich das. Ich wollte sie damit ermutigen. Aber ich hätte etwas anderes sagen sollen, das ist mir jetzt klar.

Am nächsten Morgen verschliefen sie das Frühstück, ließen sich einen Picknickkorb packen und fuhren an einen leeren Strand. Irene war ruhig; sie hatten beide einen Kater. Sie schrieb den Kindern einen Brief und skizzierte mit dem Füller die Bucht. Bobby Putnam hatte das englische Ehepaar gebeten mitzukommen, weil er nicht glaubte, daß sie irgend etwas mit dem hysterischen Anfall vom Vorabend zu tun hatten, und vielleicht war es ja wirklich so. Sie kamen, der Mann in Khaki, die Frau mit einem mitternachtsblauen Schal um den Kopf. Sie tranken und plauderten unter dem Sonnenschirm. Irene sah aus, als wolle sie ihrem Mann irgend etwas sagen, daran erinnerte er sich später, oder vielleicht hatte er es sich nur eingebildet. Aber da er nach dem Essen müde war, schlief er ein. Als er aufwachte, hatte sich der Himmel bezogen, und Bobby Putnam merkte, daß er längst hätte auf dem Golfplatz sein müssen. Irene sagte, sie wolle noch nicht gehen, es sei so friedlich hier, und so fuhr Bobby Putnam mit dem englischen Paar allein zurück.

Er spielte nur neun Löcher. Da er sich nicht in Hochform fühlte – wegen der vielen Sonne, wie er glaubte –, nahm er im Clubhaus mit einem Burschen aus Glen Cove einen Drink, der, wie sich herausstellte, Irenes Familie kannte. Blitzgescheites Mädchen, sagte der Mann. Bobby Putnam fand ihn sympathisch, weil er ihm ein Kompliment über seine Golfschuhe machte. Als er zum Hotel zurückkam, war es noch hell. Die Zimmer sahen genauso aus wie am Morgen, nur daß das Zimmermädchen inzwischen aufgeräumt hatte. Er schaute sich draußen um, aber von Irene war nichts zu sehen, nicht am Tisch, nicht auf dem Weg zum Strand. Er ging in den Gesellschaftsraum hinauf, um sie zu suchen, traf aber nur einen eisschaufelnden Barkeeper und ein paar sonnenverbrannte Gäste an, die aussahen, als hätte man sie hier vergessen. An der Rezeption erkundigte er sich, ob Mrs. Putnam gesehen worden sei. Seine Schläfen pochten, es ärgerte ihn, daß er nach ihr suchen mußte. Die Frau lauschte einer Stimme, die durch die Tür hinter ihr drang, und sagte ein wenig unschlüssig, nein, sie sei nicht gesehen worden. Der Wagen stand nicht auf dem Parkplatz. Bobby Putnam lieh sich ein Fahrrad und fuhr durch die Dämmerung zum Strand hinunter, wo sie am Nachmittag gewesen waren. Als er um die Ecke bog, sah er zwischen den gebogenen Baumstämmen den Wagen stehen. Er lehnte das Rad gegen den Kotflügel und rief nach Irene. Es war still auf dieser Seite der Insel, der Westseite, und das Wasser war seicht, so hell wie der Himmel, ein dumpfes Blau, das in ein blasses Rosa überging, heller am Horizont. Ihr Handtuch lag noch am Strand, neben dem Picknickkorb und ihren zerknitterten Seglerhosen, und die große Tasche mit Sonnencremes, Kämmen, Schreibblöcken und Büchern war umgekippt. Sie nahm immer zwei bis drei Bücher mit an den Strand, als wolle sie alle lesen, aber wenn sie erst einmal da war, starrte sie nur aufs Wasser hinaus oder zeichnete träge vor sich hin. Er schaute links den Strand entlang, wo der Sand zu einem schmalen Streifen schrumpfte; er ging zu der kleinen Landspitze rechts und sah sich in der Bucht um. Irene! rief er. Sein Kopf dröhnte, und er spürte die ersten Anzeichen von Panik. An Irenes quälende Anwesenheit war er ja gewöhnt, aber ihre Abwesenheit war noch quälender. Und erst dann, sagte er – Lilian fand, daß ihm dieser Gedanke spät kam –, sei ihm klargeworden, wie ernst die Dinge stehen könnten.

Später hatte er zwischen den Seiten eines Buchs den Brief gefunden, den sie an die Kinder geschrieben hatte.

Ihr Süßen,
der Strand, an dem ich sitze, besteht aus weißem Sand,
und der nebenan aus schwarzem. Daddy schwimmt
gerade in einer großen grünen Welle. Abends tun sie
uns Delphine in unsere Drinks. Abends vermisse ich
meine Kinderchen am meisten. Bobby, Du mußt Dich
um Julie und Blair kümmern. Eure Mutter hat Euch
sehr lieb.
Sie wird Euch immer lieben.

Bobby Putnam schüttelte den Kopf. Dann erzählte er ziemlich lebhaft von den Suchmannschaften, den Patrouillen der Küstenwache und von den gleichgültigen Beamten auf der Polizeiwache. Man hat eine Woche lang nach ihr gesucht. Nichts, sagte er.

In Boston wurde der Fall allgemein kopfschüttelnd und ungläubig diskutiert. Ja, sie hatte Sorgen, aber *das* sah ihr wirklich nicht ähnlich. Lilian sagte nie, daß es sich exakt so verhielt und daß es genau zu Irene paßte, zumindest zu einem Teil von ihr. Warum hätte sie es sagen sollen? Man hätte Lilian auch nicht besser verstanden. Dann und wann kam der Gedanke auf, daß Irene davongelaufen und noch am Leben sei, aber auch das wußte Lilian besser.

Bobby Putnam heiratete noch im selben Jahr wieder, eine der Lothrop-Cousinen aus Sherborn, eine Reitfreundin von Sis Sedgwick, die sich nicht im mindesten für Kunst interessierte.

48.

Der Schmetterling

Lilian sah den Männern beim Tennisspielen zu. Es war Mittagszeit, und das Stimmengemurmel der Zuschauer erfüllte die Sommerluft. Gilbert, der einen Sonnenhut und lässige Shorts trug, hielt seinen Schläger in Erwartung des Aufschlags locker in der Hand. Hinter ihm sah man durch ein Gitter ein Feld mit wilden Möhren, Goldrute und Lorbeersträuchern, durch das ein Pfad zu einem weiter entfernt liegenden Haus führte. Es erschienen drei Kinder mit Tennisschlägern so groß wie sie selbst und blieben bestürzt stehen, als sie den Tennisplatz von Erwachsenen belegt fanden.

Es waren die Halbfinalspiele des Inselturniers. Gilberts Partner, Cap Sedgwick, bog sich wie ein langes

Insekt in der Taille ab und wartete, rot vor Anstrengung, gespannt auf jeden Schlag. Ihre Gegner, ein Vater und sein etwa siebzehnjähriger Sohn, beide mit dem Teint der Rothaarigen, hatte Lilian noch nie gesehen. Gäste der Amorys, sagte jemand, aus New York. Sie waren am Gewinnen.

Während des Seitenwechsels kam von den grünen Bänken leises Gemurre. Lilian saß, in ihren Pullover gehüllt, etwas abseits, weil sie keine Lust zum Reden hatte. Seit Gilberts beruflichem Aufstieg hatten die Kinder ihre ganze Aufmerksamkeit beansprucht, und gestern waren Sally und Fay zum ersten Mal richtig allein verreist – zu ihren Finch-Verwandten in Camden, wo Edith Familie hatte, rustikale Dichter und pensionierte Rechtsanwälte, und jetzt war das große Haus, in dem nur noch der ruhige Porter seine Käfersammlung ordnete, stiller und kam einem noch größer vor. Kleine Veränderungen machten sich in Lilians Leben stark bemerkbar. Kein Wunder, daß sie so oft an Irene dachte.

Sie merkte, daß die Erinnerung an Irene sie mehr über sich selbst nachdenken ließ. An diesem Morgen war sie früh aufgewacht, und später war eine Karte von Tommy Lattimore aus Griechenland gekommen und ein Brief von Jane Ives aus Spanien, der sie in Gedanken an weit entfernte Orte versetzte. Sie träumte vor sich hin und folgte mit den Blicken einem vorbeitanzenden Schmetterling.

Sie fragte sich, ob sich in ihrem Leben überhaupt

noch irgend etwas ereignen konnte – nicht, daß schon soviel passiert wäre, aber es kam ihr alles so luftdicht abgeschottet vor. Es gab kaum Raum für irgend etwas Neues. Ja, die Kinder würden größer werden, Fay immer schlagfertiger, Sally immer ruhiger, und Porter würde eine Brille brauchen. Eines Tages würden alle – sie machte einen Riesensprung voraus – heiraten und wegziehen, aber dann würden sie ihr eigenes Leben führen. Um sie herum wurde kurz applaudiert – Lilian klatschte mit, ohne darauf zu achten, wem der Beifall galt. Sie dachte an den weißen Saal des Kinderkrankenhauses, wo sie immer noch einmal die Woche den Kindern vorlas. Sie saßen aufrecht mitten auf ihren Betten, wie kleine Statuen, ratlos. Sie warteten wie kleine Tiere, sahen schicksalsergeben zu, wie man ihr Bein bandagierte oder wie jemand sie in den Arm stach. Sie mußten die Empörung oder die Verbitterung der Erwachsenen erst noch entwickeln, und in ihren Gesichtern leuchtete das Vertrauen, daß sich im Leben doch noch alles zum Guten wenden würde.

Lilian beobachtete angestrengt den Schmetterling, als habe er irgendeine Bedeutung für sie. Was war es nur? Sie fühlte sich so... weich gepolstert. Alles in ihrem Leben war weich. Sie führten kein extravagantes Leben, ließen es sich nicht zu gut gehen. Sie aßen einfach, schliefen in einfachen Betten und waren schon mit einem Leseabend zufrieden. Aber unter allem lag ein Polster. Manchmal schämte sie sich deswegen. Am Anfang des Sommers, als sie mit dem Zug zur Farm der

Wiggins hinausgefahren war, war sie an der North Station vorbeigekommen, wo die Landstreicher rußverschmiert an den Schienen lagen, mit Mützen auf dem Kopf und schwarzen Zähnen; einige waren wie verpuppte Insekten in Decken gewickelt, einige schliefen, und Lilian hatte sich gefragt, warum sie da lebte, wo sie eben lebte, und nicht dort.

Der Ball prallte gegen das Netz. Gilbert schien es nichts auszumachen, daß sie verloren. Cap jedoch, der trotz der typischen Zurückhaltung des Nordstaatlers an Wahlen und Siege gewöhnt war, biß die Zähne zusammen und knallte seine weit ausgeholten Aufschläge ins Netz. Ihre Gegner blieben hart und nickten sich knapp zu. Hin und wieder rief der Vater seinem Sohn einen kurzen Befehl zu.

Lilians Blick folgte dem Schmetterling, der schon weit weg war, ein heller, auf und ab tanzender Fleck, der sich im einen Moment von den Kiefern abhob und im nächsten mit dem weißen Himmel verschmolz. Sie hatte so etwas schon des öfteren erlebt, Dinge, die sie in ihren Bann zogen, ablenkten, quälten, letztlich aber zu zerbrechlich waren, als daß man sie hätte festhalten können. Es lag lange zurück, daß etwas sie auf diese Weise verzaubert hatte. Welch ein Gedanke! Ich bin vielleicht eine nachdenkliche Frau, aber keine Träumerin.

An diesem Nachmittag kaufte sie Porter an Victors Stand ein Eis und setzte sich dann mit ihm auf die Mauer beim Gedenkbrunnen. Der alte Mr. Lamont, für den gewöhnlich alle Frauen gleich aussahen, sagte ihr im

Vorbeigehen, daß sie heute traumhaft aussehe. Ihre sonnengebräunte Haut hob sich von ihrem weißen Kleid ab. Als sie sich später in der Bücherei ein Buch holte, schien sogar Clara Biggs, die nicht zu oberflächlichen Floskeln neigte, ehrlich überrascht, wie sehr Lilian sich seit dem vorigen Sommer verändert hatte. Es war merkwürdig, daß alle glaubten, das gute Aussehen komme vom Glück, wo doch ebensogut das Gegenteil der Fall sein konnte. Leid läutert, pflegte Tante Tizzy zu sagen. Eine starke Empfindung läßt einen Menschen lebendig wirken.

Am Abend waren sie bei den Sears zu einer Cocktailparty eingeladen, und Lilian schüttelte dem Mann die Hand, der ihren Gatten beim Tennis geschlagen hatte.

Sein Name war Hugh Poor. Er war groß und hatte eine Halbglatze, eine feine Nase und ein von der Sonne gerötetes Gesicht. Er sprach mit leichtem englischem Akzent, wie jemand, der lange im Ausland gelebt hat. Ich habe gehört, Sie sind eine alte Freundin meines Vetters Walter, sagte er.

Lilian konnte sich an niemanden mit diesem Namen erinnern.

Walter Vail, sagte der Mann.

Oh, sagte sie. Das hörte sich gut an, *eine alte Freundin von Walter Vail*. Das liegt lange zurück. Sie sind sein Vetter?

Meine Mutter war eine Vail, sagte er und sah sie durchdringend an.

Und wie geht es – ?

Gilbert näherte sich mit der interessierten Miene, die er immer aufsetzte, wenn er nach Hause wollte.

Hugh ist Walter Vails Vetter, sagte Lilian mit merkwürdig hoher Stimme. Gilbert hatte schon in der Zeit vor seiner Verlobung mit ihr von Walter Vail gehört.

Sie kennen Walter? sagte Hugh Poor.

Kann ich nicht behaupten, sagte Gilbert.

Jedenfalls kommt er übermorgen, sagte Hugh Poor.

Hierher? sagte Lilian.

Genau, sagte Hugh Poor, keineswegs überrascht. Er trifft sich mit ein paar Freunden, die ein prächtiges Boot besitzen, und dann fahren sie weiter die Küste hinauf, nach Dark Harbor, glaube ich.

Gilbert gab das Zeichen zum Aufbruch.

War schön, Sie kennenzulernen, Hugh, sagte Lilian.

Tschüs, sagte er und lächelte. Ein Lächeln verpflichtete ja zu nichts.

Als sie ins Auto stiegen, sagte Lilian: Ich glaube mich zu erinnern, daß es einmal eine Zeit gab, wo die Erwähnung von Walter Vails Namen eine gewisse Reaktion bei dir ausgelöst hat. Sie versuchte es vergeblich mit dem neckischen Ton, den Arthur immer anschlug.

Da war ich noch jung und töricht, sagte Gilbert. Später fragte er, als gebe er ein Versäumnis zu: Was ist denn los?

Nichts.

Wahrscheinlich hat dich der Gedanke erschreckt, daß die Mädchen nicht da sind.

Sicher hast du recht, sagte sie.

Am Montagmorgen fuhr Porter mit seinem Vater nach Boston, um seine Tante Tizzy zu treffen, die ihn zur Pony-Show mitnehmen wollte. Sie würden am darauffolgenden Wochenende zurückkommen, wenn Gilbert wieder zurückfuhr. Die Mädchen blieben noch ein paar Tage in Camden. Und so kam es, daß Lilian Finch, als Walter Vail am nächsten Abend – einem stürmischen Augustabend – auf der Insel eintraf, ganz allein war.

—— VI ——
Tante Tizzy

49.

Auf den Verandastufen

Er suchte sie erst auf, als er schon einen Tag und eine Nacht dagewesen war.

Da sie allein war, hatte sie den ganzen Vormittag im Dachgeschoß verbracht und sich einen Weg durch die Spinnweben gebahnt. Als sie gebückt an einer Dachgaube vorbeiwollte, sah sie ihn in aufrechter Haltung, ohne mit den Armen zu schwingen, den Rasen überqueren. Sie stand ganz still und hielt einen alten leinenen Kissenüberzug umklammert. Sie hatte gehofft, ihn kurz zu sehen, und vielleicht reichte das hier schon, denn vor mehr schreckte sie zurück. Dann richtete sie sich doch auf und ging nach unten. Während sie die Treppe hinunterstieg, setzte sie eine gelassene Miene auf.

Du bist also doch da, sagte er mit breitem Lächeln, während er die Verandastufen heraufkam. Er streckte die Arme aus und drückte Lilian kurz an sich, nicht direkt verlegen, aber irgendwie steif, wie er sie so als alte Freundin begrüßte – und das war sie doch jetzt, oder?

Ich hab schon gehört, daß du kommst, sagte sie, anfangs außerstande, ihn anzusehen. Sie traten in die Sonne hinaus, plauderten fröhlich und erzählten einander das Neueste von ihren Familien. Er war dünner geworden, nicht korpulenter, wie sie es sich oft vorgestellt hatte, trug einen guten Haarschnitt und die gleiche Hemdensorte wie Gilbert, mit einem weichen Tenniskragen. Seine Augen wirkten älter, aber ansonsten hatte er sich kaum verändert. Das sagte sie ihm auch.

Ich wollte dich eigentlich entführen, sagte er in der alten vertrauten Art. Wir machen heute einen Segelausflug.

Oh, sagte sie. Wann geht's denn los? Sie wollte den Eindruck erwecken, sie habe Wichtigeres vor.

Komm schon, sagte er, ihre Pose ignorierend. Wir fahren in einer halben Stunde. Ich wollte dich abholen. Er begann, die Verandastufen hinabzusteigen.

Na gut, sagte sie und gab die Verstellung auf. Sie brauchte noch ein paar Sachen und würde ihn unten an der Landungsbrücke treffen. Dann stürzte sie ins Haus zurück, zögerte, welchen Pullover sie mitnehmen sollte, zog andere Schuhe an und schnappte sich ihren einzigen Hut.

Die *When and If* war ein schönes hellgraues Boot mit einem messingbeschlagenen Steuer, einer riesigen Spiere und eleganten Leuten an Deck.

Tut mir leid, daß dein Mann nicht da ist, sagte Walter Vail, und Lilian fiel auf, daß sie sich zwar die ganze Zeit über die Kinder, den Ruhestand ihres Vaters und den schlechten Gesundheitszustand seiner Mutter unterhalten hatten, nicht jedoch über ihre Ehen. Aber schließlich lebten Walter Vail und Gilbert Finch in verschiedenen Welten.

Kaum waren sie losgefahren, zog sich Walter Vail zum Schandeck zurück und ließ Lilian mit seinen Freunden allein. Es waren lebhafte Menschen, die sich mehr über Weltereignisse als über Dinnerparties unterhielten. Ein Paar war gerade in Europa gewesen. Einer der Männer hatte einen Filmstar kennengelernt und erzählte eine amüsante Anekdote. Als sie sich Walter Vail im Cockpit gegenübersetzte und das Haar zurückstrich, das ihr der Wind ins Gesicht blies, merkte sie, wie wenig seine Gegenwart sie berührte. Sie hatte jetzt ein dickeres Fell als früher, und die Person, die darin steckte, war nicht mehr so ungeschützt. Klar, dachte sie, ich bin jetzt eine verheiratete Frau mit drei Kindern, natürlich denke ich nicht mehr in der gleichen Weise an ihn. Er war genauso charmant wie früher und zog lebhaft die Augenbrauen hoch, wenn er sie etwas fragte. Er lehnte sich zurück, hielt das Gesicht in den Wind und beugte sich dann abrupt vor, um Lilian vor einem Tau zu retten, das gerade hochgewunden wurde. Da seine Freunde sie wie eine Lokalhistorikerin behandelten und sie über die Insel ausfragten, präsentierte sie ihnen die etwas verworrenen Fakten, die sie so oft von ihrem Vater gehört hatte. An einer Stelle erwähnte sie ihren Mädchennamen, worauf sich der Bursche in dem gestreiften Hemd, der den Filmstar kennengelernt hatte, erkundigte, ob sie mit einem gewissen Arthur Eliot verwandt sei.

Er ist sogar mein Bruder, sagte Lilian und reckte das Eliotsche Kinn vor.

Na so was, sagte der Mann gleichgültig. Und außerdem ist er ein Gauner.

Gerald! sagte eine der Frauen.

Ich bin mir sicher, daß das für Mrs. Finch keine Überraschung ist, sagte Gerald.

Ich weiß nicht, was Sie meinen, murmelte Lilian.

Oh, Ihr Bruder ist furchtbar nett zu einem, leiht sich Geld und, tja, verläßt dann die Stadt. Er sagte das mit einer gewissen Resignation. Wußten Sie das nicht?

Lilian schwieg.

Das reicht jetzt, Gerry, sagte die katzenartige, in eine Decke gehüllte Frau. Sie hatte eine tiefe, drohende Stimme. Es ist wirklich ermüdend.

Du weißt ja gar nicht, wie ermüdend, sagte Gerald. Aber Ihnen mache ich natürlich keinen Vorwurf, Mrs. Finch. Ich hoffe, es hat nicht so auf Sie gewirkt.

Die Frau stand auf und ging zum Bug.

Mein Gott, jetzt schmollt sie. Da krieche ich lieber schnell zu Kreuze. Er sah Lilian über die Schulter an. Bitte entschuldigen Sie mich, sagte er kühl.

Zuerst blickte Lilian nicht in Walter Vails Richtung, und als sie es dann tat, schien es ihr, als habe er den Wortwechsel gar nicht mitbekommen. Wie fremd er ihr doch in Wirklichkeit war, trotz der persönlichen Dinge zwischen ihnen. Es war, als betrachte er die Rolle eines alten Freundes als Pflicht. Lilian fragte sich, warum ihm überhaupt etwas daran lag.

An diesem Abend drängte Walter Vail sie, mit bei den Amorys zu essen, und sie folgte der Einladung. Sie saß neben Hugh Poor und hörte sich Geschichten aus England an, wo er zur Schule gegangen war. Sie war dankbar, daß dieser Gerald und die Leute vom Boot nirgends zu sehen waren. Arthurs bisher letztes Lebenszeichen war ein gereizter Anruf an Weihnachten gewesen – er hatte um ein Darlehen gebeten –, und was Gerald über Arthurs Leben gesagt hatte, klang auf unheimliche Weise realistisch. Sie hatte Angst, noch mehr darüber zu erfahren. Sie klammerte sich an ihre Vorstellung, Arthur sei anders als die anderen und ganz besonders begabt, und wollte nicht einen Menschen in ihm sehen, der keine Bewunderung verdiente.

Walter Vail neigte sein Ohr den größten Teil des Abends der alten Mrs. Amory zu, die ebensoviel über die New Yorker wie über die Bostoner Gesellschaft wußte. Elsie McDonnell saß auf der anderen Seite, ganz sich selbst überlassen.

Als der Zeitpunkt des Aufbruchs kam, verabschiedete sich Lilian von den anderen Gästen, und Walter Vail sprang aus einem Korbsessel, als komme es ihm eben erst in den Sinn, sich um sie zu kümmern. Er war ein äußerst merkwürdiger Bursche, fand Lilian.

Ich begleite dich, sagte er.

Ach, es ist doch ganz nah.

Die Luft würde mir guttun, sagte er und öffnete die Tür.

Sie kannte ihn kaum, aber doch lange genug, daß sie sich an ihre anderen Begegnungen erinnern und sie mit dieser hier vergleichen konnte. Jetzt gingen sie auf einer sommerlichen, vom nächtlichen Laub verschatteten Straße, nicht auf ansteigenden, vom Schneefall erhellten Stadtstraßen. Es war eine andere Art von Stille. Der dunkle, wolkenverhangene Himmel Maines unterschied sich von dem, den die Lichter des Common mit einem rosa Schein überzogen. Sie liefen mitten auf der Straße und spürten den noch warmen Teer durch ihre Schuhsohlen. Wie früher stellte Walter Vail allgemeine Fragen – was aus Lilians Bostoner Freunden geworden sei, wie sie sich hier auf der Insel amüsierten, mit wem sie sich traf. Neuigkeiten über sich selbst behandelte er als etwas vollkommen Uninteressantes, darum erfuhr Lilian nur wenig über seine Lebensumstände. Sie sagte, sie habe im Lauf der Jahre immer wieder von ihm gehört, vom Tod seiner Frau – dazu nickte er nur, und sein dunkles Profil zog sich um die Mundpartie herum zusammen – und daß er wieder geheiratet habe. Das ist jetzt auch vorbei, sagte er.

Beim Haus angelangt, blieben sie an der Treppe der Seitenveranda stehen. Alle Fenster waren dunkel, aber irgend etwas Helles vom Hafen her oder die Sterne hinter den Wolken gaben genug Licht. Er stellte ihr Fragen nach dem Haus, bewunderte die Dachrinnen, und sie erzählte, daß sie es nach Sallys Geburt gekauft hätten, als das oberhalb der Bucht gelegene Haus ihrer Eltern für so viele Bewohner zu klein geworden sei. Sie setzten sich auf die Stufen und blickten auf den Garten. Lilian erzählte ihm von Irene Putnam und ihrem Verschwinden. Walter Vails vorgeneigtes Gesicht nahm einen mitfühlenden Ausdruck an und zuckte wie in Erwartung eines Schlags.

Es ist schwer, den Verlust von ..., begann er, verlor aber wieder den Faden.

In diesem Moment standen Lilian sehr deutlich, wie dunkle Vögel auf dem Rasen, all die Verluste vor Augen, die sie seit ihrer letzten Begegnung mit Walter Vail erlitten hatte – Irene Putnam, dann Hildy, die gestorben war, nachdem sie monatelang keuchend auf einer eisernen Bettstatt gelegen hatte, und viele Jahre davor die Jungen, die nicht zurückgekommen waren. Lilian erzählte ihm von Forrey Cooper und dem Gedenkbrunnen in der Stadt. Er sagte, ein Freund von ihm sei nicht mehr aus dem Schwarzwald zurückgekommen. Während er auf die üppigen Himbeersträucher am Rand des Gartens starrte, streckte Walter Vail die Hand aus und legte sie auf Lilians Hand, die wie ein vergessener beiger Handschuh auf der Stufe lag. Während er weiterredete, ließ er seine Hand dort, umschloß Lilians Finger, verstärkte den Druck und redete weiter, ohne Bezug auf das, was seine Hand gerade tat. Er umschloß ihre Hand immer fester, und jetzt hatte Lilian das Gefühl, ihn wieder zu kennen. Er selbst kehrte zurück. Und nicht nur er, sondern auch sie. Sie spürte die Luft auf ihrem Gesicht.

Ihr normaler Alltag fiel von ihr ab, rollte über den Rasen davon, ließ ihn hinter sich, fiel über den Rand der Steilküste und ließ sie und Walter Vail allein auf der Welt zurück. Der Raum um sie schien völlig ausgefüllt. Ihre Unterhaltung wurde herzlicher, unbefangener, und sie blieben noch lange auf den Stufen sitzen. Als sie schließlich aufstanden und ins Haus gingen, bildeten sie einen hellen Umriß mit zwei Köpfen, und es war schon recht spät geworden.

Am Morgen war Walter Vail verschwunden.

50.

Der Flügel

Darauf also, dachte sie, läuft mein Leben hinaus: daß es winzige Partikel gibt, in die ich meine intensivsten Gefühle packe, daß die Momente mit diesem unberechenbaren Mann, der dann und wann in meinem Leben auftaucht, mehr Kraft besitzen sollen als all die Zeit mit meinem Ehemann. Natürlich wußte sie, daß die Gefahr ihre Empfindungen noch verstärkte, aber dieses Wissen schwächte sie keineswegs ab. Sie verachtete sich. Ich habe doch nie zu diesen törichten Leuten gehört, die romantische Ideen im Kopf haben. Alle würden bestätigen, daß ich mit beiden Beinen auf der Erde stehe; ich bin immer eine vernünftige Frau gewesen. Aber dann gab sie sich wieder ihren Träumereien hin.

In ihrem Inneren existierte jetzt ein extra Zimmer, ein abgeteilter Flügel mit einem Sofa und einem Fenster, vor dem ein Baum stand. Dort bewahrte sie ihre gemeinsame Zeit auf; wenn es kalt war, wärmte sie sich an dem Feuer, das im Kamin flackerte, und wenn es stickig war, stand sie am offenen Fenster, sah auf die hügelige Landschaft hinaus und spürte den frischen Wind. Es war ihr gemeinsamer Raum, hier geriet sie ins Träumen.

War es unrecht, daran festzuhalten? Was sollte es jetzt noch schaden? dachte sie.

Sie saß im Unterrock vor ihrer Frisierkommode und zog ihre Haarnadeln heraus. Das Haar fiel ihr auf die Schultern, glitt über ihre Haut. Als sie es aufbauschte, duftete es nach Shampoo. Sie betrachtete ihr Gesicht von allen Seiten im Spiegel, dann richtete sie sich auf und drehte ihren Körper, um seine Linien zu betrachten.

Du solltest die Kinder öfter mal wegschicken, sagte Gilbert. Er war zurückgekehrt, erschöpft von seinem einwöchigen Aufenthalt in der Stadt, und seine Bemerkung bezog sich auf ihre gehobene Stimmung. Sie zogen sich zum Abendessen um, und als er an ihr vorbeischlurfte, tätschelte er ihre Hand. Sie ergriff sogleich die Gelegenheit, das Getätschel dieser Hand mit dem Druck einer anderen zu vergleichen. Dann machten ihre Gedanken plötzlich einen seltsamen Schwenk zurück, und sie erinnerte sich, daß auch Gilbert Finch einst ihre Hand gedrückt hatte, als sie durch Schottland gefahren waren und das Laub verschwommen am Fenster vorbeigehuscht war, und plötzlich lösten sich die ordentlich abgehefteten Gefühle im Chaos auf. Sie bürstete energisch ihr Haar.

Jetzt, wo die Kinder wieder da waren, ging das Leben weiter wie gewohnt – mit Tennisstunden, Picknicks am Molly's River und Segelnachmittagen auf dem Boot der Ives. Und Lilian hing auch in den folgenden Wochen ihren Tagträumen nach.

Gilbert Finch blieb weiterhin an seinem gewohnten Platz, ruhig und unveränderlich, mit seiner Umgebung verschmelzend. Er war da und wurde auch wahrgenommen, aber zwischendurch schien er sich aufzulösen. Manchmal hatte Lilian den Eindruck, mit einem Geist verheiratet zu sein.

Jeden Abend erntete er im Garten Radieschen, machte in der kühlen, nach Gas riechenden Küche weiße Schnitte in die rosarote Haut, hackte Eis von einem Block und arrangierte das Ganze in einer Schüssel. Er setzte sich draußen in einen grünen Lattenstuhl auf der Veranda, einen Drink in Reichweite, und las sein Buch. Durch die Kiefern konnte man die Nachbarn auf dem Tennisplatz hören, das dumpfe Geräusch, wenn der Ball auftraf. Dann wurde er von den Kindern unterbrochen. Fay fragte ihn von der Fliegendrahttür her, wo Anna denn mit Sally hingegangen sei. Er wußte es nicht. Ob er sie gesehen habe? Nein, in letzter Zeit nicht. Eigentlich hätten sie doch zu den Cobbs gehen wollen, sagte Fay mit der Wut einer Zehnjährigen. Er sagte, er wisse nichts von den Cobbs, und steckte sich ein Radieschen in den Mund. Fay stampfte mit dem Fuß auf. Pa, sagte sie. Als er sie anschaute, sah er eine in Falten gelegte Stirn. Warum waren die Frauen um ihn herum nur ständig besorgt? Er hätte sich so gewünscht, daß sie ihn in Ruhe ließen. Er konnte ja nie etwas tun. Er selbst sah das ganz klar, warum sahen sie es nicht auch?

Sie zogen nach Boston zurück, und der Herbst begann. Wieder von gelbem Laub und Dauerregen umgeben, spürte Lilian, daß die leidenschaftliche Erinnerung verblaßte und die Konstruktion ihres abgesonderten Flügels ins Wanken geriet. Manchmal war es sogar schwierig, hineinzugelangen – als sei die Flurbeleuchtung kaputtgegangen oder die Tür versperrt. Oder manchmal kam ihr, wenn sie dort war, alles kleiner vor, die Decke niedriger, die Luft beklemmend.

Sie hatte nichts von ihm gehört.

Eigentlich erwartete sie keinen Brief, aber irgend etwas Unvernünftiges in ihr tat es manchmal doch, und dann litt sie als ganzer Mensch. Sie erlebte von neuem die Qualen, die sie schon vor Jahren durchgemacht hatte, und es demütigte sie, daß sich alles wiederholte. Ein einziger Brief hätte genügt, um sie zu beschwichtigen. Das war doch nicht zuviel verlangt! Und doch wurde sie sich plötzlich erschrocken bewußt, daß sie um etwas bat.

Von Zukunft war nie die Rede gewesen. Er hatte nichts gesagt – es war absurd, auch nur daran zu denken –, und selbst wenn er etwas gesagt hätte, waren da immer noch ihre Kinder und ihre Ehe mit Gilbert.

Die Unzufriedenheit begann die Erinnerung zu verändern, der helle Raum wurde dunkler: Es herrschte ein seltsames glänzendes Licht, draußen grollte der Donner, die Vorhänge wirkten schmutzig, und das Feuer blakte lustlos vor sich hin.

Sie ging ebenso häufig aus wie üblich, entschlossen, daß sich nach außen hin nichts ändern sollte. Bei mehreren Besuchen fühlte sie sich zu der alten Mrs. Amory hingezogen, einfach nur deshalb, weil Walter Vail an jenem Abend auf der Insel so vertraut mit ihr zusammengesessen hatte. Sie begann voller Interesse, Bücher über Architektur zu lesen.

Im Lauf der folgenden Monate, und dann der folgenden Jahre, hörte sie Neuigkeiten – Gerüchte, Fakten, sie war sich nie sicher: er lebte in New York, er hatte eine Wohnung in London gemietet, er hatte sich mit seiner Ehefrau versöhnt, er war mit einem Mädchen aus Minnesota verlobt. Aber was lag schon daran? Lilian wußte, was sie zu tun hatte, sie hatte es schon einmal getan.

Das Feuer in dem abgesonderten Flügel kühlte im Lauf der Monate und schließlich Jahre ab, ausgelöscht durch Vernunft, Groll und Resignation. Der Fußboden klang hohl. Schließlich wurde es ein Ort des Kummers, und nach einer Weile ging sie gar nicht mehr hin.

51.

Der schwarze Hund

Es war Herbst, Ende Oktober, und das Haus in der Curtis Road lag in einem Meer aus Laub. Mr. Eliot brach wie jeden Sonntag nach dem Lunch zu seinem gewohnten Spaziergang auf und ließ Mrs. Eliot bei ihrer Handarbeit und ihrem Sherry allein.

Er ging über den knirschenden Kiesweg und bog auf den von gelben Baumwipfeln überwölbten Pfad zwischen den Grundstücken der Nathans und der Colchesters, wobei er Laub aus dem Weg kickte und an die Radiosendung dachte, die er sich am Abend anhören wollte. Ein Vogel mit einem Streifen auf dem Rücken flog steigend und sinkend vorbei. Sein Schwiegersohn hatte ihm beigebracht, es handle sich um einen gelbschwänzigen Goldspecht. Die Kinder wurden immer ganz aufgeregt, wenn sie Fasane sahen, und Mr. Eliot erklärte dann gern, daß sie nicht aus Amerika stammten – auch er wußte einiges über Vögel –, sondern aus Asien herübergebracht worden waren. Er erinnerte sich an einen Vorfall, als sein kleiner Enkel Porter hinter einem Fasan hergejagt und wie ein wildes Tier in den Wald gerannt war, und dann wurde ihm schlagartig klar, daß es ja gar nicht Porter gewesen war, sondern sein eigener Sohn Arthur, vor über dreißig Jahren. Sein wirres Gedächtnis beunruhigte ihn, und er war froh, daß er diese Erinnerung eben nicht laut geäußert hatte.

Er schüttelte den Gedanken ab. Das letzte Mal, daß er von Arthur gehört hatte, mußte, oh, wohl schon drei Jahre zurückliegen. Margaret hatte eine Geburtstagskarte aus Florida erhalten, und ein paar Tage später kam der Brief mit der Bitte um Geld. Er hatte Arthur einen Teil des Geforderten geschickt und seitdem nichts mehr von ihm gehört.

Zwischen scharf konturierten Wolken sah man blauen Himmel; das Licht veränderte sich, wenn die Sonne herunterblitzte, alles mit Mustern überzog und wieder verblaßte, wenn sich eine Wolke davorschob. Als Mr. Eliot merkte, daß sein Gürtel ein wenig spannte, bedauerte er, daß er nicht auf Rosas Brotpudding verzichtet hatte.

Früher hatte ihn Mrs. Eliot auf diesen Spaziergängen begleitet, vor allem als dann die Kinder aus dem Haus waren, aber in letzter Zeit litt sie mehr unter der Kälte und mußte mit ihren eingerosteten Gelenken im Haus bleiben. Er hatte es seit Jahren nicht geschafft, sie zu überreden, und eigentlich ging er auch gern allein.

Zwischen den ausgedünnten Bäumen hindurch konnte er den terrassenförmig angelegten Garten der Colchesters sehen. Es sah nicht aus, als sei jemand daheim. Die Rosenbüsche waren mit Sackleinen umhüllt und die Beete mit Heu beschichtet, bereit für den ersten Frost.

Mr. Eliot trug seine guten Hosen – er zog sich sonntags zum Mittagessen immer um –, aber noch die alte Jacke von Abercrombie's, die er jeden Herbst trug. Mit gerunzelter Stirn und dem tiefen Mitleid, das sie speziell für Kleidungsstücke reservierte, hatte Margaret ihn darauf hingewiesen, daß die Jacke am Kragen auszufransen begann. Mr. Eliot sagte, es gefalle ihm so.

Er überquerte die Straße und folgte dem Pfad, der zum Haus der Olneys führte. Eine Gruppe von Leuten kam ihm aus der anderen Richtung entgegen – es waren wohl einige der Fenwick-Kinder, der Junge sah genauso aus wie Diana. Er nickte; nie konnte er sich ihre Namen merken. Hallo, Mr. Eliot, sagte eins der Mädchen, das ein Baby auf dem Arm trug. War das Lilians Freundin? Nein, sie war größer gewesen, dachte er, und erinnerte sich merkwürdigerweise daran, daß Lilian dort diesen unangenehmen Burschen kennengelernt hatte, der im Krieg gefallen war, oder? Lilian hatte das damals sehr schwer genommen. Margaret war sogar besorgt gewesen, ob sie überhaupt darüber hinwegkommen würde, aber natürlich kam sie darüber hinweg. Seine drei Finch-Enkel waren der Beweis dafür. Seltsam, was einem für komische Gedanken durch den Kopf gingen.

Am ansteigenden Ufer des Olneyschen Teichs hatte sich eine große Schar kanadischer Gänse versammelt. Auf der anderen Seite sah er die Schwäne, weiße Bögen im Schatten, und gerade als er das Ende des Pfades erreicht hatte, stieß ein Wildentenpärchen herab. Das mußte er Margaret erzählen: Die Wildenten waren noch da.

Rauch stieg aus dem Kamin der Olneys. Als er hinterm Haus vorbeiging, sah er Ellen Olney aus dem Küchenfenster winken. Sie steckte den Kopf durch die Hintertür.

Sagen Sie Margaret, daß ich ihr Buch habe! rief sie mit hoher Stimme. Seit Trip Olneys Tod war Ellen Olney redseliger geworden.

Mach ich, rief er zurück und setzte seinen Weg fort, ohne sich dem Haus zu nähern. Es verblüffte ihn, wie leise, wie schwach seine Worte in der dünnen Luft klangen.

Durch die weißen, torlosen Pfosten betrat er dichteren Wald. Es war dunkel zwischen den Bäumen, es mußte später sein, als er gedacht hatte. Einen Moment lang kam die Sonne heraus, und es war, wie wenn in einer Kathedrale das Licht durch die hohen Fenster fällt und rautenförmige Muster auf den Fußboden wirft. Überall kreuzten sich Schatten, dünne Schwerter. Wenn sie Kirchen in Frankreich besucht hatten, hatte es Margaret immer gestört, daß die Gräber ungeschützt in den Boden eingelassen waren, so daß die Leute darübergingen und mit der Zeit den Stein abschliffen – respektlos, wie sie sagte. Er hörte das Summen des Verkehrs draußen auf dem Highway und dachte daran, wie still diese Wälder einst gewesen waren, man hatte nur zwitschernde Vögel und knarrende Baumstämme gehört. Der Pfad machte eine Kurve und führte bergab, und während er ihm folgte, verstummte das Summen allmählich. Statt daß ihn der Unterschied befriedigt hätte, setzte er seinem Ärger nur noch die Krone auf.

Er kam auf der Welch Road heraus. Ein schwarzer

Hund rannte bellend zur Ecke und setzte sein heiseres Gebell fort, als Mr. Eliot vorbeiging. Er hatte den Hund schon einmal gesehen und wußte, daß es nichts ändern würde, wenn er seinen Schritt beschleunigte, also ging er gemächlich weiter. Der Hund stand mit gespreizten Beinen da und schnappte in die Luft. Das hatte nichts mit Mr. Eliot zu tun, er hätte jeden angebellt. Als Mr. Eliot den Berg hinaufging, kam ihm die Steigung steiler vor als sonst. Von hinten näherte sich ein Wagen, kroch in der Dämmerung hinter ihm her, beschleunigte dann etwas und fuhr vorbei.

Wie ärgerlich, diese Autos. Er atmete kürzer, während er weiter den Hang hinaufstieg. Schatten senkten sich auf ihn. Unwillkürlich dachte er an Harry Sprague, der letzten Juli in Longwood am achten Tee umgefallen war. Harry Sprague war jünger als Mr. Eliot und in besserer Verfassung, wie Eliot immer geglaubt hatte. Er hatte sich bei Harry Spragues Tod die winzige Genugtuung erlaubt, daß er ihn überlebt hatte. Harry Sprague war ein alter Freund gewesen und hätte ihm das sicher nicht übelgenommen. Sein Sohn Charlie hatte sich aufs Podium geschleppt und einen Nachruf gesprochen, der alle berührte. Mr. Eliot versuchte, sich Arthur in dieser Rolle vorzustellen, und konnte über diese Idee nur spöttisch lächeln. Arthurs Stärke war die oberflächliche Konversation. Mr. Eliot hatte seinen Sohn absichtlich nicht nach sich selbst benannt, weil er hoffte, dem Jungen dadurch eine gewisse Freiheit zu geben. Das war ihm wohl auch gelungen.

Aber warum dachte er denn solchen Unsinn? Er wurde ein wenig müde, und sein Verstand ließ nach. Das passierte eben, wenn man älter wurde, zumindest behaupteten das diese Idioten doch immer. Wenn er zu Hause war, würde er ein Nickerchen machen und abends nur noch eine Suppe essen. Das viele fette Essen mittags machte ihn schwerfällig, er hätte sich nicht soviel von dieser gelben Soße geben lassen sollen.

Er kam auf der Kuppe an.

Als er bei den Wilsons vorbeiging, bemerkte er ein neues Haus, das über Nacht errichtet worden war. Leinwand flappte gegen das skelettartige Gebilde. Der Boden war aufgegraben, und in den schlammigen Gräben hatte sich Laub angesammelt.

Er bog in die Curtis Road, ihre Straße. Hinter dem Haus der Stockwells hörte er Kinder schreien. Sie spielten wohl im Hellen auf dem Rasen Football. Sicher saß George Stockwell mit einer Decke über den Knien in seinem Rollstuhl auf der Terrasse und sah zu.

Ihm war heiß. Der Schweiß stand ihm auf der Stirn. Als er unter den Kiefern entlangging, war es kühler, hierhin drang nie die Sonne, und dann erreichte er den gebogenen Kiesweg zu ihrem Haus. Er blieb einen Moment stehen und lehnte sich gegen die hohe Ulme. Der Puls hämmerte ihm in den Ohren, und er fühlte sich hundeelend. Da vorn bei den Rhododendren war ihr Klingelschild, ein weißes Schild mit der schwarzen Aufschrift E. M. ELIOT. Obwohl er das Schild schon seit Jahren sah, bemerkte er zum ersten Mal, daß die

Buchstaben wellenförmig verliefen, als seien sie unter Wasser. Er blinzelte. Ließ seine Sehkraft nach? War es möglich, daß er das die ganze Zeit nicht bemerkt hatte? Es ging ihm gar nicht gut. Er wollte sich hinlegen. Er würde sich bis zu seiner Radiosendung auf dem Sofa in der Bibliothek ausstrecken und dann früh zu Bett gehen. Irgend etwas entnervte ihn an diesen Buchstaben und daran, daß er seinen Namen in ungewohnter Schrift sah, und als er langsam auf die schlanken Pfeiler zu beiden Seiten der Eingangstür zuging, zermarterte er sich den Kopf, woran es liegen konnte. Als sich das Licht um ihn herum verdüsterte, spürte er wachsendes Grauen.

Er sah sich plötzlich um, mit dem merkwürdigen Gefühl, verfolgt zu werden. Der Betreffende war schon während des ganzen Spaziergangs dagewesen, hatte sich hinter die Baumstämme geduckt, hinter den Mülltonnen der Olneys versteckt, war durch die Rosensträucher der Colchesters geschlichen. Ein Schauer durchlief ihn. Er erinnerte sich an einen Spaziergang auf der Insel vor langer Zeit, als Arthur plötzlich in den Wald gestürmt und verschwunden war. Ihm fiel bloß nicht mehr ein, warum. Zuerst hatte Mr. Eliot befürchtet, er habe sich verirrt, bis er hinter einem moosigen Felsen ein gestreiftes Söckchen und eine nackte Wade hervorlugen sah. Also hatte er mitgespielt und die knacksenden Zweige und das Blätterrascheln ignoriert. Auf dem Heimweg hatte Mr. Eliot den grünen Pullover und die kleine Gestalt, die durch die Hintertür ins Haus flitzte, geflissentlich übersehen, hatte sich langsam, mit locker herabhängenden Händen dem Haus genähert, war beschwingt den Rasen hinaufgegangen. Und als er die Tür öffnete, stand Arthur da, mit einer leuchtenden Miene der Überraschung und vor Freude aufgerissenen Augen. Daran dachte Mr. Eliot jetzt verwirrt; es war ein so frohes Gesicht gewesen. Dann sah er das enttäuschte Gesicht seines eigenen Vaters, damals, als er den Kühlschrankgriff abgebrochen hatte, und sie mischten sich durcheinander, das strahlende, hoffnungsvolle Gesicht an der Tür und das mürrische Erwachsenengesicht, das ihn ermahnte, verurteilte.

Er blieb stehen, um Atem zu schöpfen, brachte es aber nur zu einem flachen Keuchen. Es schien, als sei dieses Etwas, das ihn verfolgte, nun schon vorausgeschlichen, wie Arthur damals. Diesmal war es selbst ins Haus gegangen: Es befand sich in der Bibliothek, es war unter das Sofa gekrochen, wo Mr. Eliot sich hinlegen wollte. Er beeilte sich nicht. Im Weitergehen hörte er schon das erwartungsvoll keuchende Maul, bereit, ihn zu packen.

52.

Mrs. Eliot wird vermißt

Nach Mr. Eliots Tod engagierte Lilian mehrere Pflegerinnen für Mrs. Eliot. Es war schwer, sie im Zaum zu halten.

An einem Spätnachmittag rief eine der Pflegerinnen mit scharfer, schroffer Stimme an und gab mit jedem ihrer Worte zu verstehen, daß es nicht ihre Schuld sei, sie habe sie um vier Uhr wie üblich im Wohnzimmer zurückgelassen, und als sie zehn Minuten später wiedergekommen sei, habe die Glastür weit offengestanden und Mrs. Eliot sei verschwunden gewesen. Lilian meinte beschwichtigend, sie könne nicht weit gelaufen sein, und sie werde gleich hinüberkommen. Seit Mr. Eliots Tod hielt sich Lilian häufig in Brookline auf.

Als sie in die Curtis Road bog, sah Lilian vor sich in der Dämmerung den hellblauen Pullover ihrer Mutter, die den Hang zu den Pfeilern des Colchester-Hauses hinunterging. Sie stieg aus dem Wagen.

Ma, sagte sie. Sie lief zu der weißhaarigen Gestalt im hellblauen Pullover. Hier im Freien, wo der Himmel sie beide schrumpfen ließ, wirkte Mrs. Eliot plötzlich sehr klein. Sie trug den Kopf zwar aufrecht auf ihren schmalen Schultern, aber ihr Rücken begann sich zu krümmen. Lilian kam sich wie eine Riesin vor.

Mrs. Eliot runzelte die Stirn und stellte abwehrend den Ellbogen aus. Wer ist denn das?

Ich bin's, Ma, Lilian.

Mrs. Eliot schüttelte den Kopf. Ich kenne keine Lilians, sagte sie ungeduldig. Um die Bäume hatte sich die Dunkelheit zusammengezogen, und Mrs. Eliots Haar stand wie ein weißes Taschentuch vom Kopf ab.

Komm ins Haus zurück.

Verlassen Sie sofort mein Grundstück, sagte Mrs. Eliot.

Ma.

In Mrs. Eliots Augen war das Weiße zu sehen, ein vergilbtes Eiercremeweiß, und sie hatte die Arme steif in die Seite gestemmt. Ihr denkt wohl, ihr könnt überall herumlaufen. Das hier ist Privateigentum. Auf ihren Stock gestützt, trippelte sie mit kleinen Schrittchen über den Kies. Leute, sagte sie voller Abscheu.

Das ist ja nicht einmal unsere Einfahrt, sagte Lilian albernerweise.

Ich gehe Agnes besuchen, sagte Mrs. Eliot.

Sie ist nicht da, sagte Lilian.

Mrs. Eliot betrachtete sie interessiert.

Sie sind weg, sagte Lilian.

Agnes Colchester war vor zehn Jahren an perniziöser Anämie gestorben.

Und wer wird die Rosen beschneiden? sagte Mrs. Eliot. Ihr Gärtner macht es nicht richtig. Sie zuckte die Achseln – schließlich war es ja das Problem der Colchesters. Ich denke, ich kann Edward dazu bringen, daß er hilft...

Komm schon, Ma. Lilian nahm ihren Arm. Endete

man schließlich so? Daß man sich um Rosen sorgte, die Toten besuchte...

Als sie die Kieseinfahrt hinaufgingen, begann Mrs. Eliot in unheilvollem Ton zu sprechen. Ist sie da?

Hinter dem schmalen Fenster neben der Tür sah Lilian einen verschwommenen weißen Umriß. Sie hat sich Sorgen um dich gemacht, sagte sie.

Sie ist ein Scheusal, sagte Mrs. Eliot.

Du hast doch gesagt, du magst sie.

Mrs. Eliot preßte die Lippen zusammen und schwieg beharrlich.

Als sie die Tür öffneten, war die Pflegerin da. Sie hatte einen Schnurrbart, und ihre dicken Fesseln steckten in weißen Strümpfen. War das die, die Monica hieß?

Wenn wir das nächste Mal spazierengehen, sagte die Pflegerin, gehen wir zusammen.

Als Lilian ihre Mutter ansah, erwartete sie eigentlich die lang einstudierte geringschätzige Miene und war überrascht, statt dessen ein zerknirschtes Kindergesicht zu sehen, das unterwürfig nickte.

Da es für Rosie schwierig war, die Treppen hinaufzusteigen, hatte man Mrs. Eliots Bett in einen Raum neben der Bibliothek gestellt. Dort starb sie im Schlaf.

Lilian telegraphierte Arthur an verschiedene Adressen und erreichte ihn schließlich in Miami. Er kam einen Tag später als angekündigt, aber noch rechtzeitig zur Beerdigung. Zur Beerdigung ihres Vaters war er ebenfalls gekommen und hatte den Nachruf gehalten, den er vor Ergriffenheit abkürzen mußte. Auch zu Irene Putnams Beisetzung im letzten Frühling war er erschienen. Damals war er noch ein wenig am Grab stehengeblieben, während der Trauerzug wie schwarze Tinte zu den Autos zurückgeströmt war. Lilian hatte gesehen, wie er etwas vom Boden aufhob, einen Kiesel oder ein Blatt, und es in die Tasche steckte. Er sah jedesmal anders aus – einmal trug er eine grelle Krawatte, ein andermal wirkte er elegant und zwielichtig. Bei diesem Besuch trug er stolz ein abgetragenes Kaschmirjackett und ausgetretene Schuhe zur Schau und hätte dringend zum Friseur gemußt. Als Lilian ihn darauf ansprach, erwiderte er, er habe so wenig Haar, daß es kaum darauf ankomme.

Lilian und Arthur gingen durch das Haus in Brookline und besprachen, was mit der Einrichtung geschehen sollte. Arthur sah sich beim Betreten der Zimmer argwöhnisch um, weil er damit rechnete, dem Geist seines Vaters zu begegnen. Seiner erschrockenen Miene nach zu urteilen, sah er ihn vielleicht sogar wirklich. Als Lilian ihn über das Leben in Florida ausfragte, sagte er: Tolles Wetter, und betrachtete das Thema damit als erledigt. Im Lauf seines Besuches erhielt er mehrere Anrufe von Männern mit rauhen Stimmen. Er interessierte sich besonders dafür, wann die Post ankam und abging, schickte mehrere Briefe ab und sah gespannt den täglich ankommenden Poststapel durch.

Den Abend nach Mrs. Eliots Begräbnis verbrachte

Arthur bei den Finchs in der Joy Street. Er mixte sich den zweiten Drink, nachdem er den ersten im Stehen gekippt hatte. Lilian dachte an den Arthur von früher, der aus den Blütenkelchen von Gänseblümchen Kuchen gemacht und ihn ihr auf Steinen serviert hatte.

Die Kinder beobachteten ihn wachsam, weil sie sich nicht mehr an ihn erinnerten – sein letzter Besuch lag Jahre zurück –, aber nach einer halben Stunde kletterten ihm die Mädchen auf den Schoß. Er brachte Fay zum Kichern, was nicht besonders schwer war, und Sally zum Lachen, was allerdings schwer war. Porter stand abseits und starrte ihn neugierig an.

Nach dem Essen saßen Arthur und Gilbert beim Kaminfeuer. Sie unterhielten sich über allgemeine Themen, im höflichen Ton von Männern, die zwar durch eine Frau miteinander in Verbindung stehen, aber ansonsten mangels Gemeinsamkeiten auf keinen Fall zu Freunden bestimmt sind. Lilian setzte sich zu ihnen, und sie sprachen darüber, was mit den Möbeln und dem Haus geschehen sollte. Die Männer waren inzwischen ein bißchen rührselig geworden, was Lilian Arthurs Vorschlag zuschrieb, man solle doch alles versteigern. Sie schlug vor, das Haus in der Curtis Road nicht zu verkaufen, sondern daß sie, Gilbert und die Kinder einziehen und Arthur seinen Anteil auszahlen sollten. Als die Rede auf eine Auszahlung kam, wurden Arthurs Augen ganz klein vor Zufriedenheit, und er nickte, damit sei er völlig einverstanden.

Lilian ließ in der Bibliothek die kastanienbraune Tapete entfernen und im Flur neue Teppiche auslegen, aber die Abwesenheit ihrer Eltern war ihr zu sehr bewußt, als daß sie viel hätte verändern wollen. Die Stiche von den Schiffen blieben stufenweise angeordnet entlang des Treppenaufgangs hängen, und der Copley blieb über dem Kaminsims, wo er gut hinpaßte. Gilberts lederner Barkoffer mit dem abnehmbaren Tablett kam ins Wohnzimmer, und Lilian experimentierte mit der Aufstellung der chinesischen Sofatischchen. Ihr Zitronenbäumchen überlebte den Umzug nicht.

Hin und wieder war es ihr fast, als höre sie die dröhnende Stimme ihres Vaters, und dann schauderte sie mit einer Art innerer Sehnsucht zusammen, oder sie glaubte, den über die Näharbeit gebeugten Kopf ihrer Mutter zu sehen. Der Klang von Perlen, die gegen die Glasplatte ihrer Frisierkommode klickten, beschwor sofort ihre Mutter herauf, und Lilian konnte beinahe den Sherry riechen.

Als das Wetter mild wurde, veranstalteten sie eine Einzugsparty und stellten Kartentische und Stühle hinters Haus, wo für eine chinesische Glyzinie ein neues Spalier errichtet worden war. Die Kinder rannten im Kreis um die Narzissen herum.

Als Lilian eines Tages aus der Kirschbaumholz-Kommode, die der Familie seit Jahren gehörte, einige von den guten Streichhölzern nahm und die kleine Schublade wieder zumachte, schockierte sie der Anblick am Ende ihres Ärmels: Sie sah die Hand ihrer Mutter.

53.

Drinks im Country Club

Auch ich habe nicht die leiseste Ahnung, was du denkst, sagte Gilbert Finch sanft. Wahrscheinlich hängt das damit zusammen, daß man Gedanken nicht hört.

Frag mich doch einfach, dann sage ich's dir, erwiderte Lilian.

Das würde mir nicht im Traum einfallen.

Sie saßen am Glastisch auf der Club-Terrasse mit Blick aufs erste Tee. Lilian trug ihr blaues, weißgeblümtes Kleid, dessen Schulterpolster ihre geraden Schultern noch gerader wirken ließen. Als sie sich an diesem Abend zum Essen umzog, bemerkte sie die graue Spur, die ihren Scheitel säumte. Sie steckte ihr Haar hoch und dachte, daß sie mit neununddreißig durchaus ein paar graue Haare erwarten konnte.

Gilbert nippte an seinem Drink. Wenn sie nicht bald kommen, gehe ich, sagte er.

Weißt du, sagte Lilian, ich glaube nicht, daß sie uns wirklich angekündigt haben.

Warum sind wir dann hier?

Na ja, sie haben ihre Schuldigkeit getan.

Gilbert nickte vage, weil dies die Art von Thema war, über die sich Lilian auf dem laufenden hielt.

Ich glaube nicht, daß uns irgend jemand angekündigt hat, sagte sie.

Sie saßen eine Weile schweigend da.

Aber du kennst ja Marian, sagte Lilian. Hauptsache, sie kann sich amüsieren...

Gilbert machte dem Kellner ein Zeichen. Er nahm sich ein paar Erdnüsse von einem Teller, hielt sie in der Handfläche und schob sie sich einzeln in den Mund. Bald darauf kam sein Drink.

Ich habe noch nie erlebt, daß Dickie Wiggin pünktlich war, sagte er.

Es ist doch nur ein Drink, sagte Lilian.

Ich könnte jetzt daheim sein und mich um meine eigenen Angelegenheiten kümmern.

Lilian tätschelte ihm lächelnd den Arm. Hinter den Bäumen glühte die Sonne hervor. Seit dem Sommer hatte es einige kühle Tage gegeben, aber heute war es wieder warm, und die Luft war vom staubigen Geruch des Laubs erfüllt. Lilian trug ihre Sommerschuhe. Jedenfalls ist es unser Jahrestag, sagte sie.

Gilbert schüttelte die Eiswürfel, damit sie schneller schmolzen. Ja, sagte er, das stimmt.

Ah, da sind sie ja, sagte sie. Meine Güte, Marian sieht aus, als wolle sie auf einen Ball.

Die Wiggins kamen näher und überfluteten Lilian und Gilbert mit raschelnder Naturseide und Crêpe de Chine.

Ich hab ja gewußt, daß du es nicht tust, sagte Marian. Ihr Haar war sorgfältig gelockt. Ich habe Lilian doch gesagt, sie solle sich schön anziehen!

Ich finde sie schön angezogen, sagte Gilbert. Er

schüttelte Dickie Wiggin die Hand und machte ihm ein Kompliment über seine Krawattennadel.

Wir haben gehofft, wir könnten euch überzeugen, zum Essen zu bleiben, sagte Dickie Wiggin.

Tut mir leid, sagte Gilbert, der heutige Abend ist nur für meine Braut und mich reserviert.

Das werden wir ja sehen, sagte Dickie und zwinkerte Lilian zu.

Sie bestellten Drinks und redeten über Cap Sedgwick und die bevorstehende Wahl.

Es wird die Meinung vertreten, daß der Mann auf der Straße sich nicht zum Typus des Brahmanen hingezogen fühlt, sagte Gilbert.

Aber wir sind doch kein Typus, wir sind nicht *wie* irgend etwas, sagte Marian. Jeder Mensch ist doch anders, nicht wahr?

Sag das mal den Amorys und den Cunninghams und Sedgwicks, sagte Dickie und rückte seinen Manschettenknopf zurecht.

Ach, die halten sich doch bloß dafür, sagte Marian.

Ja, und alle glauben ihnen.

Entschuldigt mich einen Moment, murmelte Gilbert. Er erhob sich mit einer Verbeugung.

Wo gehst du denn hin? rief Marian beunruhigt.

Nirgends, wohin mir eine Dame folgen könnte, sagte er und drehte sich um.

Sie warf Dickie einen Blick zu.

Ich leiste dir Gesellschaft, sagte Dickie und stand unschlüssig auf.

Ich komme ganz gut allein zurecht, sagte Gilbert und eilte davon.

Lilian kannte den Grund. Er würde auf einen einsamen Drink an der Bar vorbeischauen.

Dickie setzte sich ziemlich unsicher wieder hin. Marian schüttelte den Kopf, als wolle sie sagen, da kann man nichts machen.

Was gibt's denn, ihr beiden? sagte Lilian.

Marian lächelte mit zusammengekniffenen Augen, fröhlich wie immer. Wir freuen uns einfach, daß wir hier sind, sagte sie. Zwölf Jahre! Und wenn man bedenkt, daß wir dabei waren! Wie geht's den Kindern?

Aber bevor Lilian den Mund aufmachen konnte, gab Marian ihr einen ausführlichen Bericht über den Wiggin-Clan. Gilbert kehrte nicht zurück.

Nach einer ganzen Weile kam er zu dem Grüppchen auf der Terrasse hinausgeeilt, um Lilian zu sagen, Anna sei am Telefon, es sei nichts Wichtiges, nur eine Frage wegen Porters Ohrentropfen. Gilbert begleitete sie zum Empfang, der wie immer unbesetzt war. Beim Telefon am Ende der Theke war ordentlich der Hörer aufgelegt.

Komm, sagte Gilbert. Wir gehen.

Was?

Wir gehen. Nach Hause. Er lief auf den Ausgang zu.

Gilbert!

Er drehte sich mißmutig um. Deine Freundin hat einen Empfang für uns organisiert, stieß er hervor. Er deutete die Lobby hinunter Richtung Tanzsaal. Da schleichen sie sich heimlich hinein – ich hab die Vernons gesehen und Jane und Jack.

Lilian steckte den Kopf zur Tür hinaus und sah einige festlich gekleidete Leute auf die Seiteneingänge zustreben. Sie erkannte Emmett Smith und seine Frau.

Dann können wir nicht weg, sagte sie.

Aber sicher können wir.

Sie wurden durch einen einfältig dreinblickenden Bayard Clark unterbrochen, der sich mit Amy Clark an der Wand vorbeischleichen wollte.

Sie sollten eigentlich nicht hiersein, sagte Amy Clark mit ihrer heiseren Stimme.

Sie auch nicht, erwiderte Gilbert und entfernte sich über den geplätteltem Weg.

Lilian blieb einen Moment stehen. Sie ging zu den Wiggins zurück, die mit besorgter Miene bei ihren Drinks saßen. Sie nahm ihre Tasche.

Gilbert geht es gar nicht gut, sagte sie. Ich fürchte, wir müssen heim.

Aber das könnt ihr nicht! rief Marian. Ihr versteht ja nicht... Wir können's ihr jetzt genausogut sagen, Dickie...

Wir wissen es schon, sagte Lilian. Es ist furchtbar lieb von euch, aber...

Marians Miene wurde starr vor Unglauben.

Ich hab dir ja gesagt, daß das nicht Gilberts Fall ist, meinte Dickie Wiggin.

Tut mir leid, sagte Lilian.

Das ist alles ziemlich – das heißt, wir verstehen es schon, sagte Dickie Wiggin.

Marian war sprachlos. Warum muß er es denn allen anderen auch verderben? sagte sie.

Aber Lilian stürzte bereits davon.

54.

Wiedersehen

Eine Gesellschaft, vor der sich Gilbert Finch allerdings nicht drücken konnte, war die Siegesfeier für Cap Sedgwick im Januar im Copley Plaza. Es war ein knapper Wahlsieg gewesen, aber Cap hatte den Vorteil gehabt, bereits Abgeordneter zu sein. Über dem Ballsaal hing die ferne Drohung des Krieges, und zum Trotz herrschte eine um so festlichere Stimmung. Während das Gespräch die Tschechoslowakei, Hitler und die Schande des Warschauer Treffens streifte, schien niemand ernsthaft zu glauben, daß tatsächlich wieder Kämpfe ausbrechen würden, und man konzentrierte sich auf näherliegende Probleme.

Lilian saß an einem Tisch mit einem kleinen Mittelschmuck aus Nelken und Farnkraut und lernte Gilberts Mitarbeiter kennen. Eine Miss Berry, die kleine Flügel auf ihrer Jacke und ein Orchideen-Ansteckbukett am Handgelenk trug, schwärmte: Ihr Gatte ist der höflichste Mann, den ich kenne.

Er ist ein ruhiger Mensch, sagte ein Mr. Noonan, trifft aber genau ins Schwarze. Lassen Sie sich nicht von ihm hinters Licht führen, er hat mehr Ahnung als wir alle.

Am anderen Ende des Raumes sah Lilian Gilbert, dessen Wangen sich allmählich rosig färbten.

Cap Sedgwick bestieg das Podium, um die von Gilbert aufgesetzte Rede zu lesen. Der langgezogene Yankee-Kiefer und die schräggeschnittenen Augen machten sein Gesicht sympathisch, ein wenig wie das des jungen Abe Lincoln, eine Assoziation, die seinen Wählern durchaus einfiel. Dieser New Deal überzeuge ihn nicht, sagte Cap Sedgwick, aber er werde hinter allem stehen, solange es der Partei nutze.

Danach spielte ein mittelgroßes Orchester mit vager Begeisterung und traf damit genau die Stimmung des Abends. Lilian saß vor einem Teller mit schmelzender roter, weißer und blauer Eiscreme, als Gilbert sie wegen eines Fotos holen kam. Sie lächelte zu ihm auf und blieb sitzen. Sis Sedgwick hatte ihr Barett so aufgesetzt, daß es ein Ohr bedeckte, und trug ein enggeschnittenes Satinkleid. Sie drängte Lilian, sie müsse unbedingt mitkommen, es solle ein Foto von allen gemacht werden, die mitgeholfen hätten. Lilian protestierte, sie habe ja nur ein paar Listen abgeschrieben und an ein paar Tischen gesessen, aber Sis hielt sich die Ohren zu.

Man versammelte sich in der Nähe der goldgerahmten Türen des Ballsaals. Gäste des Copley Plaza, die in der Lobby herumschlenderten, blieben angesichts der festlichen Beleuchtung neugierig stehen. Sie starrten von der Tür aus in den Saal und lächelten, als sie sahen, daß Leute fotografiert wurden. Hinter ihnen eilten zielstrebige Menschen vorbei, die an der marmornen Rezeption Notizen kritzelten, sich mit langen Schritten auf die Suche nach einem Taxi machten oder, voller Sehnsucht nach dem Aufzug, paarweise ins Hotel zurückkehrten, um hier den Abend zu verbringen. Lilian beobachtete sie und wünschte sich, zu ihnen zu gehören. Eine dunkle Gestalt ging hinter den Zuschauern vorbei und warf einen Blick in den Saal, wie jemand, der sich ganz allgemein für seine Umgebung interessiert. Etwas erweckte das besondere Interesse des Mannes; er kam herein, sah zum Kronleuchter hinauf und schien die Stuckdecke zu studieren. Er trug Mantel und Baskenmütze: Es war Walter Vail.

Lilian merkte, daß sie knallrot wurde, und sah schnell weg. Sie hatte schreckliche Angst, seinen Blick auf sich zu lenken. Was tat er denn hier? Zum Glück sah niemand her, da alle vollauf damit beschäftigt waren, die richtige Miene für den Fotografen aufzusetzen. Nach ein paar Blitzen, gefolgt vom Zischen der verglühenden Birne, ging die Gruppe auseinander. Die Leute in der Tür zerstreuten sich. Als Lilian einen Blick in seine Richtung riskierte, sah sie erleichtert, daß er verschwunden war.

Dolly Vernon, die sich mutig für ein Abendkleid mit Goldlitze entschlossen hatte, kam auf sie zu. Sie wirkte beschwipst. Komm mal mit auf die Toilette, sagte sie. Seit es in der Ehe der Vernons kriselte, trank Dolly mehr. Nicht daß es irgend jemandem besonders aufgefallen wäre, aber Lilian wußte Näheres. Dolly hätte Freddie beinahe wegen eines Engländers, den sie bei einer ihrer London-Reisen kennengelernt hatte, verlassen, war aber zum Glück noch rechtzeitig zur Vernunft gekommen. Mehr als alles andere seien es die Gespräche gewesen, sagte Dolly und errötete unwillkürlich. Er habe stundenlang plaudern können. Lilian sagte, sie würde es keinem netten amerikanischen Mädchen wünschen, einen Engländer am Hals zu haben, und Dolly nickte, verzog aber enttäuscht den Mund.

Ich geb mir die Kugel, wenn sie jetzt wieder mit «For He's a Jolly Good Fellow» anfangen, sagte sie.

Sie durchquerten die Lobby. Da es Samstagabend war, wimmelte es dort von Menschen, und die Hotelboys segelten wie Rotkehlchen durch die Halle.

Das ist ja nicht zu fassen, sagte Dolly in sachlichem Ton. Sie eilte auf die Rezeption zu, lehnte sich in ihrem glitzernden Kleid lässig an die Theke und wartete darauf, daß der Mann neben ihr zu schreiben aufhörte und aufschaute.

Noch hätte Lilian sich davonschleichen können, aber da winkte Dolly sie auch schon herüber. Sie saß in der Falle.

Schau mal, wer da ist, sagte Dolly. Jetzt erinnere

ich mich – Madelaine hat mir gesagt, daß Sie kommen –, die Hochzeit Ihres Onkels, stimmt's?

Lilian hatte nichts davon gehört.

Stimmt, sagte Walter Vail. Er sah die Frauen an und
bemühte sich um eine möglichst gelöste Miene. Lilian
merkte, daß es ihn eine gewisse Anstrengung kostete,
und war froh darüber. Und was machen Sie beide hier?
Aber natürlich, hier gehören Sie ja her! Ins Zentrum
von Boston. Er sah Lilian nicht an.

Also bitte, sagte Dolly Vernon. Da käme wohl eher
das Somerset in Frage.

Sie lachten.

Wir feiern unseren Kongreßabgeordneten, sagte
Dolly.

Aha. Er hatte immer noch dieselbe Stimme.

Lilian merkte, daß sie stocksteif geworden war.

Freddie Vernon kam aufgekratzt herüber, Dollys
Pelzmantel über dem Arm. Hinter ihm die Wiggins, die
ihre Mäntel schon anhatten. Wir gehen, sagte Freddie.
Marian Wiggin betrachtete Walter Vail und wartete
darauf, vorgestellt zu werden. Lilian stellte sie einander
murmelnd vor – gerade noch rechtzeitig, daß sie sich
verabschieden konnten.

Versprich mir, daß du mich anrufst! rief Dolly, als sie
sich entfernten.

Dein Onkel in der Lime Street? sagte Lilian, als sie
zusammen zum Ballsaal zurückgingen. Er blieb mit ihr
an der Tür stehen. Sie wand sich die Perlenschlaufe
ihrer Abendtasche um den Finger.

Es ist schön, dich zu sehen, sagte er vertraulich.

Ihr Gesicht blieb unerbittlich.

Ich weiß nicht, ob du damals verstanden hast, warum ich...

Sie sah ihn an, warf einen Blick auf die Palmwedel, hörte zu.

...dir nicht geschrieben habe. Eigentlich wollte ich ja, aber ich dachte...

Die Schlaufe flocht sich zwischen ihren Fingern hindurch.

...dachte, es wäre keine gute Idee...

Sie nickte unerschrocken. Nach dem ersten Schock war sie erleichtert, daß sie keinerlei Angst verspürte. Sie merkte, daß er näher kam, ohne zu wissen, was er damit bezweckte, aber sie würde sich nicht davor fürchten. Sie würde einfach abwarten. Ja, sagte sie, du hattest recht.

Jedenfalls, sagte er und schüttelte die Verzeihung heischende Haltung ab. Ich habe gehofft, dir zu begegnen.

Sie sah ihn an.

Du glaubst mir nicht, sagte er bekümmert, aber ich – ich war einfach – Er entfaltete ein zerknittertes Stück Papier, das von seiner Hand stammte, der Telegrammvordruck. *Mrs. Gilbert P. Finch*, stand darauf, gefolgt von der Adresse in der Joy Street.

Er wußte, wie er sie aus dem Konzept bringen konnte, aber sie war entschlossen, sich nicht herumkriegen zu lassen. Wir wohnen jetzt in Brookline, sagte sie.

Tatsächlich?

Im Haus meiner Eltern. Meine Mutter ist vor einein-
halb Jahren gestorben...

Das tut mir leid, sagte er. Er schaffte es, eine Miene
aufzusetzen, als tue es ihm tatsächlich leid.

Lilian reckte das Kinn vor. Ihr war viel widerfahren,
seit sie ihm das letzte Mal begegnet war.

Ich würde mir schrecklich gern mal das Haus ansehen.

Der Ton, in dem er das sagte, gefiel ihr nicht. Er hatte
sie nun zweimal verlassen, was meinte er mit...? Nein,
es war ganz leicht, hart zu bleiben. Nichts, was er tat,
würde ihr je wieder soviel bedeuten. Aber dieses Tele-
gramm entnervte sie...

Aus irgendeinem Grund dachte sie, wenn sie nein
sagte, würde sie zugeben, daß er immer noch Macht über
sie besaß.

Ruf mich an, sagte sie achselzuckend und hatte wirklich das Gefühl, einen völlig gleichgültigen Eindruck zu
machen.

Das also war der berühmte Walter Vail, sagte Gilbert.
Ich hatte Valentino erwartet.

Es überraschte sie, daß er sich überhaupt noch an
Walter Vail erinnerte. Sie saßen im Wagen, und Lilian
fuhr sie nach Hause, wie immer, wenn sie eine Party
besucht hatten.

Er hat seine Vorzüge, sagte sie. Das hätte sie auch
über jeden anderen Mann gesagt, und sie würde in diesem Fall keine Ausnahme machen. Sie wollte für Walter Vail nie mehr eine Ausnahme machen.

Gilbert, der sonst auf diesen Fahrten meist döste, plauderte schwerfällig darüber, daß er bei Chip Cunningham draußen in Ipswich eine Ross-Gans gesichtet habe. Lilians Gedanken schweiften zu dem Tag auf der Insel zurück. Sie empfand nicht etwa Sehnsucht nach der Zeit mit Walter Vail, darüber war sie so ziemlich hinweg, aber die Begegnung mit ihm hatte sie wieder daran erinnert – Gilbert sagte gerade etwas über den weichen Schnabel einer Waldschnepfe –, und sie wollte einfach prüfen, welche Macht er noch über sie hatte.

Bruchstücke der damaligen Zeit erschienen, schwebten aus dem Dunkel herauf, der Pullover, den er auf dem Verandageländer vergessen hatte, das Abflauen des Winds an jenem Nachmittag, ihr gemeinsamer Spaziergang zwischen den Kiefern hindurch, nachdem sie bei Babbage vor Anker gegangen waren, und schließlich ihr albernes Gespräch über Pilze. Auf dem Heimweg hatte sie ihm den berühmten Torweg vor dem Haus der Lowes gezeigt, und dann der Kuß unter den dunklen Blättern . . .

Paß auf, Lilly! sagte Gilbert.

Oh, ich hab gar nicht gesehen –

Sie hatte das Gefühl, Walter Vail statte ihr einen überraschenden Besuch ab und mustere sie prüfend, wie ein Arzt, der nach irgendeinem Hinweis auf eine vergangene Krankheit sucht, nach Anzeichen eines schleichenden Fiebers. Sie würde dafür sorgen, daß er nichts entdeckte. Sie würde sich nicht wieder an ihn wegwerfen.

Als sie in die gefrorene Kieseinfahrt bogen, erinnerte Lilian sich an den festen Druck seiner Hand, als er ihr gute Nacht gewünscht hatte, und unwillkürlich versteifte sie sich auf diese Erinnerung. Sie sagte sich zwar, sie müsse sich davon befreien, aber statt sie auszulöschen, räumte sie sie nur weg. Sie öffnete eine alte Tür und verstaute sie dahinter.

55.
An Hawthornes Grab

Sie hatte nicht die Absicht, sich von ihm besuchen zu lassen. Wenn er anrief, konnte sie sich ja irgendwie herausreden. Aber er rief nicht an, er betätigte den Messingklopfer an der Tür.

Als sie öffnete, blickte sie in sein schuldbewußtes Gesicht. Walter Vail wußte, wie man auftreten mußte. Ich dachte, du würdest mir nicht erlauben, dich zu besuchen, sagte er. Deshalb bin ich einfach hergekommen.

Lilian befand sich in der ungewohnten Lage, ihn beruhigen zu müssen. Sie hatte ihren Mantel an und wollte gerade weg.

Oh, dann – Er fuhr herum, als höre er ein furchtbares

Gekreische, dann wandte er sich ihr wieder zu. Darf ich mitkommen?

Sie fuhr nach Concord hinaus, wo es eine gute Baumschule gab. Lilian schickte nie den Gärtner hin, da sie ihm bei blühenden Pflanzen nicht über den Weg traute, und außerdem gab es für sie nichts Schöneres, als durch ein großes Treibhaus mit seinem feuchten Geruch nach Erde, Blüten und Blättern zu gehen. Warum sollte sie Walter Vail nicht mitnehmen? Was machte es schon?

Obwohl sie fuhr, war es wie immer Walter Vail, der eine Atmosphäre verbreitete, als dirigiere er sie, als habe er die Welt als Schauspiel für Lilian extra so arrangiert – die flachen Schneewehen neben der Route 2, Licht und Schatten, die sich scharf auf dem Schnee abzeichneten, die kreideweißen Straßen. Es war eine öde Welt. Sie sprachen über Hawthorne und versuchten sich auf den Namen des Friedhofs zu besinnen, auf dem er gemeinsam mit Emerson, Thoreau und Alcott begraben lag. Lilian erinnerte sich, wo der Friedhof lag, da sie ihn einmal im Herbst mit Jane Olney besucht hatte. Damals waren sie auf ein paar Schüler einer nahegelegenen Preparatory School gestoßen, die hinter einem Grabstein rauchten. Sleepy Hollow, das war es.

Sie fuhren am Ende der Main Street in die Stadt mit ihren dichten, von Lattenzäunen umgrenzten quadratischen Häusern im Kolonialstil und dem emporragenden weißen Kirchturm hinein. Es war still in der Stadt, Dienstag nachmittag. Man sah nur wenige Anzeichen von Leben – eine alte Frau, die wie ein C gebückt daherkam, eine jüngere Frau mit Kind, die beide Rumbonbons lutschten. Es war eine Stadt der einsamen Frauen, und gewöhnlich hätte Lilian zu ihnen gehört.

Bei Magneson's gingen sie die Kiesgänge entlang, und Walter Vail schlenderte weiter, während Lilian Geranien mit kleinen Blättern und Knospenbüscheln aussuchte und eine kleinere Palme wegen ihres Stammes einer größeren vorzog. Der Mann in der Öltuchschürze sprach von Walter Vail als von Lilians Ehemann. *Ihr Mann hat gesagt, Sie wollten Hyazinthenzwiebeln.* Das löste ein merkwürdiges Gefühl in ihr aus.

Als sie zum Kreisverkehr an der Kirche zurückfuhren, bog Lilian statt rechts links ab, passierte den Gasthof und fuhr auf Walter Vails Drängen zum Friedhof Sleepy Hollow. Das hohe Eisentor war mit einer Kette verschlossen, aber da man durch einen Spalt hineinkonnte, parkten sie den Wagen an der Straße. Lilian zog ihren Mantel aus und breitete ihn über die Blumen auf dem Rücksitz.

Wirst du nicht frieren? sagte er, obwohl sie darunter noch eine Jacke trug.

Ich spüre die Kälte kaum, sagte sie. Außerdem würden sie sterben, ich aber nicht. Und tatsächlich war ihr in der unbewegten Luft überhaupt nicht kalt.

Sie gingen der gewundenen Straße nach den Berg hinauf, wo die berühmten Gräber lagen. Ihr Atem wehte ihnen übers Gesicht. Sie sprachen über Hawthornes Wunsch, von seinem Erbe in Salem wegzukommen, und stimmten darin überein, daß Concord zwar in geistiger Hinsicht, aber nicht räumlich besonders weit entfernt gewesen war.

Der Grabstein war ein dunkles, unförmiges Ding, ein rundlicher Felsen. Walter Vail umkreiste ihn nachdenklich. Sein Mantel spannte über den breiten Schultern. Als sie ihn so betrachtete, fühlte Lilian sich zu ihm hingezogen und sah schnell weg. Sie wollte diesem Teil von ihm keinen Glauben schenken, begann sich aber daran zu erinnern.

Sie heuchelte Interesse an einer Reihe von schlanken Grabsteinen aus Schiefer mit abgesplitterten Ekken. *Ein vorbildlicher Steinmetz*, stand auf einem davon, *Sam Pitt*. Aus dem Augenwinkel sah sie, wie Walter Vail in die Knie ging, sich zu dem dunklen massigen Felsen vorbeugte und ihn umarmte. Es durchlief sie ein Schauer angesichts dieser seltsamen Grazie, angesichts der Tatsache, daß es so typisch für ihn war, etwas Seltsames so zu tun, als sei es gar nicht seltsam. Tat er es, damit sie es sah?

Sie beschlossen, noch weiter hinaufzugehen. Die Sonne stand tief über den Bäumen der umliegenden Berge, ein breiter orangefarbener Streifen. Lilian sagte, sie habe gehört, er sei wieder verlobt gewesen. Nein, sagte er, das ist nichts für mich. Bekommt mir nicht. Aber er hatte doch geheiratet...? Es schien das richtige zu sein, sagte er mit dem alten Lächeln, als wisse er nicht genau, was er eigentlich meinte. Hab sie wahrscheinlich geliebt. Ja, sagte sie, und warum war er dann –? Er unterbrach sie. Sie ist gestorben, sagte er. Lilian war verwirrt. Aber er hatte doch gesagt... Ach, es war noch eine zweite nötig, um es herauszufinden, aber es ist mir wirklich nicht bekommen. Tut es auch heute noch nicht.

Ob er – ach, wie sollte sie es ausdrücken? – worauf er denn dann hoffe? Oh – die gelangweilte Stimme –, er hoffe, nicht in Schwierigkeiten zu kommen; wolle niemanden mehr verletzen. Das sei doch nicht schön, oder? Liebe? sagte sie desinteressiert. Oh, er schüttelte den Kopf. Auch damit war er fertig, das mußte er ja, oder?

Sie gingen am Rand des Friedhofs entlang, den Berg hinauf.

Aber *dir* bekommt die Ehe, neckte er sie.

Diese Frage stelle ich mir nicht.

So ein starkes Mädchen, sagte er.

Kaum, sagte sie. Er hatte eine Art, etwas Positives in etwas zu verkehren, das man nicht wollte.

Zu stark für mich, sagte er. Das überraschte sie.

Sie wollte es eigentlich gar nicht erwähnen. Sie hatte sich noch nie bei jemandem über Gilbert beklagt.

... um es kurz zu machen, es ist ihm nicht immer gutgegangen, sagte sie.

Kein so schönes Leben für dich, sagte Walter Vail.

Sie kamen zu einer Steinmauer, die über ein Tal voller Baumgestrüpp blickte.

Es ist das Leben, für das ich mich entschieden habe, sagte sie. Kein schlechtes Leben.

Nein?

Er tat es schon wieder, riß alles nieder, warf es weg, als hätte es nie irgend jemandem etwas bedeutet, und ließ einem das, was man für falsch gehalten hatte, plötzlich richtig und in ganz anderem Licht erscheinen.

Und würdest du dich jetzt noch einmal dafür entscheiden?

Sie wagte ihn nicht anzusehen. Es hat keinen Sinn zu fragen, sagte sie und begann zu zittern.

Du frierst ja, sagte er. Nimm meinen Mantel.

Nein, sagte sie. Aber er hatte ihn schon ausgezogen und ihr um die Schultern gelegt. Der Mantel war ganz warm. Sie dachte an den Pullover, den er dagelassen hatte, und daß sie nie davon gesprochen hatten. Nein, sagte sie noch einmal, sinnloserweise.

Walter Vail blickte über die Baumspitzen hinweg. Wenn du dich also einmal für etwas entschieden hast, kannst du es nie mehr ändern? Du kannst nie mehr davon loskommen? Er schien dabei mehr an sich selbst zu denken als an sie.

Früher habe ich das mal geglaubt. Sie reckte die Schultern. Ich habe mich geirrt.

Immer so vernünftig, sagte er.

Sie warf ihm einen wütenden Blick zu. *Immer so vernünftig.* Ein einziges Mal wollte sie nicht die Vernünftige sein. Sie entdeckte etwas anderes in sich. Wollte etwas Neues kennenlernen. Sie hatte es satt, immer diejenige zu sein, die alles zusammenhielt.

Einige Augenblicke später befreite sie sich aus seiner Umarmung.

Es war wie ein Rausch. Als sie später allein war und an ihn dachte, wurde sie fast ohnmächtig.

Sie erinnerte sich an das, was sie schon kannte, und wußte, daß es wieder da war, und als die Erinnerung farbiger wurde, schien ein Wind durch ihr Inneres zu wehen, und ihr fiel wieder ein, wie übervoll und lebendig man sich fühlen konnte, und wie herrlich man alles fand, und als sie sich noch weiter erinnerte, erkannte sie, ohne es so zu empfinden, das Grausame daran: daß das Entzücken auf dieser Welt keinen dauerhaften Platz hatte, wenn überhaupt einen, aber sie ignorierte es einfach. Sie hatte gewaltige Reserven verbraucht, um gegen ihr Gefühl für Walter Vail anzukämpfen, und jetzt, wo er zurückkehrte, warfen ihre Empfindungen sie um. Sie hatte nicht die leiseste Ahnung, was sie tun sollte.

Würde sie noch einmal das gleiche durchmachen? Nein, wenn sie es tat, würde es anders sein. Zwangsläufig. Etwas kann nicht jedesmal gleich verlaufen.

Zu Hause zog sie sich eine Weile ins Gewächshaus zurück und verschränkte ihre behandschuhten Finger in einer nachdenklichen Pose. Sie hätte stundenlang so dasitzen können. Sie kam nicht recht weiter.

Inzwischen verstand sie sowohl ihn als auch sich selbst besser; diesmal würde sie es schaffen. Wie, konnte sie beim besten Willen nicht sagen, aber sie spürte, daß sie es schaffen würde. Diese Überzeugung, die sie nie richtig in Worte faßte und deshalb nie einer Prüfung unterzog, führte sie an den alten vertrauten, hoffnungsvollen Ort zurück, wo Walter Vail sie erstaunte.

Er hatte sie gebeten, mit ins Copley zu kommen. Jetzt gleich, hatte er auf der Rückfahrt von Concord gesagt. Sie hatte ihm das Steuer überlassen, und während sie den schwebenden roten Lichtern nach in die Stadt zurückfuhren, erfüllte ihr Gefühl füreinander den ganzen Wagen. Er sei verrückt, sie könne jetzt unmöglich mitkommen, und sie sei sich nicht sicher, ob sie überhaupt kommen werde. Es sei nicht so einfach. Das waren die Floskeln, die sie ihm gegenüber benutzte, aber in ihrem Inneren ging etwas anderes vor.

Sie dachte an sein Gesicht und war dankbar, daß es keinerlei Triumphgefühl ausdrückte, nein, es wirkte erschöpft und gepeinigt. Wie sehr sie das an ihm liebte! Sie war ihr an jenem ersten Abend im Copley aufgefallen, diese Erschöpfung in den Gesichtern mancher Jungen, die im Krieg gewesen waren. Wieviel Schlimmes muß passiert sein, dachte sie, bis es sich im Gesicht eines Menschen widerspiegelt. Das Leben muß ziemlich über ihn hereingebrochen sein. Am Anfang ist man weich, und wenn man der Welt preisgegeben wird, ist man noch nicht von einer Schale umgeben wie eine Walnuß – das kommt erst im Lauf der Zeit.

Und konnte sich denn ihr eigenes Herz irren, wenn es das so lange empfunden hatte?

Sie stand in jenem alten Flügel – das Sofa befand sich am selben Platz, im Kamin war wieder Glut. Was sie gequält hatte, war aus dem Raum entfernt worden, und daß sie sich wieder darin befand, schien unvermeidlich.

Und er? Sie schien für ihn die Rolle eines Prüfsteins zu spielen, eines Ortes, an den er sich ab und zu begab, um zu empfinden – nun ja, was immer sie in ihm auslöste. Sie wußte es nicht.

Vielleicht konnte er einfach durch sie empfinden. Aber andererseits, dachte sie, war das etwas, was Walter Vail nicht sehr lange genoß.

56.
Die es schon immer gewußt hat

Das hat mir noch nie gefallen, sagte Tante Tizzy mit verstohlenem Lächeln. Ihre Stimme klang heiserer als sonst. Um ihre Schultern lag ein türkisfarbener Seidenschal, und ihre schweren schwarzen Armreifen klirrten gegen die Armlehnen des Rollstuhls. Sie trug einen rosa durchschossenen Morgenmantel; ihre Knie zeichneten sich wie hölzerne Knäufe unter dem Stoff ab. Ihr Haar leuchtete wie eine Flamme in der Sonne.

Nein, sagte Lilian. Sie schlug die Augen nieder, lächelte aber auch.

Schwierige Männer sind immer interessanter, sagte Tante Tizzy und strich ein Streichholz an.

Sie befanden sich im Sonnenzimmer, einer hohen Halle im Maidstone House in Roxbury. Es stand nur eine Gruppe von Sesseln darin, von denen man auf drei große Fenster sah. Hier konnte Tante Tizzy rauchen. Sie hielt ihre Zigarette elegant zwischen den Fingern, als wolle sie sagen, wofür braucht man eine Zigarettenspitze?

Denk mal an Ham Bigelow, einer der faszinierendsten Männer, dem ich je begegnet bin – natürlich schaffte er es nicht mal, eine Verabredung zum Lunch einzuhalten –, aber er gehörte zu jenen Männern, die fest entschlossen sind, sich selbst zu zerstören, was er dann ja auch tat – und all die Frauen zu seinen Füßen! Hat sich in den Mund geschossen. Die arme Winnie hat alles versucht, aber so jemanden kann man nicht retten. Winnie war übrigens eine alte Freundin deines Vaters... Neulich hab ich an deinen Vater gedacht. Ich glaube, der hat nie einen Seitensprung gemacht.

Das schien Tante Tizzy zu überraschen. Aber bei deiner Mutter bin ich mir da nicht so sicher.

Ma? Es war die absurdeste Idee, die Lilian sich vorstellen konnte.

Tante Tizzy zuckte die Achseln, und ihr Blick schweifte zur Seite.

Wie geht's den Hüften heute?

Ein Jammer.

Kann ich irgend etwas –?

Sie tat die Frage mit einer Handbewegung ab. Erzähl mir mehr von diesem jungen Mann. Was wirst du mit ihm anfangen?

Nichts, wieso? sagte Lilian.

Tante Tizzy schnippte die Asche ab, und der Rauch stieg ins Sonnenlicht, das durch die Sprossenfenster fiel. Draußen tropfte der tauende Schnee und hinterließ dunkle Streifen am Haus. Im Flur knackte ein Heizkörper, und irgend etwas rollte auf wackligen Rädern vorbei. Das mußte ja irgendwann passieren, sagte Tante Tizzy.

Was meinst du damit?

Ich kenne dich, seit du auf der Welt bist, Lilian Eliot.

Lilian wurde rot.

Ich hoffe nur, daß es nicht dein Leben zerstört, sagte Tante Tizzy. Manchen Leuten passiert das nämlich.

In diesem Moment hatte Lilian keine Angst vor Zerstörung. Die Zerstörung hatte ihren eigenen Reiz.

Ich hatte nicht vor, ihn zu treffen, sagte Lilian.

Soso. Tante Tizzy nickte.

Nein, ehrlich. Sie war so in Verwirrung geraten, daß sie nicht mehr genau wußte, wieviel davon gelogen war.

Mach's nur. Vielleicht lernst du was daraus. Tante Tizzy verzog das Gesicht, als eine Pflegerin vorbeiging.

Unangenehme Person, sagte sie. Und wie geht's Gilbert?

Er verbringt immer mehr Zeit in Washington mit Cap. Ich fahre manchmal hin.

Interessante Stadt, Washington.

Ja.

Was von Arthur gehört?

Oh, schon eine ganze Weile nicht.

Tante Tizzy nickte, als wisse sie mehr. Ich fand Palm Beach schon immer unerträglich, sagte sie.

Ich mache mir Sorgen um ihn, sagte Lilian.

Da ist nichts zu machen, sagte Tante Tizzy. Oh, er wird schon zurückkommen. Am Ende. Sie kommen immer zurück. Schau mich an, lachte sie und begann zu husten.

Ein Mann schlurfte in Hausschuhen vorbei. Nicht immer, sagte er und wandte ihnen halb sein Gesicht zu. Ich bin nicht zurückgekommen.

Lilian sah Tante Tizzy an.

Neu hier, flüsterte sie und zog interessiert die Augenbrauen hoch.

Als Lilian ging, sagte Tante Tizzy, sie solle beim nächsten Mal die Kinder mitbringen, falls die sich nicht zu Tode erschreckten.

Lilian ging auf einem aufgeweichten, von Buchsbaumhecken gesäumten Weg zur Straße. In der milden Luft hier draußen, wo sie Tante Tizzy besucht hatte, fühlte sie sich weit von der Welt entfernt. Der Tag war zu warm für Januar, aus den Dachrinnen tropfte es, die

Vögel zwitscherten aufgeregt. Irgendwo weit weg waren Lilians Kinder, ein Teil von ihr, aber weit weg, und die beiden Männer. Sie dachte an ihre Augen. Gilberts helle, freundliche und dann Walter Vails dunkle. Um Gilbert hatte sie sich nie bemühen müssen, er war immer dagewesen. Er saß wartend da, auf Abruf. Er gab sein Bestes, wie wir alle, aber . . . nein, das war es nicht. Sie dachte daran, wie er einen Raum betrat, dachte an sein sanftes, ausdrucksloses Gesicht und daran, wie sich dieses Gesicht früher belebt hatte, wenn er sie erblickte. Dann dachte sie daran, wie Walter Vail durch eine Tür kam, mit einem raschen, nüchternen Blick, und sie sah, daß er zu ausgefüllt war, um noch irgend etwas in sich hineinzulassen.

Sie blieb an einem Bordstein stehen. Einen Augenblick hatte sie das Gefühl, zu keinem von beiden hinzuneigen, sondern ganz für sich zu stehen, allein, aber frei von Furcht. Sie dachte: Ich könnte verschwinden, und niemand wüßte, daß ich weg bin. Eines Tages würde Tante Tizzy nicht mehr dasein; sie wollte gar nicht daran denken, wie einer nach dem anderen verschwand, wie die Jungen, die in den Krieg zogen. Und was war, wenn sie ging? Der Gedanke dröhnte in ihrem Kopf. Ja, sie konnte gehen, sie war nicht gefangen wie Tante Tizzy, sie war nicht träge wie Gilbert, sie konnte alles tun, wenn es darauf ankam. Sie stand da und betrachtete die vorbeifahrenden Autos.

In diesem Moment dachte sie wieder an Walter Vail.

57.

Das Hotel

Es lag Matsch auf den Straßen, Lilians Zehen in den Stiefeln waren naß. Sie war gleich losgefahren, nachdem sie ihn aus Brookline angerufen hatte. Es war kurz vor dem Essen. Vorher hatte sie mit Elsie McDonnell und Marian Wiggin beim Tee gesessen. Sie hatte pflichtbewußt zugesehen, wie die Kinder aßen und dabei mit den Absätzen gegen die Stühle hämmerten. Sie war außerstande gewesen, sich auf einen Satz zu konzentrieren. Da Gilbert heute nach dem Abendessen zurückkam, hatte sie Maureen gebeten, nichts für sie herzurichten, sie gehe noch aus. Als sie ihren Mantel anzog, dachte sie an Walter Vails freundlichen, sachlichen Ton am Telefon. Offenkundig war ihm die Bedeutung ihres Vorschlags nicht bewußt.

Nachdem sie den La Salle auf dem Copley Square geparkt hatte, bog sie um die Ecke und wartete darauf, die Straße überqueren zu können. Sie hielt den Gedanken an Walter Vail ein wenig von sich fern, wo sie ihn ohne Verwirrung studieren konnte. Sie wunderte sich, wie sehr die Zeit, die sie mit ihm verbracht hatte, in ihrem Bewußtsein verankert war – seine Finger auf dem Kopfscharnier der Messingeule, wie er an die Glastür geklopft, wie er den Schnee von ihrem Mantelkragen gebürstet hatte. Wie amüsant, daß ich mich noch so gut erinnere. Wie überraschend, daß ich es amüsant nenne.

In der Hotellobby war es ruhig – keine Leute in Abendkleidung, keine Orchesterklänge aus dem Ballsaal wie beim letzten Mal und lange zuvor bei den Tanztees, die sie nach dem Krieg besucht hatte. Die Angestellten an der Rezeption beachteten sie nicht. Da Lilian noch nie oben in den Zimmern gewesen war, wußte sie nicht, wo sich die Aufzüge befanden. Zögernd ging sie weiter. Ah, da waren sie ja. Der Liftboy nickte mit seiner kleinen, würfelförmigen Mütze. Lilian nannte ihm die Etage.

Sie stieg aus und ging den Flur entlang. Die Wände waren alle mit hellem Stoff tapeziert, aber sie fühlte sich durchnäßt und beklommen. Sie bemerkte, daß die Zimmernummern in die falsche Richtung gingen, und kehrte um. An den Lichtpunkten und der Damasttapete vorbei stürmte vom anderen Ende des Flurs eine Frau im Pelzmantel auf sie zu. Ein ruhigerer Mann mittleren Alters wandte besorgt den Kopf nach ihr und lief ihr dann nach. Die Frau rannte in den Aufzug, dessen Türen sich in dem Moment schlossen, als der Mann ihn erreichte. Er drückte mehrmals auf den Knopf, machte dann auf dem Absatz kehrt und ging in sein Zimmer zurück.

Lilian kam zu der Nummer, nach der sie gesucht hatte, und klopfte. Erst antwortete niemand. Was, wenn er nicht da war? Aber dann stand er vor ihr.

Er trat einen Schritt zurück, um sie hereinzulassen. Ihr wurde bewußt, daß sie nie gesehen hatte, wo er eigentlich wohnte und wie seine Zimmer eingerichtet waren, aber das ließ sich jetzt nicht ändern.

Sie sah ein paar hartgepolsterte Stühle und ein kleines Zweiersofa, neben dem er stand. Er gab ihr keinen
Begrüßungskuß, das fiel ihr auf. Setz dich, sagte er,
strich ihr mit der Hand übers Haar und blieb hinter ihr
stehen.

Mir ist in der Lobby eine Freundin über den Weg
gelaufen, sagte er. Eine Frau, die ich aus Paris kenne.
Ich hoffe, es macht dir nichts aus – sie kommt auf einen
Cocktail herauf.

Lilian wandte sich um und sah ihm ins Gesicht.

Jetzt bist du böse auf mich, sagte er. Sie kennt hier
keine Menschenseele, und ich hatte das Gefühl – na ja,
sie ist eine alte Freundin.

Dann sollte ich wohl lieber gehen, sagte Lilian.

Nein, bitte nicht, sagte Walter Vail. Das darfst du
nicht, ich meine, ich *mußte* sie einfach heraufbitten.
Das verstehst du doch, oder?

Lilian sagte, ja, sie verstehe es, und starrte auf ihre
Hände.

Ich meine, was macht es schon aus?

Wie bitte? Lilian sah ihn an.

Daß du hier bist.

Lilian stand auf.

Es ist schon merkwürdig mit Leuten, die sich kennen, dachte sie. Es war, als gebe es verschiedene Arten
von Menschen und die von der gleichen Sorte würden
sich erkennen – ein Augenblick der Verzückung, ein
Aufschrei – und dann beginnen, einander zu erforschen. Aber nach einer Weile merkte man, daß man

nur winzige Partikel erkennen konnte, nie den ganzen Menschen, ein paar Teile von diesem, ein paar von jenem Menschen, aber nie war man ganz mit einem anderen Menschen verbunden, man wurde selbst nie ganz erkannt, außer wahrscheinlich von sich selbst.

Sie ist unterhaltsam, sagte Walter Vail jetzt. Er beugte sich vor, versuchte, amüsant zu sein. Sie mag Frauen. Vielleicht gefällst du ihr ja.

Lilian wurde rot. Ein seltsamer Ausdruck ließ sein Gesicht schief wirken, und sie las Unzuverlässigkeit, Leichtsinn und Furcht darin. Diesen Gesichtsausdruck hatte sie schon einmal bei Arthur gesehen. Aber wo sie bei Arthur Mitleid empfunden hatte, empfand sie für Walter Vail etwas, das sie entnervte. Sie hatte schon immer seine verantwortungslose Seite gesehen, den Schuft in ihm, wenn man es so nennen wollte, aber der war nicht durchgängig zu spüren gewesen.

Sie ging zum Fenster. Die Aussicht wurde durch die Ecke eines Backsteingebäudes begrenzt, aber das kleine Stück blauer Gasse zeigte ihr, daß es dunkel wurde. Sie setzte sich auf das breite Fensterbrett.

Willst du nicht deinen Mantel ausziehen?

Lilians Hände blieben in den Taschen. Was willst du von mir, Walter?

Er lächelte nur. Na komm schon, sagte er. Worauf willst du hinaus? Die Leute geben zuviel auf Versprechen. Es sind ja doch meistens Lügen, nicht wahr? Was bedeuten sie schon?

Mir bedeuten sie etwas.

Oho, spricht hier die Bostonerin oder die Puritanerin? sagte Walter Vail und zwang sich zu einem Lachen. Oder ist es die Frau?

Er wandte sich zu den Flaschen auf dem Glastisch um und lüftete mit munterer Miene den Deckel des Eiskübels. Ich glaube, du weißt gar nicht, was eine Frau ist.

Lilian nahm ihre Handtasche.

Du willst doch nicht schon gehen? Er setzte die Miene lebhafter Zuneigung auf, die er so gut beherrschte. Aber es bedeutete ihm nichts. Darüber war er erhaben. Er hätte seine Sache nicht besser machen können, wenn ihn jemand aufgefordert hätte, sich ja nicht darum zu scheren.

Es war albern, herzukommen, sagte sie. Ich wollte einfach nur –

Tja, du hast einen Fehler gemacht, sagte Walter Vail. Lilian schien es, als schnappe eine Falle hinter ihr zu.

Sie ging durchs Zimmer. Walter Vail hob die Hand, aber selbst er bemerkte die Verlogenheit dieser Geste und ließ die Hand wieder sinken. Tut mir leid, sagte er. Er stellte den Drink auf den Tisch. Anscheinend kann ich nicht – aber es interessierte ihn nicht genug, was er denn eigentlich nicht konnte, und so blieb der Satz unvollendet.

An der Tür drehte sich Lilian ein letztes Mal um. Leb wohl, sagte sie. Denn um das zu sagen, war sie hergekommen.

Mrs. Finch? sagte der Angestellte in der Lobby. Ein Herr hat nach Ihnen gefragt. Er hat gefragt, ob –, begann der Angestellte, aber Lilian eilte an ihm vorbei.

58.
Ein neues Leben

Sie lief und lief. Es war zuviel in ihr, als daß sie hätte stehenbleiben können. All die geheimen Gedanken. Sie waren nicht fürs Tageslicht geschaffen; dem Licht ausgesetzt, wirkten sie verzerrt und mitleiderregend.

Sie dachte an Gilbert, stellte sich vor, wie er sich die Butter auf seinen Frühstückstoast kratzte und alles einfach hinnahm. Dadurch fühlte sie sich geschützt. Er würde nicht einmal aufsehen. Sie würde ihre Ruhe haben.

Die Nacht verwandelte sich von Blau zu Schwarz. Das Gefühl der Erwartung, das sie als junges Mädchen gehabt hatte, erstarb zwar nicht sofort in ihr, aber in dieser Nacht begann es zu verblassen und verblaßte dann immer mehr. Sie merkte es gar nicht, und irgendwann, eines Tages, würde es ganz verschwunden sein.

Aus irgendeinem Grund mußte sie an Tante Tizzy

denken und daran, wie die alte Frau ihr heute während des Besuchs die Hand getätschelt hatte, ziemlich energisch.

Es hing also nicht von Walter Vail ab, und es würde auch nicht von Gilbert abhängen. Und doch trat sie jetzt in Brookline durch die wuchtige Tür in den dunklen Flur. In der Bibliothek brannte Licht.

Gilbert saß in seinem Sessel, den Schoß voller Papiere, die Krawatte zu eng gebunden, neben sich auf dem Tisch einen Drink.

Du bist wieder da, sagte sie.

Gilbert sah sie mit seinen hellen, müden Augen an. Die Zigarre im Mund hinderte ihn am Sprechen.

Hast du zu Abend gegessen?

Er nahm die Zigarre heraus. Ein Stück Pastete, sagte er. Seine Bewegungen waren langsam, vielleicht aus Müdigkeit, vielleicht vom Trinken.

Mehr nicht? Soll ich vielleicht –?

Er schüttelte den Kopf. Alles in Ordnung, Lily?

Natürlich. Hast du die Kinder gesehen?

Schlafen fest. Er begann, seine Papiere durchzusehen. Wo warst du denn? fragte er zerstreut.

In der Stadt. Dolly hat schon wieder ihr Wohnzimmer neu eingerichtet.

Es ist schon nach zehn. Ich hab mir Sorgen gemacht. Sein Blick glitt über das vor ihm liegende Blatt.

Ich bin nach dem Essen noch etwas spazierengegangen – es ist so schön draußen bei diesem Tauwetter.

Ich hoffe, du warst nicht allein.

Ich war auf dem Beacon Hill.

Ich hab mich gefragt, ob du vielleicht nicht heim-kommst.

Sie erschrak, aber dann merkte sie, daß er nicht das meinte, was sie geglaubt hatte. Wo sollte ich denn sonst hin?

Sie brachte ihren Mantel weg und kehrte dann ins Zimmer zurück.

Ich habe gedacht, ich könnte diesen Frühling nach Rom reisen, sagte sie.

Ich bin mir nicht sicher, ob ich mitkommen kann.

Dann fahre ich eben allein.

Du Glückliche, sagte er. Er stand auf, um sich einen neuen Drink zu holen.

Ich könnte Jane fragen, sagte sie.

Ja, fahr lieber mit jemandem zusammen.

Es würde dir also nichts ausmachen?

Was sollte es mir ausmachen? Es würde dich wunder-voll in Schwung bringen.

Ich war unfair zu dir, Gilbert. Sie sah einen Schatten von Besorgnis auf seinem Gesicht.

Was genau meinst du damit?

Ich habe uns unglücklich gemacht.

Das glaube ich nicht, Lily. Ich bin ganz von allein unglücklich geworden, sagte er. Du warst immer fair und ehrlich zu mir. Ich kann mich nicht beklagen.

Jetzt endlich konnte sie ihm zeigen, daß er sich irrte, und es gestehen, oder sie konnte weiter lügen und sie beide retten. Manche Ehen basieren genausosehr auf Lügen wie auf der Wahrheit.

Du würdest dich also nicht beklagen, oder? war alles, was sie schließlich sagte.

Es ist so, wie ich es gesagt habe.

Als sie an ihren Schreibtisch trat, merkte sie, daß nicht alles so dalag, wie sie es verlassen hatte. Die Mädchen haben wieder hier drin gespielt, sagte sie geistesabwesend.

Wie? Er stand mit den Papieren unterm Arm an der Tür und verschüttete etwas von seinem Drink. Ich gehe jetzt hinauf, sagte er.

Gut, sagte sie matt. Eine Kohle glühte rot im Kamin.

Sie warf einen Blick auf ihren Terminkalender: morgen ein Besuch bei Mrs. Sears, Tee bei Amy Clark, am Mittwoch der Lunch-Club. Das Leben, das ihr bevorstand, würde sich weitgehend diesem Terminkalender gemäß entfalten. Und eines Tages – damals konnte sie es noch nicht wissen – würden die Enkelkinder kommen, mit Wangen so glatt wie Lilians Wangen, und sie mit langen Haaren und schlampiger Kleidung überraschen, und obwohl sie wußte, daß junge Leute immer gleich blieben – es waren die Alten, die sich veränderten, je nach der Zeit, in der sie lebten –, würde es ihr schwerfallen, sich an ihre eigene Jugend zu erinnern. Wenn sie daran zurückdachte, würde es ihr vorkommen, als sei ihre Jugend weit entfernt und gehöre einer fremden Person.

Sie setzte sich in Gilberts Sessel, erschöpft und zugleich hellwach. Dort, auf seinem Tischchen, sah sie etwas, das sie hochfahren ließ: Da lag ein Streichholzbriefchen aus dem Copley Plaza. Er mußte es vorige Woche bei Cap Sedgwicks Siegesfeier eingesteckt haben. Sie nahm es in die Hand und erinnerte sich, daß der Angestellte gesagt hatte, ein Herr habe... nein, das konnte nicht Gilbert gewesen sein. Plötzlich war sie sich nicht mehr so sicher.

Der tröstliche Gedanke von zuvor, daß sie ihre Ruhe haben würde, daß Gilberts Einsamkeit der ihren entsprach, verflüchtigte sich.

Sie hatte bereits entschieden: Ich bleibe. Es muß mir ja nicht gefallen, und wenn man es recht bedenkt, wird es das wohl auch nicht. Aber zumindest werde ich nicht irgendwelchen Träumen nachhängen. Meine Eltern haben mich nicht großgezogen, damit ich mich jetzt wie eine Närrin benehme.

Sie machte das Licht aus, trat ans Fenster und sah durch den Vorhang zum Himmel hinauf. Keine Sterne. Es war eine bewölkte Nacht. Sähe der Himmel, dachte sie und fühlte sich innerlich ganz leer, anderswo wirklich so anders aus?

Sie stieg die Treppe hinauf.

Auf dem Absatz blieb sie stehen und sah in den düsteren Flur hinab. Die Standuhr schlug. Dann passierte etwas Seltsames. Lilian sah das Gesicht ihres Vaters. Es war etwas, das sie keinem Menschen je erzählen würde.

Danksagung

Für ihre jeweiligen Beiträge zur Entstehung dieses Buches geht mein herzlicher Dank an Sam Lawrence, Camille Hykes, Sarah Burnes, Georges Borchardt, Cindy Klein, Carrie Bell und George Bell, Darryl Pinkney, Betsy Berne, George Minot, Dinah Hubley, Dorothy Gallagher und natürlich Davis.

Was Ben Sonnenberg angeht, so wüßte ich nicht, was ich ohne ihn tun sollte.

In loser Folge erscheint eine Reihe ganz besonderer Biographien bei rororo: Lebensgeschichten aus dem Alltag, in denen sich das Zeitgeschehen auf eindrucksvolle Weise widerspiegelt.

Anne Dorn
Geschichten aus tausendundzwei Jahren *Erinnerungen*
(rororo 13963)

Maria Frisé
Eine schlesische Kindheit
(rororo 22294)
In einem liebevollen Bericht erzählt Maria Frisé das Leben auf einem Gutshof in Schlesien in der Zeit zwischen den beiden Weltkriegen.

Hermine Heusler-Edenhuizen
Du mußt es wagen! *Lebenserinnerungen der ersten deutschen Frauenärztin*
(rororo 22409)

Eva Jantzen /
Merith Niehuss (Hg.)
Das Klassenbuch *Geschichte einer Frauengeneration*
(rororo 13967)

Gerda W. Klein
Nichts als das nackte Leben
(rororo 22926 / März 2001)
Gerda Weissmann-Klein wurde 1924 in Bielitz (Bielsko), Polen, geboren. Heute lebt sie mit ihrem Mann Kurt Klein in Arizona. Ihr Buch wurde in den USA zum Klassiker. Es erlebte 43 Auflagen und war Grundlage für den Dokumentarfilm «One Survivor Remembers», der mit einem Oskar ausgezeichnet wurde.

Halina Nelken
Freiheit will ich noch erleben *Krakauer Tagebuch* *Mit einem Vorwort von Gideon Hausner*
(rororo 22343)
Beim Überfall der Deutschen auf Polen war Halina Nelken ein Mädchen von fünfzehn Jahren – ein Mädchen, das Tagebuch führte. Und ähnlich wie das Tagebuch der Anne Frank haben Halina Nelkens Aufzeichnungen die Vernichtungswut der Nazis überdauert.

Ann Riquier (Hg.)
Leih mir deine Flügel, weißer Kranich *Drei Frauen aus Tibet erzählen*
Mit einem Vorwort des Dalai Lama
(rororo 22739)

Tracy Thompson
Die Bestie *Überwindung einer Depression*
(rororo 22396)

Weitere Informationen in der **Rowohlt Revue**, kostenlos in Ihrer Buchhandlung, und im **Internet: www.rororo.de**

rororo

Diese Bücher wenden sich an Frauen, die *Machiavella*, *freche Frauen* und *böse Mädchen* satt haben und statt dessen ihr Leben mit Gelassenheit und Mut zur Unvollkommenheit gestalten.

Susanne Stiefel
Lebenskünstlerinnen unter sich
Eine Liebeserklärung an die Gelassenheit
(rororo 22585)
Hier ist das Buch für Frauen, die keine vollmundigen Lebensrezepte brauchen, weil sie einen eigenen Stil gefunden haben. «Wie sehr einem das Leben erst gehört, wenn man es erfunden hat» – dieser Satz von Djuna Barnes ist ein Leitmotiv für dieses Buch, das eine Kombination von Text und Bild, von Geschichten aus dem vollkommenen Leben, bissigen Sottisen, von schönen Photos und typographisch hervorgehobenen Zitaten ist.

Amelie Fried (Hg.)
Wann bitte findet das Leben statt?
(rororo 22560)
Wann bitte findet das Leben statt? fragt sich wahrscheinlich so manche Frau, wenn sie gestreßt vom Alltag feststellt, daß ihre Träume irgendwo zwischen Beruf- und Privatleben verlorenzugehen drohen. Die Geschichten namhafter Autorinnen erzählen von Frauen und ihren Träumen, Enttäuschungen und hoffnungsvollen Perspektiven. Ein Buch über Frauen, die ein Leben ohne Gebrauchsanweisung führen.

Julie Burchill
Verdammt – ich hatte recht!
Eine Autobiographie
(rororo 22556)
Das großartige Manifest einer begnadeten Journalistin und bekennenden Egozentrikerin. Drogen, Männer und Frauen: Julie Burchill hat nichts ausgelassen.
«Mädchenkitsch-Fanatikerinnen jeden Alters, hier ist Eure Bibel!» *Spex*

Ildikó von Kürthy
Mondscheintarif *Roman*
(rororo 22637)
Cora ist 33. Alt genug, um zu wissen, daß man einen Mann NIEMALS nach dem ersten Sex anrufen darf. Also tut sie das, was eine Frau in so einem Fall tun muß: Sie epiliert sich die Beine, hadert mit ihrer Konfektionsgröße und ihrem Schicksal – und wartet. Auf seinen Anruf. Stundenlang.

Weitere Informationen in der **Rowohlt Revue**, kostenlos im Buchhandel, oder im **Internet: www.rowohlt.de**

rororo

Janice Deaner
Fünf Tage, fünf Nächte *Roman*
(paperback 22666)
Zwei Fremde, eine Frau und
ein Mann, besteigen in New
York den Zug nach Los An-
geles. Beide hüten ein Geheim-
nis; beide fliehen vor ihrem
bisherigen Leben. Sie kommen ins Gespräch, und schon
bald entwickelt sich eine
Nähe zwischen ihnen.

Daniel Woodrell
John X. *Roman*
(paperback 22648)

Elfriede Jelinek
Macht nichts *Eine kleine
Trilogie des Todes*
(paperback 22683)
«Im ersten Teil hat eine
Täterin gesprochen, die nie
eine sein wollte, im letzten
Teil spricht ein Opfer, das
auch nie eines sein wollte.
Die Zeiten, da alle Opfer
werden sein wollen, sollen ja
erst noch kommen.»
Elfriede Jelinek

Toby Litt
Unterwegs mit Jack *Roman*
(paperback 22408)

Stewart O'Nan
Die Armee der Superhelden
Erzählungen
(paperback 22675)
In diesen preisgekrönten Erzählungen entfaltet Stewart
O'Nan die ganze Bandbreite
menschlichen Lebens zwi-
schen Verzweiflung und
Hoffnung. «O'Nans spannen-
des Werk ist zum Heulen
traurig und voller Schönheit,
seine Sprache genau und von
bestechendem Charme.»
Der Spiegel

JANICE DEANER

Fünf Tage,
fünf Nächte

Roman

Thor Kunkel
Das Schwarzlicht-Terrarium
Roman
(paperback 22646)
Thor Kunkels Roman ver-
mischt Elemente der schwar-
zen Komödie mit Pulp-Fiction
und utopisch-technischer
Phantasie zu einem ebenso
düsteren wie hellsichtigen
Panorama der siebziger
Jahre.

Dakota Hamilton
**Hinter dem Horizont geht's
weiter** *Roman*
(paperback 22558)
«Krimi, Komödie und
Liebesgeschichte – dieser
Roman ist wie ein Harley-
Davidson-Trip an einem
sonnigen Nachmittag: ein
rasanter Spaß.»
Quill & Quire

Weiter Informationen in der
Rowohlt Revue, kostenlos in
Ihrer Buchhandlung, und im
Internet: www.rowohlt.de

Liza Dalby
Geisha
(rororo 22732)
Der Erlebnisbericht einer
Amerikanerin, die sich in
Japan zur Geisha ausbilden
ließ, beschert uns einen Ein-
blick in eine faszinierende
fremde Welt.

Janice Deaner
Als der Blues begann Roman
(rororo 13707)
«Janice Deaner ist mit ihrem
ersten Roman etwas ganz
besonderes gelungen: eine
spannende, zärtliche Ge-
schichte aus der Sicht eines
zehnjährigen Mädchens zu
erzählen.»
Münchner Merkur

Joolz Denby
Im Herzen der Dunkelheit
Roman
(rororo 22870)
Ein faszinierender Psycho-
thriller der vom furiosen
Anfang bis zum erschüttern-
den Ende niemanden loslässt.

Jane Hamilton
**Die kurze Geschichte eines
Prinzen** *Roman*
(rororo 22903)

Susan Minot
Ein neues Leben *Roman*
(rororo 22905)

Ruth Picardie
Es wird mir fehlen, das Leben
(rororo 22777)
«Ein aufrichtiges, oft komisches und ungeheuer an-
rührendes Abschiedsbuch,
geschrieben mit herzbewe-
gender Leidenschaft und
wacher Selbstwahrnehmung,
ohne einen falschen Ton.»
Der Spiegel

RUTH PICARDIE
Es wird mir fehlen,
das Leben

Asta Scheib
Eine Zierde in ihrem Hause *Die
Geschichte der Ottilie von
Faber-Castell*
(rororo 22744)
Asta Scheibs Romanbiogra-
phie erzählt die Geschichte
einer ungewöhnlichen Frau,
die gegen alle gesellschaftli-
chen Zwänge schließlich die
Freiheit gewinnt, ihr eigenes
Leben zu leben.

Grit Poppe
Andere Umstände *Roman*
(rororo 22554)
«*Andere Umstände* ist ein
erstaunliches Debüt und
taugt zum Bestseller.» *Stern*

Melanie Rae Thon
Das zweite Gesicht des Mondes
Roman
(rororo 22772)

Weitere Informationen in der
Rowohlt Revue, kostenlos im
Buchhandel, oder im **Internet:**
www.rowohlt.de